ସୁରଭି

ଏକ ଜୀବନ୍ତ କାହାଣୀ

ଉପନ୍ୟାସ

ଦ୍ୱିତୀୟ ଭାଗ

ନୀଳମାଧବ ଭୂୟାଁ

Surabhi - Part 02
First Edition: July 2022
Printed in India

Printed at Dhote Offset Printer, Mumbai
Typeset in Kalinga

ISBN : 978-93-94603-58-5

Book Layout by : StoryMirror

Publisher :   StoryMirror Infotech Pvt. Ltd.
                145, First Floor, Powai Plaza, Hiranandani Gardens, Powai, Mumbai - 400076, India

Web: https://storymirror.com
Facebook: https://facebook.com/storymirror
Twitter: https://twitter.com/story_mirror
Instagram: https://instagram.com/storymirror
Email: marketing@storymirror.com

ଉତ୍ସର୍ଗ

ସେ ମହିଳାମାନଙ୍କ ପାଇଁ ଏକ ପ୍ରେରଣାର ଉସ୍ ଯେଉଁମାନେ ବର୍ତ୍ତମାନ ସ୍ଥିତିରେ ନିଜ ପରିବାରକୁ ନିୟୋଜିତ କରୁଛନ୍ତି ତଥା ପ୍ରଥମ କରି ନିଜ ଜୀବନକୁ ଗଢ଼ିବାକୁ ଯାଉଛନ୍ତି ।

ଲେଖକଙ୍କ ପରିଚୟ

ନୀଳମାଧବ ଭୂୟାଁଙ୍କ ଜନ୍ମ ଗଞ୍ଜାମ ଜିଲ୍ଲାର ବୁଗୁଡ଼ା ବ୍ଲକ୍ ଅନ୍ତର୍ଗତ ସୋଲଣ୍ଡି ଗ୍ରାମରେ। ସେ ଜଣେ ଭାରତୀୟ ଅର୍ଦ୍ଧ ସାମରିକ ସେନା ଭାବେ କାର୍ଯ୍ୟରତ। ଛୋଟ ବେଳୁ ସାହିତ୍ୟ, କବିତା ଏବଂ ଗଳ୍ପ ଲେଖିବା ତାଙ୍କର ପ୍ରଥମ ରୁଚି। ନିଜକୁ ଲୋକଲୋଚନକୁ ଆଣିବା ପାଇଁ ବହୁତ ଥର ଚେଷ୍ଟା ସତ୍ତ୍ବେ ମଧ ସେ ବିଫଳ ହୋଇଥିଲେ। ସେ କିଛି ଭାବୁଥିଲେ କିନ୍ତୁ ତାଙ୍କ ଜୀବନର ବାହାନ ତାଙ୍କୁ ସେନା ଆଡ଼କୁ ଟାଣି ନେଇ ଗଲା। କଳାର ଛାପକୁ ସମାଜ ଆଗରେ ଦୃଶ୍ୟମାନ କରାଇବା ପାଇଁ ସେ ବହୁତ ଥର ଚେଷ୍ଟା କରିଥିଲେ କିନ୍ତୁ ସମୟ କହେ ଅସଫଳର ଦ୍ବିତୀୟ ନାମ ସଫଳତାର ଚାବିକାଠି ଏବଂ ସେ ଚାବିକାଠି ମାଧମରେ ସେ ପ୍ରଥମ ପାହାଚ ଚଢି ତଥା ଦୃଢ଼ ବିଶ୍ଵାସ ନେଇ ଆଗେଇ ଆସିଛନ୍ତି। ନିଜର ଓଡ଼ିଆ ପ୍ରତି ଭଲ ପାଇବା ସହିତ ଏହି କାହାଣୀ ମାଧମରେ ଓଡ଼ିଆ ସମାଜକୁ ଏକ ଉତ୍ତମ ବାର୍ତ୍ତା ଦେବାକୁ ଆସିଛନ୍ତି। ସେ ବହୁତ୍ ଗଳ୍ପ ଏବଂ କବିତା ନିଜ ଫେସବୁକ୍ ମାଧମରେ ଲୋକ ଲୋଚନକୁ ପ୍ରଦାନ କରିଛନ୍ତି। ଅନ୍ୟ କିଛି ଲେଖା ଓ କବିତା ତାଙ୍କ ନିଜ ବ୍ଲଗ୍ ପୃଷ୍ଠାରେ ସାଉଁଟି ରଖିଛନ୍ତି। ବ୍ଲଗ୍ ପୃଷ୍ଠାଟି www.bhuyansblog.com ନାମରେ ଇଣ୍ଟରନେଟ୍‌ରେ ପାଇ ପାରିବେ। ଏହି ଉପନ୍ୟାସରେ ଥିବା କାହାଣୀ ଏବଂ ଘଟଣା ବଳି ଆପଣଙ୍କୁ କେମିତି ଲାଗୁଛି ତେବେ ଉକ୍ତ ମେଲ୍ ଆଇଡି nbcisf@gmail.com ଦ୍ବାରା ଲେଖକଙ୍କୁ ଜଣେଇ ପାରିବେ।

ପ୍ରକାଶକ

ଦୁଇ ପଦ ଉପନ୍ୟାସ ବିଷୟରେ

"ସୁରଭି (ଏକ ଜୀବନ୍ତ କାହାଣୀ)" ଲେଖକଙ୍କ ଲିଖିତ ଦ୍ୱିତୀୟ ଉପନ୍ୟାସ ଏବଂ ଅନ୍ୟ କିଛି ଉପନ୍ୟାସ ଏବଂ କ୍ଷୁଦ୍ର ଗଳ୍ପ ସଂକଳନ ପ୍ରକାଶ ଅପେକ୍ଷାରେ। କିଛି ମାଗାଜିନ୍ ଏବଂ ଖବର କାଗଜରେ ତାଙ୍କ କବିତା ଏବଂ ଗଳ୍ପ ପ୍ରକାଶ ହୋଇଛି। ସେ କବିତା ଅପେକ୍ଷା ଗଳ୍ପ ଲେଖିବା ପାଇଁ ଅଧିକ ପସନ୍ଦ କରନ୍ତି ଏହି ଉପନ୍ୟାସ ବିଷୟରେ କହିବାକୁ ଗଲେ। ଏହି ଉପନ୍ୟାସ ମହିଳାମାନଙ୍କୁ ଏକ ପ୍ରେରଣାର ଉସ୍ସ ସାଜି ନିଜ ଜୀବନକୁ ପୁନର୍ଜୀବିତ କରିବାକୁ ଉତ୍ତମ ରାସ୍ତା ଦେଖାଇବ। ତଥା ସେ ମହିଳାମାନଙ୍କୁ ଏକ ଉତ୍ତମ ପରିବାର ଭାବେ ନିଯୋଜିତ କରି ନିଜ ଜୀବନକୁ ସମର୍ପଣର ଏକ ଜୀବନ୍ତ ଉଦାହରଣ ସାଜିବା ଯେଉଁମାନେ ନିଜ ଜୀବନକୁ ପ୍ରତ୍ୟେକ ମୁହୂର୍ତ୍ତକୁ ଏକ ଗମ୍ଭୀର ନିକିତିରେ ତୋଲି ସମାନ ଭାବେ ରଖିବାକୁ ପ୍ରୟାସ କରନ୍ତି ତଥା ସେମାନେ ନିଜ ଚିନ୍ତାଧାରାକୁ ଉଚ୍ଚ କରିବାର ଏକ ଉତ୍ତମ ମାଧ୍ୟମ ଚାହୁଁଛନ୍ତି ତାହା ଏହି ଉପନ୍ୟାସରେ ବର୍ଣ୍ଣିତା ସେ ମହିଳାମାନଙ୍କ ଠାରୁ ଆଶା କରେ ଯେ ନିଜକୁ ଏବଂ ନିଜ ପରିବାରକୁ ସ୍ୱୟଂ ଭଳି ଠିଆ କରି ରଖିବା ତଥା ନିଜ ସ୍ୱାମୀ ପ୍ରତି

ଥିବା ସନ୍ଦେହକୁ ଦୂର କରି ନିଜ ଜୀବନକୁ ସଦା ଉଜ୍ଜ୍ୱଳ ଜହ୍ନର କିରଣ ଦେବାକୁ ଚେଷ୍ଟା କରିବାର ସଫଳ ଉଦାହରଣ ଏଥିରେ ବର୍ଣ୍ଣିତ। ଯଦି ଜଣେ ଝିଅ ଅବା ମହିଳା ନିଜକୁ ଦୁର୍ବଳ ଭାବେ ତେବେ ତା' ଉପରେ ଅତ୍ୟାଚାରର ବୋଝ ବଢ଼ି ଚାଲେ କିନ୍ତୁ ଅତ୍ୟାଚାରର ବିରୋଧ କରି ନିଜକୁ ସାହସୀକତା ଦେଖାଇବାର ଏକ ସ୍ୱଷ୍ଟ ଉଦାହରଣ ଏହି ଉପନ୍ୟାସ ରେ ପଢ଼ିବାକୁ ପାଇବେ। ବାପା ମା'ଙ୍କ ସେବା କେତେ ଯେ ମୂଲ୍ୟବାନ ଏବଂ ନିଜେ ବାପା ମା' ସାଜି ନିଜ ପୁଅକୁ ବଡ଼ କରି ମଣିଷ କରିବା କେତେ କଷ୍ଟ ଦାୟକ ତାହା ମଧ ଏକ ଜ୍ୱଳନ୍ତ ଉଦାହରଣ। ବନ୍ଧୁତାର ଅସଲ ପରିଚୟ ଆପଣ ଏଠି ପାଇ ପାରିବେ।   କେତେ ସମସ୍ୟା ଆସିଲେ ମଧ ବାଧା ବିଘ୍ନକୁ ପାର କରି ଜୀବନରେ ଆଗକୁ ବଢ଼ିବା ପାଇଁ ଏକ ଉଚିତ୍ ମାର୍ଗ ଦେଖାଉଥିବା ଏକ ଜୀବନ୍ତ ଉପନ୍ୟାସ।

ଏହି କାହାଣୀରେ ସୁରଭି ପ୍ରତି ଅନ୍ୟାୟ ଏବଂ ଏମିତି କିଛି ଘଟଣା ଅଛି ଯାହା ଆପଣଙ୍କ ମନକୁ ଅଳ୍ପ କଷ୍ଟ ଦେଇପାରେ। ତଥା ଏହି ଉପନ୍ୟାସରେ ବସନ୍ତର ପ୍ରେମ କାହାଣୀ ଏବଂ ଶେଷ ଜୀବନରେ ଘଟିଥିବା କିଛି ଅବର୍ଣ୍ଣନୀୟ ଘଟଣା ଏଥିରେ ବର୍ଣ୍ଣିତ ଅଛି।

ଏହି ପୁସ୍ତକରେ କେବଳ ଦ୍ୱିତୀୟ ଭାଗର ବିଷୟବସ୍ତୁ ବର୍ଣ୍ଣିତ ଅଛି । ଆଶା କରୁଛି ଆପଣ ପ୍ରଥମ ଭାଗ ପଢ଼ି ସାରିବା ପରେ ଏହି ଭାଗକୁ ପଠନ କରିବେ। ଏହି ଭାଗଟି ମଧ ଆପଣଙ୍କ ହୃଦୟକୁ ନିଶ୍ଚୟ ଛୁଇଁବ ।

ନୀଳମାଧବ ଭୂୟାଁ (ଲେଖକ)

ମୋ : ୮୧୯୮୧୨୧୩୫୬

"" ଏହି ଉପନ୍ୟାସ ଲେଖିବା ତଥା ସଂଶୋଧନ ପାଇଁ ମୋ ପତ୍ନୀ ରୁବି ନାହାକଙ୍କ ବିଶେଷ ଯୋଗଦାନ ରହିଛି।

ଦ୍ୱିତୀୟ ଭାଗ

କିଛି ବାର୍ତ୍ତା ପାଠକ ବନ୍ଧୁମାନଙ୍କ ପାଇଁ

ଏହି ଉପନ୍ୟାସ ପ୍ରଥମ ଭାଗରୁ ଗୋଟିଏ ଧାରାରେ ବର୍ଣ୍ଣିତ ଅଛି। ଏହି ଉପନ୍ୟାସ ପଢିବା ପୂର୍ବରୁ ଆପଣଙ୍କୁ ବିନୀତ ଅନୁରୋଧ ଯେ ପ୍ରଥମ ଭାଗ ପାଠ କରିବା ପରେ ଏହି ପୁସ୍ତକଟିକୁ ପାଠ କରିବେ।

ଧନ୍ୟବାଦ

ମେସେଜ

ଏପଟେ ସୋମେଶ ବସନ୍ତର ମା' ସହିତ କଥାବାର୍ତ୍ତାରେ ବସନ୍ତ କହିଥିବା ସବୁ ସତ କଥା କହିଛନ୍ତି। ସୋମେଶ ଟେଲିଫୋନ କାଟି ସଙ୍ଗେ ସଙ୍ଗେ ନିଜ ଗାଁକୁ ଟେଲିଫୋନ କରିଛି। ସୋମେଶର ଘର ଠାରୁ ଟେଲିଫୋନ ବୁଥ୍ ପହଞ୍ଚିବା ପାଇଁ ୩ ମିନିଟ୍ ସମୟ ଲାଗେ। ଗାଁରେ ଗୋଟିଏ ଛୋଟ ପିଲା ଦଉଡ଼ି ଆସି ସୋମେଶର ଘରେ ପହଞ୍ଚିଲା ବେଳକୁ ରାଧା ବାବୁ ଘରେ ନଥିଲେ ତଥା ଶାନ୍ତି ଦେବୀ କହିଲେ ରାଧା ବାବୁ ଆସିଲେ ସେ କଥା ହେବେ ସେ ଯାଇଛନ୍ତି ତାଙ୍କ ସମୁଦୀ ସହିତ ଦେଖା କରିବାକୁ। ଏତିକି କହି ଛୋଟ ପିଲାକୁ କହି ଫେରେଇ ଦେଲେ। ସେ ପିଲା ଦଉଡ଼ି ଆସି ସୋମେଶକୁ ମା' କହିଥିବା କଥା କହିଲା। ସୋମେଶ ମା' କହିଥିବା କଥା ଶୁଣି ରାଗରେ ଟେଲିଫୋନ୍ କାଟି ଦେଲା। ସୋମେଶ ଫୋନ୍ ରଖିଲା ପରେ, ସୋମେଶର ଅଫିସ୍ ର ଫୋନ୍ ପୁଣି ବାଜି ଉଠିଲା। ସେ ଫୋନ୍ ଟି ଥିଲା ବସନ୍ତର, ସୋମେଶ ବସନ୍ତକୁ ପଚାରିଲା କ'ଣ ହୋଇଛି ମୋତେ କହ?

ବସନ୍ତ : କିଛି ନାହିଁ ସବୁ ଠିକ୍ ହୋଇଯିବ, ତୁ ଚିନ୍ତା କରନି, ସମୟ ଆସିଲେ ଜାଣିଯିବୁ।

ସୋମେଶ : କଥାକୁ ବୁଲେଇ ବଙ୍କେଇ କହିବାକୁ ଚେଷ୍ଟା କରେ ନାହିଁ ବସନ୍ତ। ମୁଁ ତୋ ମା' ସହିତ କଥା ହୋଇ ସାରିଲିଣି ସେ ମୋତେ ସବୁ କଥା କହି ସାରିଲେଣି ବାକି ପୁରା କଥା ମୁଁ ତୋ ମୁହଁରୁ ଶୁଣିବାକୁ ଚାହୁଁଛି।

ବସନ୍ତ : ଯଦି ଜାଣି ସାରିଲୁଣି ତେବେ କହିବି କିନ୍ତୁ ତା' ପୂର୍ବରୁ ମୋତେ କ୍ଷମା କରିବୁ। କାରଣ ମଉସାଙ୍କୁ ରାଗରେ ବହୁତ୍‌ କଥା କହିଦେଇ ଆସିଛି।

ସୋମେଶ : ଆରେ, ମୋତେ କହ, କ'ଣ ହୋଇଛି?

ବସନ୍ତ : ତୋ ମା' ଏବଂ ପିଉସୀଙ୍କର ଖରାପ ବ୍ୟବହାର ଦିନକୁ ଦିନ ବଢ଼ି ଚାଲିଛି ତା' ସାଙ୍ଗରେ ତୋ ସାନ ଭାଇ ଅନୁଜ୍‌ ର ମଧ୍ୟ।

ସୋମେଶ : ଆବେ, ସିଧା ସିଧା କହ?

ବସନ୍ତ : ଆରେ, କ'ଣ ସିଧା ସିଧା କହିବି, ତୋର ମା' ଆଉ ପିଉସୀ ମିଶି ଭାଉଜଙ୍କୁ ହଇରାଣ ଏବଂ ଯୌତୁକ ନିର୍ଯ୍ୟାତନା ସହିତ ଶାରୀରିକ ନିର୍ଯ୍ୟାତନା ଦେଉଛନ୍ତି। ଆଉ ତୋ ଗେଲ ବସରିଆ ସାନ ଭାଇ ଅନୁଜ୍‌ ର ଖରାପ ନଜର ଭାଉଜ ଉପରେ ରହୁଛି।

ସୋମେଶ : ତୁ ପାଗଳ ହୋଇଗଲୁଣି କି? କ'ଣ ଏଣେ ତେଣେ କହି ଯାଉଛୁ।

ବସନ୍ତ : ମୁଁ ଜାଣିଥିଲି, ତୁ ସେମିତି କହିବୁ, ତୋ ବାପା, ଘରେ ରହି ନିଜ ବୋହୁ ଉପରେ ଅତ୍ୟାଚାର ହେଉଛି ବୋଲି ଜାଣିପାରୁ ନଥିଲେ ଆଉ ତୁ ତ ବାହାରେ ରହୁଛୁ, ତୁ କେମିତି ଜାଣିବୁ ଏବଂ କେମିତି ବିଶ୍ୱାସ କରିଥାନ୍ତୁ?

ସୋମେଶ : କିଛି ସମୟ ଶାନ୍ତରେ ରହିଲା।

ବସନ୍ତ : ଆରେ କ'ଣ ହେଲା, କିଛି କହୁନୁ, ବାକି କଥା ମଧ୍ୟ ଶୁଣିଯାଆ, ଗତକାଲି ରମେଶ ମଉସା ଭାଉଜକୁ ଆସିଲେ, ସନ୍ଧ୍ୟାରେ ସୁରଭି ଗାଁର ସୁଶାନ୍ତ ଆସି କହିଲା କି ତୋତେ ସୁରଭି ଭାଉଜ କ'ଣ କଥା ହେବାକୁ ଡାକିଛନ୍ତି ଗତ କାଲି ସମୟ ହେଲାନି, ମୁଁ ଆଜି ସକାଳେ ଯାଇଥିଲି। ସେଠି ଭାଉଜଙ୍କୁ ଦେଖି ଭାରି ଦୁଃଖ ଲାଗିଲାରେ, ତୁ ତାଙ୍କୁ ଯେମିତି ଅବସ୍ଥାରେ ଛାଡ଼ି ଯାଇଥିଲୁ ସେ ସେମିତି ଦେଖା ଯାଉନଥିଲେ, ଦେହ ଖରାପ ଯୋଗୁଁ ସେ ପୁରା ପତଲା

ଦେଖାଯାଉଥିଲେ।

ସୋମେଶ : ଏତେ ଲମ୍ବା ଚଉଡ଼ା କରି କହ ନାହିଁ, ସମୟ ଅଭାବ, ଜଲଦି କହ।

ବସନ୍ତ : ହଁ ରେ, ତୋର ସମୟ ଅଭାବ ହୋଇଯାଉଛି, ଏଠି ମୁଁ ସକାଲ ଠାରୁ ଭାଉଜ ଚିନ୍ତାରେ ଭଲରେ ଖାଇପାରିନି, ଆଉ ତୁ କହୁଛୁ ସମୟ ଅଭାବ?

ସୋମେଶ : ଆରେ, ଏଟା ଅଫିସ ଫୋନ୍, ବେଶୀ ସମୟ କଥା ହେବାକୁ ଅନୁମତି ନାହିଁ।

ବସନ୍ତ : ହଉ ଶୁଣ, ତୋତେ ବେଶୀ କଥା କହିପାରିବିନି, ସାଙ୍ଗ ହିସାବରେ ତୁ ଯଦି ପାରୁଛୁ ତେବେ ଭାଉଜଙ୍କୁ ଏଠୁ ତୋ ପାଖକୁ ନେଇଯାଅ, ନହେଲେ ଏମାନେ ଚିଲ ଭଳି ମୋ ଭାଉଜଙ୍କୁ ଖାଇଦେବେ। ଯଦି ପାରୁଛୁ ଛୁଟି ନେଇ ଯଥା ଶୀଘ୍ର ଆସିବାକୁ ଚେଷ୍ଟା କର।

ସୋମେଶ : ସୁରଭି, ମୋ ସହିତ କ'ଣ ପାଇଁ କଥା ହେଲାନି?

ବସନ୍ତ : ତାକୁ, କଥା ହେବା ପାଇଁ ସମୟ ଦେଲେ ତ? ସେ ତୋ ସାଙ୍ଗରେ କଥା ହେବେ ଏବଂ ତମ ଘରର ଇଜ୍ଜତ ପାଇଁ ଭାଉଜ କାହାକୁ କହିବାକୁ ଠିକ୍ ଭାବିଲେନି। ଏବେ ତୁ ଯେମିତି ବିଶ୍ୱାସ କରିଲୁନି, ସେମିତି ଭାଉଜ କହିଥିଲେ, ତୁ କ'ଣ ବିଶ୍ୱାସ କରିଥାନ୍ତୁ କି, କହ? ଭାଉଜ ମୋତେ କହିବାର କାରଣ, ତୋ ପାଖକୁ ତାଙ୍କର ମେସେଜ ପହଞ୍ଚିବା ଦରକାର ଥିଲା। ଏବେ ତୁ ସ୍ଥିର କର, କ'ଣ କରିବୁ। ଏତିକି କହି ଫୋନ୍ କାଟିଦେଲା।

ବୁଝାମଣା

ସେପଟେ ରାଧା ବାବୁ ରମେଶ ବାବୁଙ୍କ ଘରେ ପହଞ୍ଚିଗଲେ। ରାଧା ବାବୁଙ୍କୁ ରମେଶ ବାବୁ ଦେଖି ଖୁସି ହେଲେ। ସୁରଭି ଆସି ମୁଣ୍ଡିଆ ମାରିଲା, ରାଧା ବାବୁ ସୁରଭି ସହିତ ଆଖି ମିଶେଇ ପାରୁନଥିଲେ।

ଘରେ ଘଟିଥିବା ଘଟଣା ଯୋଗୁଁ ରାଧା ବାବୁ ନିଜକୁ ଦୋଷ ଦେଉଥିଲେ। କିଛି ସମୟ ସମସ୍ତେ କଥା ହେଲା ପରେ ସେ ରମେଶ ବାବୁଙ୍କୁ କହିଲେ ମୁଁ ମୋ ଝିଅ ସାଙ୍ଗରେ କିଛି କଥା ହେବାକୁ ଚାହୁଁଛି। ରମେଶ ବାବୁ କହିଲେ, ସେ ଆପଣଙ୍କ ଝିଅ ଏବଂ ଆପଣ ଅନୁମତି ମାଗି ମୋତେ ଲଜ୍ଜିତ କରନ୍ତୁ ନାହିଁ। ମୋତେ ଅନୁମତି ଦେବେ ମୁଁ ସ୍କୁଲ୍ ରେ କିଛି ପ୍ରଶ୍ନ ପତ୍ର ଦେଇ ଫେରି ଆସିବି। ଆପଣ କଥା ହୁଅନ୍ତୁ ଆସିଲେ ଏକା ସାଙ୍ଗରେ ଖାଇବା, ମୋତେ କ୍ଷମା କରିବେ, ମୁଁ ଏବେ ଆସୁଛି।

ରାଧା ବାବୁ : ହଉ ଠିକ୍ ଅଛି, କେତେ ସମୟ ଲାଗିବ କି? ରମେଶ ବାବୁ କିଛି କଥା ଥିଲା କି? ରାଧା ବାବୁ ସୁରଭି ଆଡ଼କୁ ଦେଖିଲେ, ସୁରଭି ମୁଣ୍ଡ ହଲେଇ ରାଧା ବାବୁଙ୍କୁ ମନା କରିବାର ସଂକେତ ଦେଲା।

ରାଧା ବାବୁ : ଠିକ୍ ଅଛି ଆପଣ ଆସନ୍ତୁ! ତାପରେ, ନିତା ଦେବୀ ରୋଷେଇ କାମରେ ଲାଗିପଡ଼ିଲେ, ତାପରେ ରାଧା ବାବୁ ଏବଂ ସୁରଭି କଥା ହେବାକୁ ଲାଗିଲେ।

ରାଧା ବାବୁ : (ହାତ ଯୋଡ଼ି) ଝିଅ ମୋତେ କ୍ଷମା କରିବ।

ସୁରଭି : (ଆଖିରେ ଲୁହ) ନାହିଁ ବାପା, ଏମିତି କରନ୍ତୁ ନାହିଁ, ମୋତେ ଖରାପ ଲାଗୁଛି।

ରାଧା ବାବୁ : ତୋ ମା' ଏବଂ ପିଉସୀଙ୍କ ବ୍ୟବହାର ପାଇଁ ମୁଁ ତୁମକୁ କ୍ଷମା ମାଗୁଛି। ମୋତେ ଏମିତି ଶୁଣି ଦୁଃଖ ଲାଗିଲା, ପ୍ରକୃତରେ ମୋର ସବୁ ଭୁଲ, ମୋର ଅନୁଶାସନରେ ମୁଁ ଅବହେଳା କରିବା ଯୋଗୁଁ ଏମିତି ହୋଇଛି ପ୍ରକୃତ ଦଣ୍ଡ ମୋତେ ମିଳିବା ଦରକାର। ତମ ସାଙ୍ଗରେ ଯୋଉ ଯୋଉ ଅନ୍ୟାୟ ହୋଇଛି, ତାହାର ନ୍ୟାୟ ତୁମକୁ ମିଳିବ। ଆଉ ତୁମେ ମୋ ଘର ତଥା ତୁମର ଇଜ୍ଜତ ପାଇଁ ସହ୍ୟ କରିବାର ଶକ୍ତିକୁ ମୁଁ ଧନ୍ୟବାଦ ଦେଉଛି। ସତରେ ତୁମେ ନାରୀ ନୁହଁ ତୁମେ ଦେବୀ। ମୋ ଜନ୍ମ କଲା ଝିଅ କେବେ ମଧ ମୋ ଘରର ଇଜ୍ଜତ ବିଷୟରେ କେବେ ଚିନ୍ତା କରିନି କିନ୍ତୁ ତୁମେ ମୋ ବୋହୂ ହୋଇ ଏ ପରିବାରର ଇଜ୍ଜତ ରକ୍ଷା କରିଛ ସେଥିପାଇଁ ମୁଁ ରୁଣୀ ହୋଇ ରହିଗଲି। ହଉ ଯାହା ହେଲା ଝିଅ, ତୁମେ ମୋ ଘରକୁ ଚାଲ। ମୁଁ ତମକୁ କଥା ଦେଉଛି ତୁମକୁ କେବେ ମଧ କଷ୍ଟ ଅନୁଭବ ହେବାକୁ ଦେବିନି।

ସୁରଭି : ବାପା, ମୁଁ ବସନ୍ତକୁ ଏମିତି କହିଥିବା ଯୋଗୁଁ ମୋତେ କ୍ଷମା କରିବେ।

ରାଧା ବାବୁ : ତୁମେ କହିଛ ଏବଂ ଠିକ୍ କରିଛ। ସେଥିପାଇଁ ମୁଁ ଦୁଃଖୀ ନୁହଁ। ଦୁଃଖୀ କେବଳ ଏତିକି ଯେ ମୋତେ ତୁମେ ମୋ ଘରେ ଜଣେଇଲ ନାହିଁ। ଯଦି ପ୍ରଥମରୁ ମୁଁ ଜାଣିଥାନ୍ତି ତେବେ ଏତେ କଷ୍ଟ ତମକୁ ସହିବାକୁ ପଡ଼ିନଥାନ୍ତା। ହଉ, ସେ କଥାକୁ ଭୁଲିଯାଅ, ଚାଲ ମୋ ସହିତ ଘରକୁ ଯିବା।

ସୁରଭି : ଠିକ୍ ଅଛି ବାପା (ଏତିକି କହି ମୁଣ୍ଡ ତଳକୁ କରିଦେଲା)

ରାଧା ବାବୁ : ଶୁଣ ତମକୁ ମୁଁ ଏବେ ନେବାକୁ ଆସିନାହିଁ। ତୁମେ କିଛି ଦିନ ଏଠି ରୁହ। ମୁଁ ୧୦ଦିନ ପରେ ଆସିବି ଏବଂ ମୋ ସାଙ୍ଗରେ ଆସିବ ବୋଲି କହୁଥିଲି।

ସୁରଭି : ଠିକ୍ ଅଛି ବାପା, ଧନ୍ୟବାଦ। ମୁଁ ୧୦ ଦିନ ପରେ ବାପାଙ୍କ ସାଙ୍ଗରେ ଆସିଯିବି, ଆପଣ ଆସନ୍ତୁ ନାହିଁ।

ରାଧା ବାବୁ : ଏବେ ମୋ ଝିଅ ଖୁସି ନା?

ସୁରଭି : ମୁଣ୍ଡକୁ ହଲେଇ ହଁ ଭରିଲା। ତାପରେ ସୁରଭିର ମା' ଚା' ଏବଂ ଜଳଖିଆ ନେଇ ଆସିଲେ। କିଛି ସମୟ ପରେ ରମେଶ ବାବୁ ଫେରି ଆସିଲେ। ରାଧା ବାବୁ କହିଲେ ମୁଁ ବର୍ତ୍ତମାନ କିଛି ଖାଇବି ନାହିଁ। ମୁଁ ପରେ କେତେବେଳେ ଆସିବି, ଏତିକି କହି ସେ ନିଜ ଘରକୁ ଫେରିଗଲେ।

ଆତ୍ମସମର୍ପଣ

ରାଧା ବାବୁ ଘରେ ପହଁଚିବା ପୂର୍ବରୁ ଘରେ ପିଉସୀ ଏବଂ ଅନୁଜ୍ ପହଞ୍ଚି ସାରିଥିଲେ। ଘରେ ପହଞ୍ଚିବା ପରେ ଶାନ୍ତି ଦେବି କହିଲେ ସୋମେଶ ଫୋନ୍ କରିଥିଲା। ରାଧା ବାବୁ ରାଗରେ ପିଉସୀଙ୍କୁ କହିଲେ, ତୁ ତୋ ପୁଅକୁ ନେଇ ଯଥାଶୀଘ୍ର ତୋ ଶାଶୂ ଘରକୁ ଚାଲି ଯା'!

ପିଉସୀ : କ'ଣ ହେଲା ଭାଇ? ମୋ ଉପରେ ଏତେ ନିର୍ଦ୍ଦୟ କାହିଁକି ହେଉଛ, ମୋର ଅବା ଭୁଲ୍ କ'ଣ ?

ରାଧା ବାବୁ : ଭୁଲ୍ ର ହିସାବ କିତାବ ଆଜି ଠାରୁ ମୁଁ କରିବି। ଆଉ କ'ଣ ଭୁଲ୍ କରିଛୁ ତୁ ଜାଣିନୁ? ମୋତେ ତୋ ଭୁଲ୍ କୁ ପୁଣି ତୋତେ କହିବାକୁ ପଡ଼ିବ?

ଶାନ୍ତି ଦେବୀ ଚୁପ୍ ଥିଲେ। ପିଉସୀ ଶାନ୍ତି ଦେବି ଆଡ଼କୁ ଚାହିଁବାର ଦେଖି ରାଧା ବାବୁ କହିଲେ, ସେ ଜାଣି ସାରିଲାଣି ଆଉ ଶକ୍ତ ଚାପୁଡ଼ା ଖାଇସାରିଛି। ମୋର ମୁଣ୍ଡ ଗରମ୍ ଅଛି। ଯଥା ଶୀଘ୍ର ତୁ ବାହାରି ଯା'। ପିଉସୀ ରାଧା ବାବୁଙ୍କ ଗୋଡ଼ ତଳେ ପଡ଼ି କ୍ଷମା ମାଗି କହିଲେ। ଭାଇ କୁଆଡେ ଯିବି ମୁଁ? ମୋ ଶାଶୂ ଘର ଲୋକେ ମୋତେ ତାଙ୍କ ଘରେ ରହିବାକୁ ମନା କରୁଛନ୍ତି। ଏବେ କୁଆଡେ ଯିବି ।

ରାଧା ବାବୁ : ତୋର ଖରାପ ବୁଦ୍ଧି ଯୋଗୁଁ ତୋ ଶାଶୂ ଘର ତୋତେ ବାହାର କରିବାକୁ ବାଧ୍ୟ ହୋଇଥିଲେ ଆଉ ଶେଷରେ ସେ ଖରାପ ବୁଦ୍ଧି ନେଇ ମୋ ଘର

ଭାଙ୍ଗିବାକୁ ଚେଷ୍ଟା କରୁଛୁ? ତୁ ବାହାଘରରେ ଏତେ ସମସ୍ୟା କରିଲୁ ମୁଁ ଚୁପ୍ ରହିଲି। କିନ୍ତୁ ତୋର ମନ ପରିବର୍ତ୍ତନ ହେଲା ନାହିଁ ଅନୁଜ୍ ସାଙ୍ଗରେ ବାହାଘର କରିବାକୁ କହିଲୁ। ମୁଁ ତୋତେ ପ୍ରତିଶ୍ରୁତି ଦେଇଥିଲି କି। ଅନୁଜ୍ ର ବାହାଘର ମଧ ଧୁମ୍ ଧାମରେ କରିବି କିନ୍ତୁ ତୁ ଆଉ ତୋର ପୁଅ ମିଶି ମୋତେ ତମ ଅସଲ ରୂପ ଦେଖେଇ ଦେଲ। ମୁଁ ତୁମମାନଙ୍କ ଉପରେ ଭରସା କରିଲି କିନ୍ତୁ ମୋର ଭାବନା ଭୁଲ ଥିଲା।

ପିଉସୀ : ଭାଇ, ମୋତେ କ୍ଷମା କରିଦିଅ, କିନ୍ତୁ ମୋ ପୁଅ କିଛି କରିନି।

ରାଧା ବାବୁ : ସେ କ'ଣ କରିଛି, ମୁଁ ଭଲ ଭାବରେ ଜାଣିଛି, ସେ କୁଆଡେ ଗଲା?

ପିଉସୀ : ସେ ତା' ସାଙ୍ଗ ଘରକୁ ଯାଇଛି।

ରାଧା ବାବୁ : ତାକୁ ଯଥା ଶୀଘ୍ର ଘରକୁ ଡ଼ାକି ତା' ସାଙ୍ଗରେ ବାହାରି ଯା'।

ପିଉସୀ : ଭାଇ, ଏଥର ମୋତେ କ୍ଷମା କରିଦିଅ। ମୁଁ ସୁରଭିକୁ ମୋ ଝିଅ ଭଳି ବ୍ୟବହାର କରିବି। ତାକୁ କିଛି ଆଞ୍ଚ ଆସିବାକୁ ଦେବୀ ନାହିଁ। ମୁଁ କଥା ଦେଉଛି। ଅନୁଜ୍ ମଧ ସୁରଭି ସାଙ୍ଗରେ ଖରାପ ବ୍ୟବହାର କରିବ ନାହିଁ। ମୁଁ କଥା ଦେଉଛି। ପିଉସୀ କାନ୍ଦି କାନ୍ଦି କହିବା ପରେ ରାଧା ବାବୁଙ୍କ ଇଚ୍ଛା ଥିଲେ ମଧ ମନା କରୁଥିଲେ। କିଛି ସମୟ କନ୍ଦା କଟା ପରେ ରାଧା ବାବୁ କହିଲେ ଏଥର ମୁଁ କ୍ଷମା କରିଦେଲି କିନ୍ତୁ ଏମିତି ଘଟଣା ପୁଣି ହୁଏ ତୁମେ ତିନି ଜଣକୁ ମୁଁ ସିଧା ପୋଲିସ୍ ରେ ଦେବୀ। ଏତିକି ବେଳେ ଅନୁଜ୍ ଆସିଲା। ସେ କିଛି ବୁଝିନପାରି ଠିଆ ହୋଇ ରହିଲା। ପିଉସୀ ହଠାତ୍ ଅନୁଜ୍ କୁ ଗୋଟିଏ ଚାପୁଡ଼ାଟିଏ ଦେଲେ ଏବଂ କହିଲେ କ'ଣ ପାଇଁ ଏମିତି କରୁଛୁ। ମା' ଭଳି ସୁରଭିକୁ ତୁ ଖରାପ ବ୍ୟବହାର କରିବାକୁ ସାହସ କରିଲୁ କେମିତି? ଅନୁଜ୍ ଗାଲରେ ହାତ ରଖି ଭାଗରେ ପିଉସୀକୁ ଚାହିଁ ରହିଲା।

ରାଧା ବାବୁ : ତୋତେ ପୁଅ ଭଳି ସ୍ନେହ ଦେଇ ଆସିଥିଲି, କ'ଣ ତୋତେ ଅଭାବ ହୋଇଥିଲା। ତୋତେ, ସୋମେଶ ନିଜ ସାନ ଭାଇ ଭଳି ସବୁ କାମରେ

ସବୁ ସମୟରେ ସାହାଯ୍ୟ କରି ଆସିଛି। ତୋର ପଢ଼ା ଖର୍ଚ୍ଚ, ତୋ ପାଇଁ ବାଇକ୍ ଏବଂ ତୋର ପକେଟ୍ ମନି ପାଇଁ ସେ ସବୁବେଳେ ତୋତେ ସାନ ଭାଇ ଭଳି ସାହାଯ୍ୟ କରି ଆସିଛି ଏବଂ ଶେଷରେ ତୁ ସୁରଭିକୁ ଖରାପ ବ୍ୟବହାର କରିଲୁ। ତୋତେ ଲାଜ ଲାଗିଲା ନାହିଁ, ଏମିତି କାମ କରିବାକୁ? ତୋ ପାଇଁ ସୋମେଶ କ'ଣ କରିନି କହ? ଗତ ଛୁଟି ଯିବା ପୂର୍ବରୁ ମୋତେ କହିଥିଲା ଯେ ବାପା ଅନୁଜ କୁ କହୁଥିବ ସେ ସକାଳୁ ସକାଳୁ ଦୌଡ଼ିବାକୁ ଯାଉ, ଅନ୍ୟ କୋଉ ଚାକିରୀ ତ ତୋର ହୋଇପାରିଲା ନାହିଁ ଶେଷରେ ତୋ ପାଇଁ ଆର୍ମିରେ ଚାକିରୀ କରେଇବା ପାଇଁ ଲାଗିପଡ଼ିଛି କିନ୍ତୁ ତୁ ତା'ର ସବୁ ସ୍ୱପ୍ନର ଏମିତି ପରିଣାମ ଦେବୁ ବୋଲି ମୋର ଆଶା ନଥିଲା। ତୋତେ ପୁଅ ଭଳି ସ୍ନେହ ଆଉ ମିଳିବନି କିନ୍ତୁ ମନେ ରଖ ଯେତେ ଦିନ ଏହି ଘରେ ରହିବୁ ନିଜକୁ ମୂରବୀ ଭାବିବାକୁ ଚେଷ୍ଟା କରିବୁନି। ନିଜକୁ ଯଦି ଖଳନାୟକ ବୋଲି ଭାବୁଥିବୁ ତେବେ ଯା' କୋଉ ନାଟକରେ ଅଭିନୟ କରିବୁ, ମୋ ଘରେ ନୁହଁ। କ'ଣ କହୁଛି ଶୁଣି ପାରୁଛୁ ତ?

ହଁ, ମାମୁ (ଅନୁଜ କହିଲା) ଅନୁଜ ହାତ ଯୋଡ଼ି ରହିଲା।

ରାଧା ବାବୁ : ତମର ଆର୍ଥିକ ସ୍ଥିତି ଦେଖି ତମକୁ ସାହାରା ଦେବାରେ ଯଦି ମୋତେ ଏମିତି ପରିଣାମ ଦେଉଛ ତେବେ ମୁଁ ମଧ କଡ଼ାକଡ଼ି ଅନୁଶାସନ ଚଳେଇବା ଜାଣେ।

ପିଉସୀ : ଭାଇ, ଭୁଲ ହୋଇଯାଇଛି, ଏଇ ଥର କ୍ଷମା କରିଦିଅ।

ଅନୁଜ : ମାମୁ, ଆଉ ଭୁଲ ହେବନି।

ରାଧା ବାବୁ : ବାଇକ୍ ଚାବି ମୋତେ ଦେ', କୁଆଡେ ଯାଉଛୁ କ'ଣ କରୁଛୁ ମୋତେ ସବୁ କହିବୁ। ଦରକାର ହେଲେ ମୋ ଠାରୁ ବାଇକ୍ ମାଗି ନେବୁ। ଅନୁଜ ବାଇକ୍ ଚାବି ଆଣି ରାଧା ବାବୁ ହାତରେ ଦେଲା।

ରାଧା ବାବୁ ଘରୁ ବାହାରି ଗଲେ। ସୋମେଶ ପାଖକୁ ଟେଲିଫୋନ କରିଲେ।

ସୋମେଶ : ବାପା ନମସ୍କାର, ମୁଁ ଯାହା ଶୁଣିଛି ତାହା କ'ଣ ସତ ବାପା??

ରାଧା ବାବୁ : ହଁ, ସବୁ ଭୁଲ ମୋର, ମୁଁ ମୋର ଅନୁଶାସନରେ ଅବହେଳା ଯୋଗୁଁ ଏମିତି ଘଟିଥିଲା। ସେଥିପାଇଁ ମୁଁ ଦାୟୀ, ତୋ ମା' ଆଉ ପିଉସୀ ତଥା ଅନୁଜ୍ ର ବ୍ୟବହାର ଖରାପ ହେବାରେ ମୁଁ ଦାୟୀ।

ସୋମେଶ : ତମେ, ନିଜକୁ ଦାୟୀ କାହିଁକି କରୁଛ? ଭୁଲ ତ ସେମାନେ କରିଛନ୍ତି (ରାଗରେ)। ବାପା, ମୁଁ ଛୁଟି ନେଇ ଆସୁଛି। ଏମିତି କଥା ଶୁଣି ମୋତେ ବହୁତ୍ ରାଗ ହେଲାଣି। ମା' ଉପରେ ଏତେ ବିଶ୍ୱାସ କରିଥିଲି ଶେଷରେ ସେ ବଦଳିଗଲେ ମୁଁ ଭାବିପାରୁନି।

ରାଧା ବାବୁ : ଏବେ, ସବୁ ସମାଧାନ ହୋଇଗଲାଣି, ତୁ ଯଦି ଆସିବାକୁ ଚାହୁଁଛୁ ତେବେ ଆସେ କିନ୍ତୁ ଆଉ ସେମିତି କିଛି ଭୁଲ୍ ହେବନି ଏବଂ ମୋ ଝିଅ ସୁରଭି ଉପରେ ଅତ୍ୟାଚାର ହେବାକୁ ଦେବିନି। ମୁଁ ଜାଣିଛି, ଏମିତି କଥା ଶୁଣି, ତୋତେ ବହୁତ୍ ରାଗ ଲାଗିଥିବ କିନ୍ତୁ ସୁରଭି ପାଖକୁ ଯାଇ ତା' ସାଙ୍ଗରେ କଥା ହୋଇ ଆସିଲି ଏବଂ ଆମ ଘରେ ସେ ତିନି ଜଣଙ୍କୁ ବୁଝେଇ ଦେଇଛି। ସେ ଆଉ ସେମିତି ଭୁଲ୍ କାମ କରିବେନି। ଏତିକି ମୁଁ ତୋତେ ପ୍ରତିଶ୍ରୁତି ଦେଉଛି। ତା'ପରେ ତୁ ଯଦି ଆସିବାକୁ ଚାହୁଁଛୁ ତେବେ ଆସିପାରୁ।

ସୋମେଶ : ବାପା, ସକାଳ ଠାରୁ ମୁଁ ଠିକ୍ ରେ ଡିଉଟି କରିପାରୁନି।

ରାଧା ବାବୁ : ତୁ ଚିନ୍ତା କର ନାହିଁ ମୁଁ ଅଛି ନା, ସବୁ ସମାଧାନ କରି ସାରିଲିଣି।

ସୋମେଶ : ଏଇ କଥା, ସୁରଭିର ବାପା ଜାଣିଛନ୍ତି?

ରାଧା ବାବୁ : ସୁରଭି, ଏବେ ପର୍ଯ୍ୟନ୍ତ କହିନି, ପରେ ଜାଣିବେ ଯଦି ସେ ଖରାପ ଭାବିବେ।

ସୋମେଶ : ହଉ, ବାପା, ମୁଁ ବସନ୍ତ ସାଙ୍ଗରେ କଥା ହୋଇ ଛୁଟି ପାଇଁ ଚିନ୍ତା କରିବି କହି ଫୋନ୍ କାଟିଦେଲା।

କ୍ଷମା

ସେଠୁ ରାଧା ବାବୁ ସିଧା ବସନ୍ତ ଘରକୁ ଗଲେ, ସେଠି ବସନ୍ତ ଚିନ୍ତାରେ ବସିଛି। ରାଧା ବାବୁ, ଆସିବା ଦେଖ୍ ବସନ୍ତ, ଆଶ୍ଚର୍ଯ୍ୟ ହୋଇ ଚାହିଁ ରହିଲା। ମଉସା ଆସନ୍ତୁ, ପ୍ରଥମ ଥର ରାଧା ବାବୁ ବସନ୍ତ ଘରକୁ ଯାଇଥିଲେ। ବସନ୍ତ ମଉସାଙ୍କୁ ପାଣି ଗ୍ଲାସ୍ ଦେଇ ବସିବାକୁ କହିଲା।

ବସନ୍ତ : ମଉସା, ମୋତେ କ୍ଷମା କରିବେ, ଆପଣଙ୍କୁ ଏଣୁ ତେଣୁ ରାଗରେ ବହୁତ୍ କଥା କହିଦେଇଛି।

ରାଧା ବାବୁ : ବସନ୍ତ, ତୁ ମୋ ପୁଅ ଭଲି, ପୁଅର କଥା ବାପା କେବେ ଖରାପ ଭାବେ ନାହିଁ ଏବଂ ତୁ ଯାହା କହିଛୁ ତାହା ଯଦି ମିଛ ହୋଇଥାନ୍ତା ତେବେ ମୁଁ ଖରାପ ଭାବିଥାନ୍ତି, ତୁ ତ ସବୁ ସତ କଥା କହିଛୁ, ସେଥିପାଇଁ ମୁଁ ଖରାପ ଭାବି ନାହିଁ।

ରାଧା ବାବୁ : ମୁଁ ଆସିଥିଲି, ତୋତେ କହିବା ପାଇଁ, ମୁଁ ସକାଳେ ସୁରଭି ଘରକୁ ଯାଇଥିଲି, ସେଠି ସୁରଭିକୁ ବୁଝେଇ ଆସିଛି। ତୁ ରମେଶ ବାବୁଙ୍କୁ ଏ ବିଷୟରେ କିଛି କହିଛୁ କି??

ବସନ୍ତ : ନାହିଁ ମଉସା, ମୋତେ ଭାଉଜ ମନା କରିଲେ କହିବା ପାଇଁ। ସେଥିପାଇଁ କହିନି।

ରାଧା ବାବୁ : ଶୁଣ, ମୁଁ ତୋ ମାଉସୀ, ଅନୁଜ୍ ଏବଂ ତା ମା'ଙ୍କୁ ବୁଝେଇ ଦେଇଛି ସେମାନେ ନିଜ ଭୁଲ ବୁଝି କ୍ଷମା ମାଗିଲେ।

ବସନ୍ତ : ମଉସା, ଅନୁଜ୍ ଏବଂ ତାଙ୍କ ମା'ଙ୍କୁ ଘରୁ ବାହାର କରିଦିଅନ୍ତୁ ମୋର ତାଙ୍କ ଉପରେ ତିଳେ ମାତ୍ର ବିଶ୍ୱାସ ନାହିଁ ସେମାନେ ଘର ଭିଙ୍ଗି କୁମ୍ଭୀର ସଦୃଶ୍ୟ।

ରାଧା ବାବୁ : ମୁଁ ମଧ ସେ କଥା କହିଲି, କିନ୍ତୁ ସେମାନେ ନିଜ ଭୁଲ ବୁଝି ମୋତେ କ୍ଷମା ମାଗିଲେ ଏବଂ ସୁରଭିର କିଛି ଅସୁବିଧା ହେବ ନାହିଁ ବୋଲି କହି ମୋତେ ପ୍ରତିଶ୍ରୁତି ଦେଲେ। ସେଥିପାଇଁ ମୁଁ ତାଙ୍କୁ କ୍ଷମା ଦେଲି ଏବଂ ତୁ ସୋମେଶକୁ କହିବୁ, ସେ ଏବେ ଛୁଟି ଆସିବ ନାହିଁ, ସେ ଯଦି ଆସିବ ଘରେ ପୁଣି ଝଗଡା ହେବ। ତୁ ତାକୁ ବୁଝେଇ ଦେବୁ।

ବସନ୍ତ : ହଉ ମଉସା, ଆପଣଙ୍କ ଇଚ୍ଛା। ତାପରେ ରାଧା ବାବୁ ଘରକୁ ଫେରିଲେ।

ସମୟ ପାଖାପାଖି ୨ଟା ହେବାକୁ ଆସିଲାଣି, ସକାଳ ଠାରୁ ରାଧା ବାବୁ କିଛି ନ ଖାଇ ଏପଟେ ସେପଟେ ହେଉଛନ୍ତି। ଘରକୁ ଆସି ରାଗରେ ଶୋଇବାକୁ ଗଲେ। ପଛପଟୁ ଶାନ୍ତି ଦେବୀ ଆସି ପଚାରିଲେ, ଚାଲ ଖାଇବ!

ରାଧା ବାବୁ : ତୁମେ ଖାଇ ନିଅ, ତମର ଏମିତି କାମ ଯୋଗୁଁ ତମ ହାତରୁ ଖାଇବା ପାଇଁ ମୋର ଇଚ୍ଛା ନାହିଁ।

ଶାନ୍ତି ଦେବୀ : ମୁଁ ତ ମୋର ଭୁଲ୍ ସ୍ୱୀକାର କରିଲି, ସୁରଭି ସାଙ୍ଗରେ କିଛି ହେବାକୁ ଦେବିନି। ଯଦି କିଛି ହେଲା ତେବେ ମୋର ତୁମେ ମଲା ମୁହଁ ଦେଖିବ। (ସେତେବେଳେ ଶାନ୍ତି ଦେବୀ, ନିଜ ଭୁଲ ବୁଝି ସାରିଲେଣି)

ରାଧା ବାବୁ : ତୁମେ ମୋ ଆଗରେ କୁମ୍ଭୀର କାନ୍ଦଣା କରନି, ଯାଅ ଏଠୁ !!

ଶାନ୍ତି ଦେବୀ : ରାଧା ବାବୁଙ୍କ ହାତକୁ ଧରି, ତମର ଯଦି ରାଗ ଶାନ୍ତ ହୋଇନି ତେବେ ମୋତେ ଚାପୁଡା ମାରି ପାର, ଯଦି ସେଥିରେ ମନ ଭରିବ ନାହିଁ ତେବେ, ବାରିପଟୁ ମୁଁ ବାଡିଟିଏ ନେଇ ଆସୁଛି ସେଥରେ ମଧ ମନ ଇଚ୍ଛା ମାରିପାର। ଏତିକି କହି କାନ୍ଦି କାନ୍ଦି ରାଧାବାବୁଙ୍କ ଗୋଡ଼ ତଳେ ପଡିଗଲେ।

ରାଧା ବାବୁ : (ଛଳ ଛଳ ଲୁହରେ) ତୁମେ ଏମିତି ଭୁଲ କରିବ ବୋଲି ମୋର ଆଶା ନଥିଲା, ରାଗରେ ତମ ଉପରକୁ ହାତ ଉଠେଇ ଦେଲି, ମୋତେ ବହୁତ୍ ଖରାପ ଲାଗୁଛି ।

ଶାନ୍ତି ଦେବୀ : ତୁମେ ଠିକ୍ କରିଛ। ଏଇଟା ତମର ଅଧିକାର, ଯଦି କିଏ ଭୁଲ ବାଟରେ ଯାଏ ତେବେ ଘରର ମୂରବୀ ତାକୁ ଠିକ୍ ରାସ୍ତାରେ ଆଣିବା ଦରକାର ଏବଂ ତୁମେ ତାହା କରିଛ। ଏଥିରେ ତୁମେ ନିଜକୁ କାହିଁକି ଦୋଷୀ ଭାବୁଛ।

ଶାନ୍ତି ଦେବୀ : ଚାଲ ଖାଇବ, ସକାଳ ଠାରୁ ତୁମେ କିଛି ଖାଇ ନାହିଁ। ରାଧା ବାବୁ ଶାନ୍ତି ଦେବୀ'ଙ୍କୁ କ୍ଷମା କରି ଖାଇବାକୁ ଗଲେ ।

ବସନ୍ତ ସୋମେଶକୁ ଟେଲିଫୋନ କରି କହିଲା ଏବେ ତୁ ଆସେ ନାହିଁ, ପରେ ଆସିବୁ ଏବେ ତୋ ବାପା ସବୁ ସମାଧାନ କରିଦେଲେଣି। ସୋମେଶର ଅନୁରୋଧରେ ବସନ୍ତ ସୁରଭି ସାଙ୍ଗରେ କଥା କରେଇଲା। ସୋମେଶ ଏବଂ ସୁରଭିର କଥା ବାର୍ତ୍ତାରେ ସୁରଭି କେବଳ ଚୁପ୍ ରହି କାନ୍ଦୁଥିଲା କିନ୍ତୁ ସୋମେଶ ତାକୁ ବୁଝେଇ କହିଲା ତୁମେ ଟିକେ ଚାଲାକ୍ ହୁଅ, ତମ ଉପରେ ଏମିତି ଅତ୍ୟାଚାର ହେଉଥିଲା। ତୁମେ କେମିତି ସହ୍ୟ କରୁଥିଲ ? ଏମିତି ଭୁଲ ଏବଂ ଅତ୍ୟାଚାର ସମୟରେ ତୁମେ ଚୁପ୍ ରହୁଛ କାହିଁକି, ଏକଥା ଠିକ୍ ନୁହଁ। ତୁମେ ଚିନ୍ତା କରନି ମୁଁ ଏଠି କ୍ୱାଟର ପାଇଁ ଦରଖାସ୍ତ ଦେଇଛି ଗୋଟିଏ ମାସ ଭିତରେ ହୋଇଯିବ ଏବଂ ମୁଁ ଆସନ୍ତା ମାସରେ ତମକୁ ନେଇ ଆସିବି। ସୁରଭି ଅଳ୍ପ ଖୁସି ହେଲା ଏବଂ ଟେଲିଫୋନ ରଖିଦେଲା।

ଅନୁଜ୍ ଖରାପ ବ୍ୟବହାର କରିଛି ବୋଲି ସମସ୍ତେ ଜାଣିଛନ୍ତି କିନ୍ତୁ କ'ଣ ଖରାପ ବ୍ୟବହାର କରିଛି ତାହା କେବଳ ବସନ୍ତ ଏବଂ ସୁରଭି ଜାଣିଥିଲୋ। ବସନ୍ତ ସୋମେଶକୁ କହିବାକୁ ଚେଷ୍ଟା କରିଥିଲା କିନ୍ତୁ ସୁରଭି ମନା କରିବା ପରେ ସେ ମଧ୍ୟ ଚୁପ୍ ହୋଇଗଲା ।

ଖୁସି ଖବର

ସୁରଭି ଆସିବାର ୬ଦିନ ପରେ ହଠାତ୍ ବାନ୍ତି ସହିତ ସୁରଭି ମୁଣ୍ଡ ବୁଲେଇ ତଳେ ପଡ଼ିଗଲା। ରମେଶ ବାବୁ ସୁରଭିକୁ ମେଡିକାଲ ନେଇ ଗଲେ। ସେଠି ସେ ଜାଣିବାକୁ ପାଇଲେ ଯେ ସୁରଭି ମା' ହେବାକୁ ଯାଉଛି। ରମେଶ ବାବୁ ଏବଂ ନୀତା ମା'ଙ୍କ ଖୁସି ଦ୍ୱିଗୁଣିତ ହୋଇଗଲା। ଏଠି ସୁରଭି ଖୁସି ହେଲା କିନ୍ତୁ ତା ମନ ଦୁଃଖ ହୋଇଗଲା କାରଣ ସେ ଚାହୁଁଥିଲା ସୋମେଶ ସାଙ୍ଗରେ ତାର ୟୁନିଟ୍ କୁ ଯିବା। ସେଠି ବୁଲାବୁଲି କରିବ ଏବଂ ୬ମାସ କିମ୍ବା ବର୍ଷେ ପରେ ଛୁଆ ପାଇଁ ଚିନ୍ତା କରିବେ ବୋଲି ଦୁଇଜଣ କଥାବାର୍ତ୍ତାରେ ସ୍ଥିର କରିଥିଲେ। ତଥା ୪ ମାସ ପରେ ସୁରଭିର +୩ ତୃତୀୟ ବର୍ଷର ଫାଇନାଲ ପରୀକ୍ଷା ହେବାକୁ ଥିଲା। ସେ ଚିନ୍ତାରେ ପଡ଼ିଗଲା। ମେଡିକାଲ୍ ରୁ ଘରକୁ ଆସିଲା ପରେ ସୁରଭି ଶାନ୍ତ ଅବସ୍ଥା ଦେଖି ନୀତା ଦେବୀ ପଚାରିଲେ କ'ଣ ହେଲା, ତୁ ଦୁଃଖୀ ହେଲା ଭଳି ଲାଗୁଛୁ କ'ଣ ହୋଇଛି ତୋର? ସୁରଭି : ନାହିଁ ମା' କିଛି ନାହିଁ?

ନୀତା ଦେବୀ, ବାଧ୍ୟ କରିବା ପରେ ସୁରଭି କହିଲା, ମା' ଏବେ ମୋତେ ଛୁଆ ଦରକାର ନାହିଁ, ମୋର ଆଗକୁ ପରୀକ୍ଷା ଅଛି ଏବଂ ସୋମେଶ ମଧ୍ୟ ଆସନ୍ତା ମାସରେ ଆସିବେ ସେ ନେଇକରି ଯିବେ ବୋଲି କହୁଥିଲେ।

ନୀତା ମା' : ଆରେ, କ'ଣ ଅସୁବିଧା, ପରୀକ୍ଷା ଏହି ବର୍ଷ ନ ଦେଇ ଆଗାମୀ ବର୍ଷ ଦେଇ ଦେବୁ। ଆଉ ସୋମେଶ ଯଦି ଆସନ୍ତି ତେବେ ଆସନ୍ତୁ ସେ ମଧ୍ୟ ଶୁଣି ଖୁସି ହୋଇଯିବେ। ତୋ ଶଶୁର ସାଙ୍ଗରେ କଥା ହୋଇ ତାଙ୍କୁ ଅନୁରୋଧ କରିବି, ତୁ ଆମ ଗାଁ ରେ ସୋମେଶ ଆସିବା ପର୍ଯ୍ୟନ୍ତ ରହିଯିବୁ। ମୋତେ ମଧ୍ୟ ଭଲ

ଲାଗିବ। ଏମିତିରେ ମୋର ଦେହ ଖରାପ ରହୁଛି। ତୁ ରହିଲେ ମଧ ମୋତେ ଭଲ ଲାଗିବ। ଯେବେଠୁ ତୋର ବାହାଘର ହୋଇଛି। ସେ ଦିନ ଠାରୁ ମୁଁ ଯେମିତି ଏକୁଟିଆ ହୋଇ ଯାଇଛି। ମା'ଙ୍କ କଥା ଶୁଣି, ସୁରଭି ଅଳ୍ପ ଦୁଃଖୀ ହୋଇଗଲା। ସେ କ'ଣ କରିବ କିଛି ଭାବିପାରୁନଥିଲା। ସୁରଭି ଶଶୁରଙ୍କୁ କଥା ଦେଇଥିଲା କି ୧୦ ଦିନ ପରେ ସେ ଆସିବ ବୋଲି ଏବଂ ଏପଟେ ମା'ଙ୍କ ଦେହ ଖରାପ କଥା ଶୁଣି ସୁରଭିର ଚିନ୍ତା ବଢ଼ିଗଲା।

ତାର ୨ ଦିନ ପରେ ମାନେ ଅଷ୍ଟମ ଦିନ ରାଧା ବାବୁ ସୁରଭି ଘରକୁ ବୁଲିବାକୁ ଆସିଲେ। ସେଠି ସୁରଭିର ଖୁସି ଖବର ଶୁଣି ସେ ବହୁତ୍ ଖୁସି ହୋଇଗଲେ। ଖୁସିରେ ସେ ସୁରଭିକୁ ଆଶୀର୍ବାଦ ଦେଇ କିଛି ଟଙ୍କା ବାହାର କରି ସୁରଭି ହାତରେ ଦେଲେ। ରମେଶ ବାବୁ କହିଲେ, ସମ୍ବଦୀ ଝିଅ କହୁଥିଲା ୧୦ ଦିନ ପରେ ଯିବା ପାଇଁ? ଝିଅ ଯଦି ଆଉ କିଛିଦିନ ରହିଲେ ଭଲ ହୁଅନ୍ତା କାରଣ ସୁରଭିର ମା'ଙ୍କ ଦେହ ଭଲ ରହୁନି। ଏତିକି କଥା ଶୁଣି ରାଧା ବାବୁ କହିଲେ କିଛି ଅସୁବିଧା ନାହିଁ ଆପଣ କୁହନ୍ତୁ କେବେ ସୁରଭିକୁ ନେଇ ଆସିବେ ନହେଲେ କୁହନ୍ତୁ କେତେ ଦିନ ପରେ ଆସିବି, ମୁଁ ଆସି ନେଇଯିବି। ରମେଶ ବାବୁ, ନା ନା ସେମିତି ଅଧିକ ଦିନ ରଖିବି ନାହିଁ, ଆଉ ୧୦ ଦିନ ଯଦି ରୁହନ୍ତା ତେବେ ତାର ମା'ର ଦେହ ଭଲ ହୋଇଯାଆନ୍ତା ତାପରେ ମୁଁ ଝିଅକୁ ନେଇ ଛାଡ଼ି ଆସିବି ।

ରାଧା ବାବୁ : ଠିକ୍ ଅଛି, ସମ୍ବଦୀ ; ମାତ୍ର ୧୦ ଦିନ!! (ହସି ହସି) ୧୦ ଦିନ ପରେ ଯଦି ଆସିବେ ନାହିଁ, ତେବେ ମୁଁ ନିଜେ ଆସି ମୋ ଝିଅକୁ ନେଇଯିବି। ଆଉ ସେତେବେଳେ ମୋତେ ଦୋଷ ଦେବେ ନାହିଁ। ଦୁହେଁ ହସିଲେ ରାଧା ବାବୁ କହିଲେ ହଉ, ଯୋଉଠି ରହିଲେ ମଧ ସେ ମୋ ଝିଅ। ଯେତେବେଳେ ମନେ ପଡ଼ିବ ମୁଁ ଚାଲି ଆସିବି କାରଣ ଏବେ ମୁଁ ଜେଜେ ହେବାକୁ ଯାଉଛି ମୋତେ ତ ମୋ ଝିଅର ଯତ୍ନ ନେବାକୁ ହେବ ନା?

ସୁରଭି : ବାପା!! ମୋର ଗୋଟିଏ କଥା ରଖିବ?

ରାଧା ବାବୁ : କୁହ ଝିଅ? ସୁରଭି କହିଲା, ବାପା ତୁମେ ଜେଜେ ହେବା କଥା ତୁମ ପୁଅକୁ କହିବ ନାହିଁ। ସେ ଆସନ୍ତା ମାସରେ ଆସିଲେ ମୁଁ ତାଙ୍କୁ ନିଜେ ଜଣେଇବି।

ରାଧା ବାବୁ : ଏଇ କଥା ତ, ହଉ ମା', ନିଶ୍ଚୟ, ତୋ କଥା ରଖିବି। ଏତିକି କହି ରାଧା ବାବୁ ନିଜ ଗ୍ରାମକୁ ଫେରିଗଲେ ।

ଦିନ ବିତିଗଲା ୨୦ ଦିନ ପରେ ରମେଶ ବାବୁ ସୁରଭିକୁ ନେଇ ରାଧା ବାବୁଙ୍କ ଘରେ ପହଞ୍ଚିଲେ। ରାଧା ବାବୁ, ସୁରଭିଙ୍କୁ ସମ୍ମାନ ସହିତ ଘର ଭିତରକୁ ପାଛୋଟି ନେଲେ କାରଣ ତାଙ୍କ ଘରେ ନୂଆ କିରଣ ଉଦୟ ହେବାକୁ ଯାଉଥିଲା। ସେତେବେଲେ ଶାନ୍ତିଦେବୀଙ୍କ ମନ ପରିବର୍ତ୍ତନ ହୋଇଯାଇଥିଲା କିନ୍ତୁ ପିଉସୀଙ୍କ ରାଗ ଏବେ ମଧ୍ୟ ସୁରଭି ଉପରେ ଥିଲା କିନ୍ତୁ ସେ କିଛି କରିପାରୁ ନଥିଲେ କାରଣ ଶାନ୍ତିଦେବୀଙ୍କର ସୁରଭି ପ୍ରତି ପୁଣିଥରେ ଭଲ ପାଇବା ବଢ଼ି ଯାଇଥିଲା ଏବଂ ପିଉସୀଙ୍କ ସବୁ କଥାକୁ ଶାନ୍ତି ଦେବୀ ଖଣ୍ଡନ କରୁଥିଲେ। ଅନୁଜ୍ ମଧ୍ୟ ସୁରଭିକୁ ଦେଖି ରାଗରେ ଜଳୁଥିଲା କିନ୍ତୁ କିଛି କରିପାରୁନଥିଲା। କାରଣ ଶାନ୍ତିଦେବୀ ସବୁବେଲେ ପାଖେ ପାଖେ ରହୁଥାନ୍ତି। କିଛି ଦିନ ପରେ ରାଧା ବାବୁଙ୍କ ମନ ଶାନ୍ତ ହେଲା ପରେ ସେ ଅନୁଜ୍ କୁ ବାଇକ୍ ଚାବି ଦେଇଥିଲେ। ଏଠି ସାପ (ଅନୁଜ୍) ଆଘାତ ପାଇ ଅଧିକ ବିଷାକ୍ତ ହୋଇଯାଇଥିଲା ଏବଂ ତାର ମନ ଭିତରେ ସବୁବେଲେ ପ୍ରତିଶୋଧର ଅଗ୍ନି ଜଳି ଉଠୁଥିଲା।

ଅଶୁଭ ସଂକେତ

ସେ ଚିନ୍ତାରେ କିଛି ଦିନ ବିତି ଗଲା। ସୋମେଶ ଆସିବାର ସମୟ ପାଖେଇ ଆସିଲାଣି। ସୋମେଶ ଆସିବାର ଠିକ୍ ଦୁଇ ଦିନ ପୂର୍ବ ରାତି, ପ୍ରାୟ ୯ଟା ହେବ। ଘରେ ସମସ୍ତେ ରାତ୍ରି ଭୋଜନ କରୁଥିଲେ। ରାଧା ବାବୁ ଏବଂ ଅନୁଜ୍ ଭୋଜନ ସାରି ବସିଥିଲେ। ବାକି ପିଉସୀ ଏବଂ ଶାନ୍ତିଦେବୀ ଖାଇ ବସିଥିଲେ। ହଠାତ୍ କୁକୁର କାନ୍ଦିବାର ଶଦ ଶୁଣା ଗଲା। ରାଧା ବାବୁ ଅନୁଜ୍ କୁ କହିଲେ, ଯା ଦେଖିବୁ ଆଉ ତାକୁ ଘଉଡାଇ ଆସିବୁ। କୁକୁର କାନ୍ଦଣା ଅମଙ୍ଗଳର ସଂକେତ। ଅନୁଜ୍ ବାହାରକୁ ଯିବା ପୂର୍ବରୁ ସୁରଭି କହିବାକୁ ଲାଗିଲା, ନାହିଁ ବାପା ଖରାପ ସଂକେତ ବୋଲି ମୁଁ ଜାଣିନି ପ୍ରକୃତରେ ଏମାନେ ବୁଲା କୁକୁର। ରାତିରେ ଖାଇବାକୁ ପାଉନାହାନ୍ତି ସେଥିପାଇଁ ଏମାନେ ଏମିତି ଶଦ କରିଥାନ୍ତି କାଲେ କିଏ ତାଙ୍କୁ ଖାଇବାକୁ ଦେବ। ଏତିକି ଶୁଣି ରାଧା ବାବୁ କହିଲେ। ପିଲାଦିନେ ଏମିତି କୁକୁର କାନ୍ଦଣା କଲେ ମୋ ବୋଉ ଅଶୁଭ ସଂକେତ ବୋଲି କହୁଥିଲେ। ଆଉ ଆଜି ମୋ ଝିଅ ଠାରୁ କିଛି ନୂଆ ଶୁଣିଲି।

ସୁରଭି : ମୋତେ ଆମ ସ୍କୁଲରେ ସାର୍ କହିଥିଲେ

ରାଧା ବାବୁ : ହଉ ସୁରଭି, ତେବେ କିଛି ଖାଇବା ବଞ୍ଚିଥିବ ଯଦି ତେବେ ତାକୁ ଦେଇଦିଅ। ସୁରଭି କିଛି ଖାଇବା ଗୋଟିଏ ପଲିଥିନ୍ ରେ ଦେଇ ଅନୁଜ୍ ହାତରେ ପଠେଇଲା। ତାପର ଦିନ ସକାଳୁ ସକାଳୁ ରାଧା ବାବୁ ଉଠି ବାରଣ୍ଡାରେ ବସିଲେ। ଏମିତିରେ ସବୁଦିନ ସକାଳ ୪ଟାରେ ସେ ଉଠିଯାଆନ୍ତି ଏବଂ ସେ ବାରଣ୍ଡାରେ ବସିବାକୁ ଯାଉଥିଲେ ହଠାତ୍ ତାଙ୍କ ନଜର ଗୋଟିଏ ବଡ ପେଚା

(ପକ୍ଷୀ) ଉପରେ ପଡ଼ିଲା। ପ୍ରଥମେ ତ ଚମକି ପଡ଼ିଲେ କାରଣ ବାରଣ୍ଡା ଠାରୁ ପ୍ରାୟ ୫ମିଟର ଦୂରରେ ଥିବା ଅମୃତ ଗଛ ଉପରେ ପେଚାଟିଏ ବସିଥିଲା। ସେ ପେଚାକୁ ଉଡ଼ିଯିବା ପାଇଁ କିଛି ଗୋଡ଼ି ଉଠାଇ ମାରିଲେ କିନ୍ତୁ ସେ ପେଚା ନ ଉଡ଼ି କିଛି ସମୟ ରାଧା ବାବୁଙ୍କୁ ଚାହିଁ ରହିଲା ଏବଂ ୨ ମିନିଟ୍ ପରେ ସେ ଉଡ଼ିଗଲା। ରାଧା ବାବୁଙ୍କ ମନରେ ପୁଣି ପାପ ଛୁଇଁଲା ଏବଂ ଭାବନାକୁ ବଦଲେଇ ସେ ଭାବିଲେ କାଳେ କୋଉ ମୂଷାକୁ ଖାଇବା ଅପେକ୍ଷାରେ ଏଠି ବସିଯାଇଥିବ। ତା'ପରେ ନିତ୍ୟକର୍ମରେ ଲାଗିପଡ଼ିଲେ। ସେଦିନ ସେହି ଗ୍ରାମର ସରପଞ୍ଚଙ୍କ ନାତିର ଜନ୍ମ ଦିନ ଯୋଗୁଁ ମନ୍ଦିରରେ ଭୋଜିର ଆୟୋଜନ ହୋଇଥିଲା। ଗ୍ରାମର ସମସ୍ତ ଲୋକଙ୍କୁ ନିମନ୍ତ୍ରଣ ଥିଲା। ଘରେ ସୁରଭି ଏକା ଥାଏ। ଘରେ ସୁରଭିକୁ ଛାଡ଼ି ବାକି ସମସ୍ତେ ମନ୍ଦିରକୁ ଭୋଜି ଖାଇବା ପାଇଁ ବାହାରିଲେ। ଘରୁ କିଛି ଦୂର ଗଲା ପରେ ବାମ ପାର୍ଶ୍ୱରୁ ଦୁଇଟି ବିଲେଇ କଳି କରି ରାସ୍ତା ଉପରକୁ ଆସି ଅନୁଜ୍ ର ବାଇକ୍ ସାମ୍ନାରେ ଆସି ରହିଲେ ଏବଂ ଏମାନଙ୍କୁ ଦେଖି ବିଲେଇଙ୍କ କଳି ହଠାତ୍ ବନ୍ଦ ହୋଇଗଲା। ବିଲେଇ ଦୁଇଟି ରାଧା ବାବୁ ଏବଂ ଶାନ୍ତିଦେବୀଙ୍କୁ ଚାହିଁ ରହିଲେ ଏବଂ ଗୋଟିଏ ମିନିଟ୍ ପରେ ସେମାନେ ରାସ୍ତା କାଟି ଚାଲିଗଲେ। ରାଧା ବାବୁଙ୍କ ମନ ପାପ ଛୁଇଁ ବାକୁ ଲାଗିଲା। ସେ ଇଚ୍ଛା ନଥିଲେ ମଧ୍ୟ ଗ୍ରାମ ସମିତିର ଜଣେ ସଦସ୍ୟ ଭାବେ ସେ ମନ୍ଦିରରେ ଉପସ୍ଥିତ ରହିବାକୁ ସରପଞ୍ଚ କହିଥିଲେ। ସେଥିପାଇଁ ସେ ମନ୍ଦିର ଅଭିମୁଖେ ଚାଲିଲେ। ସେ ମନେ ମନେ ଭାବିଲେ ଯେ କିଛି ଗୋଟିଏ ବିପଦ ମାଡ଼ି ଆସୁଛି ଏବଂ ତାର ପୂର୍ବାଭାସ ହୋଇ ଆମକୁ ଜଣେଇବାକୁ ଚାହୁଁଛନ୍ତି କିନ୍ତୁ ସେଠି ମନେ ମନେ ଭାବିଲେ ଏମିତି କଥା ଯଦି ସୁରଭି ଶୁଣିବ ତେବେ ଏମାନଙ୍କ କଳି ବିଷୟରେ ମଧ୍ୟ ସେ କିଛି ଅନ୍ୟ ଉତ୍ତର ରଖିଥିବ ଏମିତି ଭାବି ମୁରୁକି ହସ ଦେଇ ମନ୍ଦିର ଅଭିମୁଖେ ଚାଲିଲେ। ଅନୁଜ୍ ବାଇକ୍ ରେ ଦୁଇ ଥର କରି ସମସ୍ତଙ୍କୁ ମନ୍ଦିରରେ ଛାଡ଼ି ଆସିଲା।

ବଳାତ୍କାର

ସେଦିନ ବୀଣା ଦିଦି ଘରକୁ ଆସିବେ ବୋଲି ଭାବିଥିଲେ କାରଣ ସେ ସୁରଭିର ଖୁସି ଖବର ଆସିଛି ବୋଲି ଶୁଣିବାକୁ ପାଇଲେ। ଏହା ପୂର୍ବରୁ ଘରେ ଘଟିଥିବା ଘଟଣା ଯୋଗୁଁ ସେ ଜାଣି ବାପା ଉପରେ ବହୁତ ରାଗିଥିଲେ ଏବଂ ସେ କହିଥିଲେ ଯେ ଯୋଉଦିନ ପର୍ଯ୍ୟନ୍ତ ପିଉସୀ ଏବଂ ଅନୁଜ୍ ଘରେ ଥିବେ ସେତେ ଦିନ ପର୍ଯ୍ୟନ୍ତ ସେ ଏ ଘରକୁ ଆସିବେ ନାହିଁ କିନ୍ତୁ ସେଦିନ କେବଳ ସୁରଭିକୁ ଦେଖିବା ବାହାନାରେ ଆସିବେ ବୋଲି ବାହାରିଲେ।

ଏପଟେ ମନ୍ଦିର ଭିଡ ଯୋଗୁଁ ଭୋଜି ଖାଇବାକୁ ହେଲେ ପ୍ରାୟ ୧ ଘଣ୍ଟାରୁ ଅଧିକ ସମୟ ଲାଗିବ। ସେଥିପାଇଁ ଅନୁଜ୍ କାହାକୁ ନ କହି ସେମାନଙ୍କୁ ସେଠି ଛାଡ଼ି ସେ ସଞ୍ଜୟ ପାଖକୁ ଚାଲି ଆସିଲା। ସଞ୍ଜୟ ମଧ ସେଦିନ ମେଡିକାଲ୍ ଯାଇ ନଥିଲା। ସଞ୍ଜୟର ଯୋଜନା ଅନୁସାରେ ଦୁହେଁ ସ୍ଥିର କରିଲେ କି ୧ ଘଣ୍ଟା ସମୟ ଅଛି ଚାଲ୍ ଅଳ୍ପ ଅଳ୍ପ ମଦ ଟିକେ ପିଇବା। ବହୁତ୍ ଦିନ ହେଲା ତୋ ସାଙ୍ଗରେ ପିଇନି ବୋଲି ସଞ୍ଜୟ କହିଲା। ଦୁହେଁ ମଦ ପିଇଲେ। ଅଧ ଘଣ୍ଟାଏ ପରେ ଅନୁଜ୍ କୁ ନିଶା ହେବାକୁ ଲାଗିଲା। ସେ ତାର ସବୁ ପୁରୁଣା କଥା ସଞ୍ଜୟକୁ କହିଲା। ସଞ୍ଜୟ ମଧ ନିଶାଶକ୍ତ ଅବସ୍ଥାରେ ତାକୁ କହିଲା ସେ ମହାରାଣୀକୁ ପାନେ ଦେବାକୁ ହେବା

ଅନୁଜ୍ : କ'ଣ କରିବିରେ, ମୋର ହାତ ବନ୍ଧା ପଡ଼ିଛି, ମାଈଁ ସବୁବେଳେ ପାଖେ ପାଖେ ରୁହନ୍ତି ସେଥିପାଇଁ କିଛି କରିପାରୁନି।

ସଞ୍ଜୟ : ସୁରଭି ମଧ ଭୋଜି ଖାଇବାକୁ ଆସିଛି କି?

ଅନୁଜ୍ : ନା, ସେ ମହାରାଣୀ ଘରେ ଅଛନ୍ତି।

ସଞ୍ଜୟ : ଆରେ, ଏ ତ ସୁବର୍ଣ୍ଣ ସୁଯୋଗ, ସୁରଭି ଘରେ ଏକା ଅଛି, ସେପଟେ ମାମୁଁ, ମାଇଁ ଭୋଜି ଖାଇବାକୁ ସମୟ ଲାଗିବ, କ'ଣ ଭାବୁଛୁ, ଆଜି ଛକା ମାରିଦୋ।

ଅନୁଜ୍ : ନା, ରେ ମାମୁଁ ଜାଣିଲେ ଘରୁ ବାହାର କରିଦେବେ।

ସଞ୍ଜୟ : ଆବେ, ତୁ କହିଥିଲୁ ପରା, ତୁ ତାକୁ ଜବରଦସ୍ତ କରିବା କଥା ଘରେ କେହି ଜାଣିନାହାନ୍ତି ଆଉ ସୁରଭି ମଧ କହି ନଥିଲା। ତେବେ ସମୟ ନଷ୍ଟ ନକରି ତୋର ସେଦିନ ଅଧା କାମକୁ ଆଜି ପୁରା କରିଦୋ।

ଅନୁଜ୍ : ଆବେ, ତୋତେ ନିଶା ହୋଇଗଲାଣି। ଚୁପ୍ କର।

ସଞ୍ଜୟ : ଆବେ ଚାଲ୍ ମୁଁ ତୋ ସାଙ୍ଗରେ ଅଛି, ତୁ କରିବୁ, ମଉକା ଯଦି ମିଲିବ ମୁଁ ମଧ ଟିକେ ମଜା ନେବି। ଏତିକି କହି ଦୁହେଁ ଚାଲିଲେ ସୁରଭି ଘରକୁ କବାଟ ଠକ୍ ଠକ୍ ପରେ ସୁରଭି କବାଟ ଖୋଲିଲା ଏବଂ ଅନୁଜ୍ କୁ ଦେଖ୍ ପଚାରିଲା ବାପା, ମା' କୁଆଡେ ଗଲେ। ଅନୁଜ୍ କିଛି ନ କହି ଘର ଭିତରକୁ ପଶି ଆସିଲା ଏବଂ ହାତରେ ମଦ ବୋତଲକୁ ଟେବୁଲ୍ ଉପରେ ରଖି କହିଲା ସେମାନେ ଆସି ନାହାନ୍ତି। ସେମାନେ କହିଲେ, ସୁରଭି ଘରେ ଏକା ଅଛି, ତୁ ଯା, ଅଳ୍ପ ସମୟ ପରେ ଆସିବୁ। ସୁରଭି କହିଲା ତୁମେ ମଦ ପିଇ ଘରକୁ ଆସିଛ ତୁମେ ଘରୁ ବାହାରି ଯାଆ।

ଅନୁଜ୍ : ତୁ ମୋତେ ଘରୁ ବାହାର କରିବାକୁ କିଏ ? ତୁ କ'ଣ ନିଜକୁ ଏ ଘରର ମୁରବୀ ବୋଲି ଭାବୁଛୁ କି?? ତୋ ପାଇଁ ସେଦିନ ମା, ମୋ ଉପରକୁ ହାତ ଉଠେଇଲା। କ'ଣ ଭୁଲିଗଲୁ କି? ସୁରଭି କିଛି ଉତ୍ତର ନ ଦେଇ ରୋଷେଇ ଘର ଆଡ଼କୁ ଯିବା ବେଳେ ଅନୁଜ୍ ଦଉଡ଼ି ଆସି ସୁରଭିର ହାତକୁ ଧରି କହିଲା, ଭାଉଜ ତୁମେ ଥରେ ମାନି ଯାଆ। ମୁଁ କେବେ ତମକୁ ହଇରାଣ କରିବି ନାହିଁ

ସୁରଭି : ପାଗଲାମି କର ନାହିଁ। ଏତିକି ବେଳେ ସଞ୍ଜୟ ଘରକୁ ପଶି ଆସିଲା। ସଞ୍ଜୟକୁ ଦେଖି ସୁରଭି ଡରିଗଲା। ତା ମନରେ ଭୟ ସୃଷ୍ଟି ହେଲା। ତାକୁ ଏମିତି ମନେ ହେଉଥିଲା ଯେ ଆଜି ତା ଉପରେ ବିପଦ ଅଛି। ସେ ଅନୁଜ୍ ର ହାତକୁ କାମୁଡ଼ି। ଦଉଡ଼ି ଯାଇ ବାଥରୁମ୍ ରେ କବାଟ ଦେଇ ଲୁଚିଗଲା। ତାପରେ ଦୁହେଁ ନର ରାକ୍ଷସ ଭଳି ବାଥରୁମ୍ ର କବାଟକୁ ଜୋର୍ ରେ ଗୋଇଠା ମାରିବାରୁ, ବାଥରୁମ୍ ର କବାଟ ଭାଙ୍ଗିଗଲା ଏବଂ ସୁରଭିର ଚୁଟିକୁ ଧରି ଘୋଷାଡ଼ି ଘୋଷାଡ଼ି ରୋଷେଇ ଘର ଭିତରକୁ ଟାଣି ଆଣିଲେ।

ଅନୁଜ୍ : ଭଲରେ ଭଲରେ ମାନିଯା, ନହେଲେ ଆମେ ବାଧ ହେବୁ, କାଲି ତ ସୋମେଶ ଆସିବ ଆଜି ଆମକୁ ଖୁସି କରେଇ ଦେ??

(ସୁରଭି ଚିକ୍ରାର କରି ଡାକିବାକୁ ଲାଗିଲା କିନ୍ତୁ ତାର କଥା ଶୁଣିବାକୁ ପଡ଼ିଶା ଘରଲୋକ କିମ୍ବା ଆଖ ପାଖ ଲୋକ କେହି ନଥିଲେ)

ସୁରଭି : କାଲି ସୋମେଶ ଆସିବେ, ତାଙ୍କୁ କହିଲେ ସେ ତମକୁ ଛାଡ଼ିବେ ନାହିଁ। ମୋତେ ଛାଡ଼ିଦିଅ।

ଅନୁଜ୍ : କାଲି କଥା, ଗୁଲି ମାର, ଛାଡ଼ିବି କ'ଣ ଦେଖ କ'ଣ କରୁଛି ମୁଁ!! ତୋତେ କହିଥିଲି ନା, ଆର ଥରକୁ ତୋ ଦେହରେ କପଡ଼ା ରଖିବି ନାହିଁ।

ସୁରଭି : ପ୍ଲିଜ, ମୋତେ ଛାଡ଼ି ଦିଅ, ମୁଁ " ମା' " ହେବାକୁ ଯାଉଛି, ମୋ ଛୁଆ ପାଇଁ ମୋତେ ଛାଡ଼ି ଦିଅ।

ଅନୁଜ୍ : ଆଚ୍ଛା, ତୁ ମା' ହେବୁ ବୋଲି ଆମେ ତୋତେ ଛାଡ଼ିଦେବୁ?? କହି ଆଗକୁ ବଢ଼ିବାକୁ ଲାଗିଲା। ସୁରଭି ରୋଷେଇ ଘରେ ଥିବା ପିତଳ ଥାଲିଆରେ ଅନୁଜ୍ ର ମୁଣ୍ଡକୁ ଜୋର୍ ରେ ପିଟିଲା। ଅନୁଜ୍ ଦେଖିଲା ତା ମୁଣ୍ଡରୁ ରକ୍ତ ବାହାରୁଛି। ଏହା ଦେଖି ସଞ୍ଜୟ ଆସିଲା ସୁରଭିକୁ ଗୋଟିଏ ଚାପୁଡ଼ା ଦେଲା ଏବଂ ସୁରଭିର ଲୁଗାକୁ ଟାଣିବାକୁ ଲାଗିଲା।

ସୁରଭି : ମୁଁ ତମକୁ ଅନୁରୋଧ କରୁଛି!!! ଏମିତି କରନି। ବାପା ମା'

ଜାଣିଲେ ବହୁତ ଖରାପ ହେବ। ସଞ୍ଜୟ ଏବଂ ଅନୁଜ୍ ଶୁଣିବା ସ୍ଥିତିରେ ନଥିଲେ, ସେତେବେଳେ ଦୁହେଁ ରାକ୍ଷସ ପାଲଟି ଯାଇଥିଲେ। ଅନୁଜ୍ ଆସି ସୁରଭିର ମୁହଁକୁ ଧରି ରାଗରେ କହିଲା, ମୁଁ ଜାଣିଛି ତୁ ସମସ୍ତଙ୍କୁ କହିବୁ କିନ୍ତୁ ଆଜି ତୋର ଅବସ୍ଥା ଶୋଚନୀୟ କରିଦେବି। ମୁଁ ତ ତୋତେ ଭଲରେ କହୁଥିଲି କିନ୍ତୁ ତୁ ମୋ ମୁଣ୍ଡ ଫଟେଇ ଦେଲୁ? ଏତିକି ଶୁଣିଲା ପରେ ସୁରଭି ପୁଣି ଥରେ ଥାଲିରେ ପିଟିବାକୁ ଗଲା ବେଳେ ଅନୁଜ୍ ଥାଲିକୁ ଧରି ଛଡେଇ ଫୋପାଡି ଦେଲା ଏବଂ ରାଗରେ ସୁରଭିର ମୁଣ୍ଡକୁ ଧରି କାନ୍ଥରେ ପିଟି ପେଟକୁ ଜୋର୍ ରେ ଗୋଇଠା ମାରିଦେଲା। ଠିକ୍ ତାର ପର ସେକେଣ୍ଠରେ ସୁରଭି ପେଟକୁ ଧରି ଚିତ୍କାର କରି କାନ୍ଦିବାକୁ ଲାଗିଲା। ମୁଣ୍ଡ ତଥା ଦେହରୁ ରକ୍ତ ବୋହି ଚାଲିଲା। ଏମିତି ଦୃଶ୍ୟ ଦେଖି ଦୁହେଁ ଡରିଗଲେ। ସୁରଭିର ଚିତ୍କାରରେ ପୁରା ଘର କମ୍ପି ଉଠିଲା, ସୁରଭି ଛଟ ପଟ ହୋଇ ତଳେ ଗଡି ଗଡି ଚିତ୍କାର କରୁଥାଏ ଏବଂ ଘର ସାରା ରକ୍ତ ବୋହି ଚାଲିଲା। ତା'ର କରୁଣ ଚିତ୍କାର ଶୁଣିବା ପାଇଁ ସେଠି କେବଳ ସେ ଦୁଇ ରାକ୍ଷସ ଥିଲେ। ଏମିତି ଅବସ୍ଥା ଦେଖି ସେମାନଙ୍କ ନିଶା ଛାଡ଼ି ଗଲା। ସେମାନେ ସୁରଭିକୁ ଅଧ ମରା ଅବସ୍ଥାରେ ଛାଡ଼ି ସେ ଘରୁ ବାହାରି ଗଲେ।

ଦୁହେଁ ବାଇକ୍ ଷ୍ଟାର୍ଟ କରି ସହର ଆଡ଼କୁ ଚାଲିଲେ। ପ୍ରାୟ ୫ ମିନିଟ୍ ପରେ ଘରେ ବୀଣା ଦିଦି ଆସି ପହଞ୍ଜିଲେ। ଘରୁ ସୁରଭିର କରୁଣ ଚିତ୍କାର ଶବ୍ଦ ଆସୁଥାଏ। ଏପଟେ ବାହାର ପଟୁ କବାଟ ବନ୍ଦ କରି ଦିଆ ଯାଇଛି। ବୀଣା ଦିଦି କିଛି ବୁଝି ନ ପାରି କବାଟ ଖୋଲି ଘର ଭିତରକୁ ଦଉଡ଼ି ଗଲେ। ସେଠି ସେ ଦେଖିଲେ ଘରର ସବୁ ସାମାନ ଏଣେତେଣେ ପଡ଼ିଛି ଏବଂ ରୋଷେଇ ଘରେ ସୁରଭି ତଳେ ପଡ଼ି ଚିତ୍କାର କରୁଛି। ଘର ସାରା କେବଳ ରକ୍ତ ରକ୍ତ। ବୀଣା ସେ ଦୃଶ୍ୟ ଦେଖି ଚମକି ପଡ଼ିଲା, ସେ କ'ଣ କରିବ କିଛି ଜାଣି ପାରୁନଥାଏ। ବାପା ମା' କହି ସମସ୍ତଙ୍କୁ ଡାକିଲା ଏବଂ ସୁରଭିକୁ କୋଳେଇ ନେଇ କାନ୍ଦି କାନ୍ଦି ସମସ୍ତଙ୍କୁ ଡାକୁଥାଏ। ବୀଣା ଦିଦି ଜାଣି ନାହିଁ କି ସମସ୍ତେ ମନ୍ଦିର ଯାଇଛନ୍ତି ବୋଲି। ଏପଟେ ସୁରଭି କଥା ହେବା ଅବସ୍ଥାରେ ନଥିଲା। ସେ ବାହାରକୁ ଦଉଡ଼ି ଗଲା ସାହି ପଡ଼ିଶା ଲୋକେ କେହି ନାହାନ୍ତି। ପୁଣି ଘର ଭିତରକୁ ଦଉଡ଼ି ଆସି ଦେଖିଲା ଯେ ସୁରଭି ବେହୋସ୍ ହେବାକୁ ଯାଉଥାଏ, ତାକୁ ଅଳ୍ପ ପାଣି ପିଆଇ ହୋସ ରେ ଆଣିଲା ଏବଂ ବହୁତ୍ କଷ୍ଟରେ ସେ ସୁରଭିକୁ ଉଠେଇବାକୁ ଚେଷ୍ଟା କରୁଥାଏ ଏବଂ ଏପଟେ ଚିତ୍କାର କରି ଡାକୁଥାଏ। ସେ ଭାବୁଥିଲା ନିଜ ସ୍କୁଟିରେ ବସେଇ ସେ

ମେଡିକାଲ୍ ନେଇ ଯିବ କିନ୍ତୁ ରକ୍ତକୁ ଦେଖ୍ ତାର ମଥା ଘୁରି ଯାଉଥାଏ।

ଠିକ୍ ଏତିକିବେଲେ ରାସ୍ତାରେ ଗୋଟିଏ ଲୋକ ନିଜ ପରିବାର ସହ ମନ୍ଦିରରୁ ଭୋଜି ଖାଇ ଫେରୁଥିଲେ। ଏମିତି ବିକଳ ଚିତ୍କାର ଶବ୍ଦ ଶୁଣି ସେ ଘର ଭିତରକୁ ପଶି ଆସିଲେ। ସେ ଲୋକକୁ ଦେଖ୍ ବୀଣା ଦିଦିର ସାହାସ ଆସିଲା ତାଙ୍କୁ ଅନୁରୋଧ କରିଲା। ଆଜ୍ଞା ସାହାଯ୍ୟ କର ସୁରଭିକୁ ମେଡିକାଲ୍ ନେଇ ଯିବା। ସେ ଲୋକ ଜଣଙ୍କ ନିଜ ପୁଅକୁ ମନ୍ଦିରକୁ ପଠେଇଲା ରାଧା ବାବୁ ଏବଂ ଶାନ୍ତିଦେବୀଙ୍କୁ ଡକେଇ ଆଣିବା ପାଇଁ ଏବଂ ସ୍କୁଟିରେ ସୁରଭିକୁ ନେଇ ବୀଣା ଦିଦି ଏବଂ ସେ ଲୋକ ପହଞ୍ଚିଲେ ମେଡିକାଲ୍ ରେ ।

ରାଧା ବାବୁ ତଥା ପରିବାର ସେ ପୁଅ ଠାରୁ ଖବର ଶୁଣି ଦଉଡ଼ି ଆସିଲେ। ରାଧା ବାବୁ ଘରକୁ ଆସିଲା ବେଲକୁ ଘରର ଅବସ୍ଥା ଦେଖ୍ ସେ ଭୟଭୀତ ହୋଇଗଲେ ପୁଣି ଦଉଡ଼ି ଗଲେ ମେଡିକାଲ୍ କୁ। ଏହି ଖବର ଶୁଣି କିଛି ଲୋକ ମଧ ମେଡିକାଲ୍ ରେ ଆସି ପହଞ୍ଚିଲେ। ସୋମେଶର ସାଙ୍ଗମାନେ ବସନ୍ତ ତଥା ରମେଶ ବାବୁ ଖବର ପାଇ ମେଡିକାଲ୍ ରେ ପହଞ୍ଚିଲେ। ମେଡିକାଲ୍ ରେ ସୁରଭିକୁ ଅପରେସନ ଥ୍ରେଟରକୁ ନିଆଗଲା। ପ୍ରାୟ ୫୦ ରୁ ଅଧିକ ଲୋକ ସେଦିନ ମେଡିକାଲ୍ ରେ ପହଞ୍ଚିଥିଲେ। ସମସ୍ତେ ଭଗବାନଙ୍କ ପାଖେ ଗୁହାରି କରୁଥିଲେ ଯେ ସୁରଭି କେମିତି ଭଲ ହୋଇଯାଉ। ବସନ୍ତ ରମେଶ ବାବୁଙ୍କୁ ସାଙ୍ଗରେ ନେଇ ପୋଲିସ ଥାନାରେ ପହଞ୍ଚିଲେ। ଘଟଣା ସ୍ଥଳରେ ମଦ ବୋତଲ ଏବଂ ଅନୁଜ୍ ର ରୁମାଲ ତଥା ହାତ ଘଡି ପଡ଼ିଥିବା କଥା କହି ଅନୁଜ୍ ବିରୁଦ୍ଧରେ ରିପୋର୍ଟ ଲେଖ୍ଲେ। ବସନ୍ତ ନିଜ ସାଙ୍ଗ ମାନଙ୍କୁ ପଠେଇ କହିଲେ ଯେତେ ଶୀଘ୍ର ପାରୁଛ, ଅନୁଜ୍ କୁ ଖୋଜି ବାହାର କର। ମେଡିକାଲର ଅପରେସନ ଥ୍ରେଟରରୁ ଡାକ୍ତର କିଛି କାଗଜ ନେଇ ଆସିଲେ ଏବଂ କହିଲେ। ଆପଣଙ୍କ ଝିଅର ଅବସ୍ଥା ଗୁରୁତର ଆପଣ କିଛି ଟଙ୍କା ଯୋଗାଡ କରନ୍ତୁ ଏବଂ ଏଥିରେ ଦସ୍ତଖତ କରନ୍ତୁ କାରଣ ତାଙ୍କୁ ଅପରେସନ କରିବାକୁ ପଡ଼ିବ। ତାଙ୍କ ପେଟରେ ବହୁତ୍ ଜୋର ରେ ଆଘାତ ଲାଗିଛି ଏବଂ ମୁଣ୍ଡରେ ମଧ ଆଘାତ ଲାଗିଛି। ସେ ଗର୍ଭବତୀ ଥିଲେ ଏବଂ ଛୁଆଟି ସଂପୂର୍ଣ୍ଣ ନଷ୍ଟ ହୋଇଯାଇଛି ଭଲି ଲାଗୁଛି। ଏତିକି ଶୁଣି ରାଧା ବାବୁଙ୍କ ଖୁସିର ପାହାଡ ଚୁର ମାର୍ ହୋଇଗଲା। କାଗଜରେ ଦସ୍ତଖତ କରି କହିଲେ ଆପଣ ଟଙ୍କା ପାଇଁ ଚିନ୍ତା କରନ୍ତୁ ନାହିଁ କିନ୍ତୁ ମୋ ଝିଅର ଜୀବନ

ଅତି ମୂଲ୍ୟବାନ ତାଙ୍କୁ ବଞ୍ଚେଇ ଦିଅ।

ଡାକ୍ତର : ଆମେ ଚେଷ୍ଟା କରିବୁ, ବାକି ଭଗବାନଙ୍କ ଇଚ୍ଛା, ଏତିକି କହି ସେ ଅପରେସନ ଥ୍ୱେଟର ଭିତରକୁ ଚାଲିଗଲେ।

ହସ୍ପିଟାଲ୍

ବସନ୍ତ ବାହାରେ ସୋମେଶକୁ ଟେଲିଫୋନ କରିଲା କିନ୍ତୁ ସେ ଜାଣିବାକୁ ପାଇଲା ଯେ, ସୋମେଶ ଛୁଟି ନେଇ ଗାଁକୁ ବାହାରିଗଲାଣି। ସମସ୍ତଙ୍କ ଆଖିରେ ଲୁହ। ସତେ ଯେମିତି ଏକ ଶୋକାକୁଳ ପରିବେଶରେ ସମସ୍ତଙ୍କ ମନରେ ଦୁଃଖର କଳା ବାଦଲ ଘୋଟି ଆସିଛି। ବୀଣା ଦିଦି ସୁରଭିକୁ ହସ୍ପିଟାଲ ପହଞ୍ଚାଇବା ପରେ ସେ ବେହୋସ୍ ହୋଇଯାଇଥିଲେ କିଛି ସମୟ ପରେ ତାଙ୍କର ଚେତା ଫେରିଥିଲା। ହସ୍ପିଟାଲ୍ ରେ ସମସ୍ତେ ହାତଯୋଡି ସୁରଭି ପାଇଁ ମଙ୍ଗଳ କାମନା କରୁଥିବା ସମୟରେ ସୁରଭିର ବାପା ଓ ମା' ଯେମିତି ଜିଅନ୍ତା ପଥର ପାଲଟି ଯାଇଛନ୍ତି। ପ୍ରତିଟି ମୁହୂର୍ତ୍ତରେ ସୁରଭିର କଥା ମନେ ପକେଇ କାନ୍ଦିବାରେ ଲାଗିଛନ୍ତି। ପ୍ରାୟ ଦେଢ଼ ଘଣ୍ଟାର ଅପରେସନ ପରେ ଡାକ୍ତର ଅପରେସନ ଥିଏଟରୁ ବାହାରକୁ ଆସିଲେ। ସମସ୍ତେ ସୁରଭିର ମଙ୍ଗଳ କଥା ଶୁଣିବାକୁ ଇଚ୍ଛା ରଖିଥିଲେ। ଡାକ୍ତରଙ୍କ ଅନ୍ଧ ହସ ଭରା ଚେହେରା ଦେଖି ସମସ୍ତେ ନିଜକୁ ଠିକ୍ ମନେ କରୁଥିଲେ। ରାଧା ବାବୁ ଦଉଡ଼ି ଯାଇ ଡାକ୍ତର ବାବୁଙ୍କୁ ପ୍ରଶ୍ନ କରିବା ପୂର୍ବରୁ ଡାକ୍ତର ବାବୁ କହିଲେ। ଅପରେସନରେ ଆମେ ସଫଳ ହୋଇଛୁ କିନ୍ତୁ ଛୁଆଟି ନଷ୍ଟ ହେବା ଫଳରେ ତାଙ୍କ ଗର୍ଭାଶୟରେ ଭୀଷଣ ଆଘାତ ଲାଗିଛି ଏବଂ ସେ ପୁଣି ଥରେ ମା' ହୋଇପାରିବେ ବୋଲି ମୁଁ ଆପଣଙ୍କୁ ସ୍ବଷ୍ଟ କରିପାରିବି ନାହିଁ ଏବଂ ମୁଣ୍ଡରେ ଆଘାତ ଯୋଗୁଁ ସେ ବେହୋସ୍ ଅଛନ୍ତି। ଆପଣ ଚିନ୍ତା କରନ୍ତୁ ନାହିଁ ସେ ଅନ୍ଧ ଦିନରେ ସୁସ୍ଥ ହୋଇଯିବେ ।

ଏତିକିବେଳେ ପୋଲିସ୍ ଆସି ପହଁଚିଲେ। ଡାକ୍ତର ବାବୁ କହିଲେ ସୁରଭିକୁ

ଦୁଇ ଜଣ ବ୍ୟକ୍ତି ମିଶି ଏମିତି ଘୃଣ୍ୟ କାମ କରିଛନ୍ତି ତଥା ସେ ଦୁର୍ବଳ ଏବଂ ଗର୍ଭବତୀ ଥିଲେ ସେଥିପାଇଁ ତାଙ୍କ ଗର୍ଭାଶୟରେ ଶକ୍ତ ଆଘାତ ଲାଗିଛି ତଥା ମୁଣ୍ଡର ଶିରା ପ୍ରଶିରା ଉପରେ ଆଘାତ ଯୋଗୁଁ ରକ୍ତ ସଞ୍ଚାଳନରେ ବାଧା ହେଉଛି।

ଡ଼ାକ୍ତର ପୋଲିସକୁ କହିଲେ ସେ ବର୍ତ୍ତମାନ କାହା ସହିତ ଦେଖା କରିପାରିବେନି, ତାଙ୍କୁ ବିଶ୍ରାମ ଦରକାର।

ରାଧା ବାବୁ ଭାବିଲେ ଅନ୍ୟ ଜଣେ କିଏ ,ସେ ଚିନ୍ତାରେ ପଡିଲୋ। ପୋଲିସ ପଚରା ଉଚରା ଆରମ୍ଭ କରିଦେଲା। ପୋଲିସ କେସର ତନାଘନା ଆରମ୍ଭ କରି ପିଉସୀକୁ ପ୍ରଶ୍ନ କରିବାକୁ ଲାଗିଲୋ। ଏଟିକି ବେଳେ ଅନ୍ୟ ଏକ ଆମ୍ବୁଲାନ୍ସ ଆସି ପହଁଚିଲା। ଆମ୍ବୁଲାନ୍ସ ପଛେ ପଛେ ବସନ୍ତର ସାଙ୍ଗମାନେ ତଥା ପୋଲିସ ଥିଲେ। ସମସ୍ତେ କିଛି ବୁଝିପାରିଲେ ନାହିଁ କିନ୍ତୁ ବସନ୍ତ ତାର ସାଙ୍ଗମାନଙ୍କ ଠାରୁ ଜାଣିବାକୁ ପାଇଲା ଯେ ସେ ଗାଡିରେ ଆସିଥିବା ବ୍ୟକ୍ତି ଆଉ କିଏ ନୁହନ୍ତି, ସେ ଦୁଇଜଣ ହେଉଛନ୍ତି ଅନୁଜ୍ ଏବଂ ସଞ୍ଜୟ। ଅନୁଜ୍ ଏବଂ ସଞ୍ଜୟକୁ ଦେଖ଼ି ରାଧା ବାବୁ କହିଲୋ ଏହି ଦୁଇ ଜଣ ହିଁ ମୋ ଝିଅ ସହିତ ଏମିତି ଘୃଣ୍ୟ ଅପରାଧ କରିଛନ୍ତି। ପୋଲିସ ସେ ଦୁଇ ଜଣଙ୍କୁ ହସ୍ପିଟାଲ୍ ଭିତରକୁ ନେବା ବେଳେ ଜାଣିବାକୁ ପାଇଲା ଯାଏ ଅନୁଜ୍ ର ମୃତ୍ୟୁ ଘଟିଛି।

ବସନ୍ତର ସାଙ୍ଗ ସତ୍ୟ ରାଧା ବାବୁଙ୍କୁ କହିଲା ଏଠୁ ୧୫ କିଲୋମିଟର ଦୂରରେ ଦୁହିଁଙ୍କର ଗୋଟିଏ ଟ୍ରକ ସାଙ୍ଗରେ ଧକ୍କା ହୋଇଛି। ସେ ଏକ୍ସିଡେଣ୍ଟରେ ଅନୁଜ୍ ର ମୃତ୍ୟୁ ହୋଇଛି ଏବଂ ସଞ୍ଜୟର ଦୁଇ ଗୋଡ଼ ଉପରେ ଟ୍ରକ ମାଡ଼ିଯାଇଛି ଏବଂ ଗୋଟିଏ ହାତ ସଂପୂର୍ଣ୍ଣ ଭାଙ୍ଗି ଯାଇଛି। ସେ ସମୟ ପର୍ଯ୍ୟନ୍ତ ପିଉସୀ ଆଖ଼ିରେ ଲୁହ ନଥିଲା କିନ୍ତୁ ଅନୁଜ୍ ର ମୃତ୍ୟୁ ଖବର ଶୁଣି ସେ କାନ୍ଦିବା ଆରମ୍ଭ କଲେ। ହସ୍ପିଟାଲ୍ ରେ ପହଞ୍ଚିବା ପରେ ଡାକ୍ତର ଅନୁଜ୍ କୁ ମୃତ୍ୟୁ ଘୋଷଣା କଲେ ଏବଂ ସଞ୍ଜୟର ଦୁଇ ଗୋଡ଼ କାଟିବାକୁ ପଡ଼ିବ ବୋଲି ନିର୍ଦ୍ଦେଶ ଦେଲୋ।

ମେଡ଼ିକାଲ ଓ୍ୱାର୍ଡ

ସୁରଭି ଅପରେସନର ୫ଘଣ୍ଟା ପରେ ହୋସ ଆସିଲା। ଡାକ୍ତରଙ୍କ ପରାମର୍ଶ କ୍ରମେ କିଛି ଲୋକଙ୍କୁ ସୁରଭି ସାଙ୍ଗରେ ଦେଖା କରିବାକୁ ଅନୁମତି ଦେଲୋ ମୁହଁରେ ଭେଣ୍ଟିଲେଟର ଲାଗି ଥିବାରୁ ସେ କାହା ସହିତ କଥା ହୋଇ ପାରୁନଥାଏ। ଆଖିରୁ ଲୁହ ବହି ଯାଉଥାଏ। ସୁରଭିକୁ ଦେଖି ସମସ୍ତେ କାନ୍ଦୁଥିଲେ। କିଛି ସମୟ ଦେଖାକରିବା ପରେ ଡାକ୍ତର କହିଲେ, ସୁରଭିକୁ ଏବେ ବିଶ୍ରାମ କରିବାକୁ ଦିଅ।

ସୋମେଶ ସରପ୍ରାଇଜ୍ ଦେବ ବୋଲି ସେ କେତେବେଲେ ଆସିବ କାହାକୁ କହିନଥିଲା। ରାତି ୧ଟା ସମୟରେ ସୋମେଶ ଗାଁରେ ପହଞ୍ଚିଲା। ସେଠି ଦେଖିଲା ଯେ ଘରେ ତାଲା ପଡ଼ିଛି। ସେ କିଛି ବୁଝିନପାରି ବସନ୍ତର ଘରକୁ ଗଲା। ବସନ୍ତ ଘରେ ପହଁଚିଲା ପରେ ସେ ଜାଣିବାକୁ ପାଇଲା, ସମସ୍ତେ ହସ୍ପିଟାଲରେ ଅଛନ୍ତି ଏବଂ ବସନ୍ତର ମା' କହିଲେ ତୁମେ ଶୀଘ୍ର ଯାଆ। ସୋମେଶ ବସନ୍ତର ମା'ଙ୍କ ଆଖିରୁ ଲୁହ ଦେଖି ସେ ବୁଝିପାରିଲେ ନାହିଁ। ସୋମେଶ ପଚାରିଲା କ'ଣ ହୋଇଛି ମାଉସୀ ସମସ୍ତେ ହସ୍ପିଟାଲ୍ କ'ଣ ପାଇଁ ଯାଇଛନ୍ତି। ବସନ୍ତର ମା' କହିଲେ, ମୁଁ କହି ପାରିବିନି ପୁଅ ତୁମେ ଯଥା ଶୀଘ୍ର ହସ୍ପିଟାଲ୍ ଯାଆ। ସୋମେଶର ଚିନ୍ତା ବଢ଼ିଗଲା ସେ ସଙ୍ଗେ ସଙ୍ଗେ ହସ୍ପିଟାଲ୍ ରେ ପହଞ୍ଚିଲା।

ହସ୍ପିଟାଲ୍ ରେ ପହଞ୍ଚିଲା ପରେ ସେଠି ଅନୁସନ୍ଧାନ କେନ୍ଦ୍ରରେ ନିଜ ଗ୍ରାମର ନାମ ନେଇ ପଚାରିଲା ପରେ ଜାଣିଲା ଯେ କୋଉ ଗୋଟେ ମହିଲାଙ୍କର ଏକ୍ସିଡେଣ୍ଟ କେସ ବୋଲି କହି, ତାକୁ ୧୩ ନମ୍ବର ଓ୍ୱାର୍ଡକୁ ଯାଆନ୍ତୁ କହି ପଠେଇଲା। ସୋମେଶ ମନେ ମନେ ଭାବୁଥାଏ ସେ ଏକ୍ସିଡେଣ୍ଟ ତାଙ୍କ

ପରିବାରର ହୋଇନଥାଉ। ୱାର୍ଡ ପାଖରେ ପହଞ୍ଚି ଦେଖିଲା ବେଳକୁ ବାପା, ମା'
ଏବଂ ରମେଶ ବାବୁ ଏବଂ ନିତାଦେବୀ ସମସ୍ତେ ଚେୟାର ଉପରେ ବସିଛନ୍ତି
ଏବଂ ବସନ୍ତ ଏବଂ ତା'ର ଦୁଇଟି ସାଙ୍ଗ ତଳେ ବସିଛନ୍ତି। ହଠାତ୍ ରାଧା ବାବୁଙ୍କ
ନଜର ପଡ଼ିଲା ସୋମେଶ ଉପରେ। ସେ ସୋମେଶ କହି ଠିଆ ହୋଇଗଲେ।
ସମସ୍ତେ ସୋମେଶକୁ ଦେଖି ଆଶ୍ଚର୍ଯ୍ୟ ହୋଇ ରହିଲେ। ରାଧା ବାବୁଙ୍କୁ ପ୍ରଣାମ
କରିଲା ବେଳକୁ ରାଧା ବାବୁଙ୍କ ଆଖିରୁ ଲୁହ ଝରିଗଲା। ସେ ଚିନ୍ତିତ ଅବସ୍ଥାରେ
ପଚାରିଲା ବାପା ସୁରଭି କୁଆଡେ ଗଲା? ପଛ ପଟୁ ବସନ୍ତ ଆସି ସୋମେଶର
ହାତ ଧରି କହିଲା। ତୁ ପ୍ରଥମେ ବସ୍ ତାପରେ ମୁଁ କହୁଛି। ସମସ୍ତଙ୍କ ଆଖିରେ
ପୁଣି ଲୁହ ଆସିଗଲା।

ସୋମେଶ : ଆରେ, ମୋତେ କିଏ କିଛି କହିବ? ସୁରଭି କୁଆଡେ ଯାଇଛି?
ଏବଂ ଏହି ହସ୍ପିଟାଲ୍ ରେ କାହାକୁ ଅପେକ୍ଷା କରିଛ?

ବସନ୍ତ ସୋମେଶକୁ ପାଖ ଚେୟାରରେ ନେଇ ବସି କହିଲା। ସୁରଭି
ଭାଉଜଙ୍କ ଏକ୍ସିଡେଣ୍ଟ ହୋଇଯାଇଛି। ମାତ୍ର ଭାଉଜ ଏବେ ସୁସ୍ଥ ଅଛନ୍ତି ସେ
ବେଡରେ ରେଷ୍ଟ କରୁଛନ୍ତି।

ସୋମେଶ : କ'ଣ ଏକ୍ସିଡେଣ୍ଟ? କି ଏକ୍ସିଡେଣ୍ଟ? କ'ଣ ହୋଇଛି ସୁରଭିର??
ସୋମେଶ ଆଖିରେ ଲୁହ ଆସିଗଲା। ସେ ସଙ୍ଗେ ସଙ୍ଗେ ଠିଆ ହୋଇ ୱାର୍ଡ
ଆଡ଼କୁ ଦୌଡ଼ିବାକୁ ଲାଗିଲା। ବସନ୍ତ ତାକୁ ଧରି ବୁଝେଇ କହିଲା। ଦେଖ୍
ସୋମେଶ, ଭାଉଜ ୧ ୨ ଟାରେ ମେଡ଼ିସିନ୍ ଖାଇ ଶୋଇଛନ୍ତି। ତୁ ତାଙ୍କୁ ଉଠେଇ
ହଇରାଣ କରିବାକୁ ଚାହୁଁଚୁ ନା କଣ? ସୋମେଶ କିଛି ନ ଶୁଣି ବସନ୍ତର ହାତକୁ
ଛଡେଇ ୱାର୍ଡ ରୁମ୍ ଆଡ଼କୁ ଦଉଡ଼ି ଗଲା। ସେଠି କାଚ ଦ୍ୱାରା ୱାର୍ଡ ଭିତରେ
ବେଡ ଉପରେ ଶୋଇଥିବା ସୁରଭିକୁ ଦେଖିଲା ପରେ ତା ଦେହରେ ଶିହରଣ
ଖେଳିଗଲା। ଅକ୍ସିଜେନ୍ ମାସ୍କରେ ଢାଙ୍କି ହୋଇଥିବା ଚେହେରାକୁ ଦେଖି ସେ
ଦୃଢ଼ ହେବାକୁ ଚାହୁଁଥିଲେ ମଧ ତାର ଆଖି ଲୁହକୁ ରୋକି ପାରୁନଥିଲା। ପାଟିର
କମ୍ପନକୁ ନିୟନ୍ତ୍ରଣରୁ ଅସାବଧାନତା ଆଡ଼କୁ ଯାଇ କାନ୍ଦିବାକୁ ଲାଗୁଥିଲା।

ସୋମେଶ : କ'ଣ ହୋଇଛି ତାର, ସତ କହ ବସନ୍ତ? ସତ କହ?(କାନ୍ଦି
କାନ୍ଦି) ଏବଂ ମୋତେ ତା ପାଖକୁ ଯିବାକୁ ଦେ? ବସନ୍ତ ଟାଣି ଆଣି ସୋମେଶକୁ

କୁଞ୍ଝେଇ କାନ୍ଦିବାକୁ ଲାଗିଲା।

ସୋମେଶ : ଆରେ, ମୁଁ ତାକୁ ସରପ୍ରାଇଜ୍ ଟେ ଦେବାକୁ ଚାହୁଁଥିଲି। ମାତ୍ର ସୁରଭି ବହୁତ୍ ଚାଲାକ୍, ସେ ମୋତେ ବଡ ସରପ୍ରାଇଜ୍ ଦେଇ ଦେଲା ରେ।

ବସନ୍ତ : ଚାଲ୍ ଏଠୁ ବାହାରକୁ ଯିବା ତୋତେ ସବୁ ସତ କଥା କହୁଛି। ବସନ୍ତ ଏବଂ ଅନ୍ୟ ସାଙ୍ଗମାନଙ୍କ ସାଙ୍ଗରେ ହସ୍ପିଟାଲ୍ ର ବାହାରେ ଘାସ ଗାଲିଚାରେ ଆସି ବସିଲେ। ସୋମେଶକୁ ବୁଝାଇବାକୁ ଯାଇ ସବୁ ସାଙ୍ଗ କହିଲେ ତୁ ଧର୍ଯ୍ୟର ସହିତ ଶୁଣ ଏବଂ କ'ଣ କରିବୁ ତା ପରେ ସ୍ଥିର କରିବୁ।

ବସନ୍ତ : ପ୍ରଥମତଃ ମୋତେ କ୍ଷମା କରିବୁ, ମୋତେ ଭାଉଜ ମନା କରିଥିଲେ ତୋତେ କହିବା ପାଇଁ।

ସୋମେଶ : କ'ଣ କହିବା ପାଇଁ?

ବସନ୍ତ : ଯେ ଭାଉଜ ଗର୍ଭବତୀ ଥିଲେ ଏବଂ ତୁ ବାପା..?

ସୋମେଶ : କ'ଣ କହୁଛୁ ତୁ? (ଆଶ୍ଚର୍ଯ୍ୟ ହୋଇ), ସତ କହୁଛୁ?

ବସନ୍ତ : ଆରେ ଭାଇ କଥାଟା ତ ଶୁଣ (କାନ୍ଦି କାନ୍ଦି) !

ସୋମେଶ : ଆବେ କାନ୍ଦୁଛୁ କ'ଣ ପାଇଁ? ଏଟା ତ ଖୁସି ଖବର?

ବସନ୍ତ : ମୋ କଥା ଶୁଣ? ଭାଉଜ ମା' ହେବା ଜାଣିଲା ପରେ ତାଙ୍କର ଇଚ୍ଛା ନଥିଲା କିନ୍ତୁ ତୋ ଶାଶୂଙ୍କ ବୁଝେଇବା ପରେ ଭାଉଜ ମାନି ଯାଇଥିଲେ। ଭାଉଜ ଭାବିଥିଲେ ସେ ତୋ ସାଙ୍ଗରେ ୟୁନିଟ୍ କୁ ଗଲା ପରେ କିଛି ଦିନ ବୁଲା ବୁଲି କରିଲା ପରେ ତୁମେ ବେବି ପାଇଁ ପ୍ଲାନିଙ୍ଗ କରିଥାନ୍ତ।

ସୋମେଶ : ହଁ, ଠିକ୍ କଥା ତ? (ଆଖି ଲୁହକୁ ପୋଛି)

ବସନ୍ତ : ତାପରେ ଭାଉଜ ତମ ଘରକୁ ଆସିଥିଲେ, ମୁଁ ଦୁଇ ଦିନ ପୂର୍ବରୁ

ତମ ଘରକୁ ବୁଲିବାକୁ ଯାଇଥିଲି, ତୋ ଆସିବା ଖୁସିରେ ସେ ବହୁତ୍ ଖୁସି ହୋଇ ମୋତେ କହିଥିଲେ ଯେ ତମ ସାଙ୍କୁ ମୁଁ ନିଜେ କହିବି ଯେ ସେ ବାପା ହେବାକୁ ଯାଉଛନ୍ତି। ମାତ୍ର ଆଜି ସବୁ ଓଲଟ ପାଲଟ ହୋଇଗଲା।

ଆଜି ସକାଳେ ସଞ୍ଜୟ ଏବଂ ଅନୁଜ୍ ମଦ ପିଇ ତୋ ଘରେ ସମସ୍ତେ ଭୋଜି ଖାଇବାକୁ ଯାଇଥିବା ସମୟରେ ନିଶାଶକ୍ତ ଅବସ୍ଥାରେ ଭାଉଜ ସାଙ୍ଗରେ ଦୁର୍ବ୍ୟବହାର କରିଲେ ଏବଂ ଖରାପ ସମ୍ପର୍କ ପାଇଁ ଉଦ୍ୟମ କରିଥିଲେ ଏବଂ ଏହା ପୂର୍ବରୁ ମଧ ଅନୁଜ୍ ଖରାପ ସମ୍ପର୍କ ପାଇଁ ଉଦ୍ୟମ କରିଥିଲା ଏବଂ ଆଜି ସେମାନେ ତାଙ୍କ ଉଦ୍ୟମରେ ବିଫଳ ହେବା ପରେ ଅନୁଜ୍ ରାଗରେ ଭାଉଜଙ୍କ ପେଟକୁ ଗୋଇଠା ମାରି ସବୁ କିଛି ସାରି ଦେଲା।

(ସୋମେଶ ଆଶ୍ଚର୍ଯ୍ୟର ସହିତ ଚାହିଁ ରହିଥାଏ)

ଏହି ଘଟଣା ଘଟିଲା ପରେ ଭାଉଜଙ୍କ ଦେହରୁ ରକ୍ତ ବହିବା ପରେ ଦୁହେଁ ଡରରେ ସହର ଆଡ଼କୁ ଯାଉଥିଲେ ଏବଂ ଦୁହେଁ ଟ୍ରକ୍ ତଳେ ପଡିଗଲେ। ସେଠି ଅନୁଜ୍ ର ମୁଣ୍ଡ ଉପରେ ଟ୍ରକ୍ ମାଡ଼ିଗଲା ଏବଂ ସଞ୍ଜୟର ଗୋଡ଼ ଉପରେ ଗାଡି ଚଢ଼ିଗଲା।

ଏତିକି ଶୁଣି ସୋମେଶ ରାଗରେ....

ସୋମେଶ : କ'ଣ କହୁଛ ବସନ୍ତ, ସତରେ ମୁଁ ପାଗଳ ହୋଇଯିବି, ବାପା ମୋତେ କଥା ଦେଇଥିଲେ କି ସୁରଭିକୁ କିଛି ହେବାକୁ ଦେବେନି କିନ୍ତୁ ସେ ମଧ ସୁରଭିକୁ ଏକା ଛାଡ଼ି କେମିତି ଯାଉଥିଲେ। ଏତିକି ଶୁଣି ସୋମେଶ ରାଧା ବାବୁ ପାଖକୁ ଦଉଡ଼ି ଗଲା, ପଛେ ପଛେ ବସନ୍ତ ଏବଂ ସାଙ୍ଗମାନେ। ବାପା ପାଖରେ ପହଞ୍ଜିଲା ପରେ!! ରାଧା ବାବୁ ମୁଣ୍ଡ ତଳକୁ କରି ବସିଥିଲେ ସେଠି ସୋମେଶ ବାପା ଆଗରେ କାନ୍ଦି କାନ୍ଦି କ'ଣ କରିଲ ବାପା? ଆଜି ତମ ଯୋଗୁଁ ସୁରଭିର ଏମିତି ଅବସ୍ଥା (ବହୁତ୍ ଜୋର୍ ରେ ପାଟି କରି, ହସ୍ପିଟାଲ୍ ର ୱାର୍ଡରେ ସୋମେଶର ଚିକାର ଦୁଇ ଗୁଣ ହୋଇଯାଉଥିଲା, ସୋମେଶ ରାଗରେ ଏବଂ କାନ୍ଦି କାନ୍ଦି କହି ଯାଉଥିଲା), ହସ୍ପିଟାଲ୍ ରେ ସମସ୍ତେ ସ୍ତବ୍ଧ ହୋଇ ସୋମେଶକୁ ଚାହିଁ ରହିଥିଲେ। ରାଗରେ ସୋମେଶ ନିଜ ହାତକୁ କାନ୍ଚରେ ପିଟିବାକୁ ଲାଗିଲା।

ବସନ୍ତ ଏବଂ ସାଙ୍ଗମାନେ ସୋମେଶକୁ ବୁଝାଇବାକୁ ଲାଗିଲେ। ହଠାତ୍ ଚିତ୍କାର କରିବାକୁ ଲାଗିଲା! ସେ ଅନୁଜ୍ କୁଆଡେ ଗଲା?

ବସନ୍ତ : (କାନ୍ଦି କାନ୍ଦି) ଆରେ, ତୁ କ'ଣ ପାଗଳ ହୋଇଗଲୁ ନା କ'ଣ? ତାର ଶବ ବ୍ୟବଚ୍ଛେଦ ପାଇଁ ଅନ୍ୟ ଏକ ହସ୍ପିଟାଲ୍ କୁ ପଠାଯାଇଛି।

ସୋମେଶ : ତେବେ ସେ ସଞ୍ଜୟ ତ ଥିବ ନା? ମୁଁ ତାକୁ ଛାଡିବିନି।

ବସନ୍ତ : ସଞ୍ଜୟ, ନିଜ ଭୁଲ ମାନି ନେଇଛି, ତା' ପାଖରେ ପୋଲିସ୍ ଅଛି, ନିଜକୁ କଣ୍ଟ୍ରୋଲ କର। ପୁଣି ଥରେ ସୁରଭି ୱାର୍ଡର କାଚ ପାଖକୁ ଯାଇ କାନ୍ଦିବାକୁ ଲାଗିଲା। ରାଧା ବାବୁ ପଛ ପଟେ ଆସି ସୋମେଶକୁ ବୁଝାଇବାକୁ ଗଲେ କିନ୍ତୁ ସୋମେଶ ରାଗରେ, ତୁମେ ମୋ ପାଖକୁ ଆସନି ବାପା, ଆପଣ ଯୋଉ ଭୁଲ କରିଛନ୍ତି!! ସେ ଭୁଲ ପାଇଁ ଆପଣ ମୋ ଆଗରେ ସବୁବେଳେ ଦୋଷୀ ହୋଇ ରହିଗଲେ।

ବସନ୍ତ : ଆରେ ମଉସା କ'ଣ କରିଲେ, ତୁ ମଉସାଙ୍କୁ କାହିଁକି ଦୋଷ ଦେଉଛୁ।

ସୋମେଶ : ଏ ଆଉ ୟା'ଙ୍କ ଭଉଣୀ ମିଶି ମୋ ଛୁଆକୁ ମାରିଦେଲେ।

ରାଧା ବାବୁ : ସୋମେଶ, ଭୁଲ ତ ମୋର!

ସୋମେଶ : ହଁ ହଁ, ଭୁଲ ଆପଣଙ୍କର, ଆପଣ ଯଦି ଆଗରୁ ତାକୁ ଘରୁ ବାହାର କରିଥାନ୍ତ ତେବେ ଆଜି ଏ ଦିନ ଦେଖିବାକୁ ପଡ଼ିନଥାନ୍ତା। କ'ଣ କହିଲେ ଆପଣ, ସେମାନେ ସୁଧୁରି ଗଲେଣି, କ'ଣ ହେଲା ଆଜି?? ଜବାବ ଦିଅ ବାପା? ଜବାବ ଦିଅ?

ରାଧାବାବୁଙ୍କ ପାଖରେ ଉତ୍ତର ନଥିଲା। ବସନ୍ତ ସୋମେଶକୁ ଟାଣି ଟାଣି ବାହାରକୁ ନେଇ ଆସିଲା। ଆରେ ବାପାଙ୍କୁ ଏମିତି କ'ଣ ବ୍ୟବହାର କରୁଛୁ?

ସୋମେଶ : ଆଉ କେମିତି ବ୍ୟବହାର କରିବି ତୁ କହ? ତୁ ତ ମୋ ସହିତ କଥା ହେଉ, ତୁ କାହିଁକି କହିନଥିଲୁ। ଅନୁଜ୍ ଏମିତି କାମ କରିଥିଲା ବୋଲି?

ବସନ୍ତ : ଭାଉଜ ମୋତେ ମନା କରିଥିଲେ, ସେ କହିଲେ କି, ଅନୁଜ୍ କୁ ତୁ ନିଜ ଭାଇ ଭଳି ଭାବୁଛୁ, ସେ ଏକଥାକୁ ବିଶ୍ୱାସ କରିବେ କି ନାହିଁ ଏବଂ ତୋ ବାପାଙ୍କ କଥାରେ ଭାଉଜଙ୍କ ବିଶ୍ୱାସ ଯୋଗୁଁ ମୁଁ ମଧ ଚୁପ୍ ରହିଲି। ଯଦି ମୋର ଭୁଲ ହୋଇଛି ତେବେ ମୋତେ ତୁ ଦଣ୍ଡ ଦେଇପାରୁ, ତୁ ଯାହା ଦଣ୍ଡ ଦେବୁ ମୁଁ ଗ୍ରହଣ କରିବି।

ସୋମେଶ : ତତେ କ'ଣ ଦଣ୍ଡ ଦେବିରେ, କାହାକୁ ବିଶ୍ୱାସ କରିବି, ମୁଁ ନିଜେ ମଧ ଜାଣିପାରୁନି।

ସୋମେଶ : ଦିଦି କୁଆଡେ ଗଲେ।

ବସନ୍ତ : ସେ ସୁରଭିର ଅବସ୍ଥା ଦେଖି ବେହୋସ୍ ହୋଇଯାଇଥିଲେ ତାଙ୍କୁ ମଧ ଅନ୍ୟ ୱାର୍ଡରେ ସାଲାଇନ୍ ଦିଆଯାଇଛି ଏବେ ସେ ଶୋଇଛନ୍ତି।

ସୋମେଶ ଏବଂ ବସନ୍ତ ଦିଦି ପାଖକୁ ଗଲେ। ଦିଦି ସୋମେଶକୁ ଦେଖି କାନ୍ଦିବା ଆରମ୍ଭ କରିଦେଲା। ଦିଦି ସୋମେଶକୁ ସବୁ କଥା କହିଲା। ସୋମେଶ ଦିଦିକୁ କହିଲା ଆଜି ତୋ ପାଇଁ ସୁରଭି ନୂଆ ଜୀବନ ପାଇଛି। ତୁ ଯଦି ଠିକ୍ ସମୟରେ ପହଞ୍ଚି ନଥାନ୍ତୁ ତେବେ ସୁରଭିର କ'ଣ ହୋଇଥାନ୍ତା?

ଦିଦି : ଏବେ ସୁରଭି କେମିତି ଅଛି?

ସୋମେଶ : ସେ ଶୋଇଛି।

ଦିଦି : ବାପାଙ୍କୁ ମୁଁ ଆଗରୁ କହିଛି ସେମାନଙ୍କୁ ଘରୁ ବାହାର କର, କିନ୍ତୁ ସେ ଶୁଣିଲେ ନାହିଁ। ତାଙ୍କର ଅବହେଲା ଯୋଗୁଁ ଆଜି ଏତେ ସବୁ ଘଟିଗଲା। (ଦୁହେଁ ଛଳ ଛଳ ଆଖିରେ କଥା ହେଉଥିଲେ)

ସୋମେଶ : (ବସନ୍ତକୁ) ପିଉସୀ କୁଆଡେ ଗଲେ?

ବସନ୍ତ : ଅନୁଜ୍‌ର ମୃତ୍ୟୁ ଖବର ଶୁଣି ତାଙ୍କ ମୁଣ୍ଡ କାମ କରୁନି ସେ ପାଗଳି ଭଳି ବ୍ୟବହାର କରୁଛନ୍ତି। ପୋଲିସ୍ ତାଙ୍କୁ ନେଇ ପୋଲିସ୍ ଷ୍ଟେସନ ଯାଇଥିଲେ। ତାପରେ ସେ ଆଉ ଏଠି ଆସିନାହାନ୍ତି।

ବସନ୍ତ : ଏବେ ଚାଲ୍ ଭିତରକୁ ଯିବା, ତୁ ବହୁତ୍ ଦୂରରୁ ଆସିଛୁ, କ'ଣ କିଛି ଖାଇଛୁ?

ସୋମେଶ : କ'ଣ ଖାଇବି ରେ...

ବସନ୍ତ : ନିଜ ଦୁଃଖକୁ ସନ୍ତୁଳନ ରଖେ, ଯାହା ହେବାକୁ ଥିଲା ହୋଇସାରିଛି।

ବସନ୍ତ ଏବଂ ସାଙ୍ଗ ମାନେ ସୋମେଶକୁ ବୁଝାଇଲେ। ଦେଖୁ ଦେଖୁ ସକାଳ ୬ଟା ହେଲା, ନର୍ସ ଆସି ଡାକିଲା ପରେ ସୋମେଶ ଭିତରକୁ ଗଲା, ରାତି ସାରା କାନ୍ଦି କାନ୍ଦି ସୋମେଶର ମୁଁହ ପୁରା ଲାଲ୍ ପଡିଯାଇଥିଲା। ସୁରଭି ସୋମେଶକୁ ଦେଖି କାନ୍ଦିବାକୁ ଲାଗିଲା। ସୋମେଶ ସୁରଭିର ହାତକୁ ଧରି, ବୁଝାଇବାକୁ ଲାଗିଲା ଏବଂ କହୁଥାଏ ସବୁ ଠିକ୍ ହୋଇଯିବ। ସୁରଭି ସୋମେଶ ହାତକୁ ନେଇ କିସ୍ କରି କାନ୍ଦିବାକୁ ଲାଗିଲା। ଧୀର ସ୍ୱରରେ କହିଲା, ବାବୁ ତୁମେ କେତେବେଳେ ଆସିଲ? ଏତିକି ଶୁଣି ସୋମେଶ ନିଜ ଲୁହକୁ ଚାପି ରଖି ମଧ ରଖି ପାରିଲାନି, ସେ କାନ୍ଦକୁ ଲୁଚାଇ ସାଧାରଣ ଭାବରେ କଥା ହେବାକୁ ଚେଷ୍ଟା କରି କହିଲା (କିନ୍ତୁ ଲୁହ ବହି ଯାଉଥାଏ)।

ସୋମେଶ : ମୁଁ ରାତି ୧ଟାରେ ଆସିଲି।

ସୁରଭି : ତୁମେ ଆଜି ସକାଳେ ଆସିଥାନ୍ତ? ଏତେ ଶୀଘ୍ର ଆସିଗଲ ଯେ? ସୁରଭିର ଧୀର କଣ୍ଠ ସୋମେଶକୁ ଯେମିତି କାନ୍ଦିବାକୁ ବାଧ୍ୟ କରୁଥିଲା।

ସୋମେଶ : ତୁମେ ସରପ୍ରାଇଜ୍ ଦେବ ବୋଲି ଜାଣିବାକୁ ପାଇଲି ସେଥିପାଇଁ ଶୀଘ୍ର ଆସିଗଲି। ସୁରଭି ଆଖିରୁ ଲୁହ ବାହାରିଗଲା, କହିବାକୁ ଲାଗିଲା, ବସନ୍ତ

ବହୁତ୍ ଦୁଷ୍ଟ! ମୁଁ ତାକୁ ମନା କରିଥିଲି ତମକୁ ନ କହିବାକୁ? କିନ୍ତୁ ସେ କହିଦେଲା ନା?

ସୋମେଶ : ନା ନା, ସେ ମୋ ସାଙ୍ଗ ନୁହଁ? ସେ ମୋ ଭାଇ ଲକ୍ଷ୍ମଣ ଭଳି ସେ ତମ କଥା କେମିତି କାଟିଥାନ୍ତା। ସେ ମୋତେ କିଛି କହିନି। ଯଦି ଲକ୍ଷ୍ମଣ ସୀତାକୁ କଥା ଦେଇଛି ମାନେ ସେ ତା' କଥା ରଖୁଛି !

ସୁରଭି : କାନ୍ଦି କାନ୍ଦି, ସରି ବାବୁ, ମୁଁ ତମକୁ ସରପ୍ରାଇଜ୍ ଦେଇ ପାରିଲିନି। ଆମ ଭାଗ୍ୟରେ ନାହିଁ, ଏତିକି କହି କାନ୍ଦିବାକୁ ଲାଗିଲା, ସୋମେଶ ସୁରଭିକୁ ଜାବୁଡ଼ି ଧରି କାନ୍ଦିବାକୁ ଲାଗିଲା। ନର୍ସ ଆସି କହିଲା, ପେସେଣ୍ଟକୁ କାନ୍ଦିବାକୁ ଡାକ୍ତର ମନା କରିଛନ୍ତି ତାଙ୍କ ପେଟ ଉପରେ ପ୍ରଭାବ ପଡ଼ିବ। ଆପଣ ଦୟାକରି କାନ୍ଦନ୍ତୁ ନାହିଁ।

ସୋମେଶ : ଠିକ୍ ଅଛି ଦିଦି, କହି ସୋମେଶ ସୁରଭିକୁ କାନ୍ଦିବାକୁ ମନା କରିଲା। ତାପରେ ସୋମେଶ ସୁରଭିକୁ ମଜା ମଜା କଥା କହିବାକୁ ଲାଗିଲା ସେତିକି ବେଳେ ବସନ୍ତ ଆସିଲା।

ବସନ୍ତ ସୁରଭିକୁ ଦେଖି ଲୁହ ଛଳ ଛଳ ହୋଇ କହିଲା, ଭାଉଜ ମୋତେ କ୍ଷମା କରିବ! ମୁଁ ତମକୁ ତମ ନ୍ୟାୟ ଦେବାରେ ଅକ୍ଷମ ହେଲି।

ସୁରଭି : ନା ନା, ତୁମେ ତମ କାମ କରିଛ? ଯାହା ମୋ ଭାଗ୍ୟରେ ଅଛି ତାହା ତ ନିଶ୍ଚୟ ହେବ। ତାକୁ କେହି କ'ଣ ରୋକି ପାରିବ? ବସନ୍ତ ସୁରଭିର ଗୋଡ଼ ପାଖରେ ବସି କହିଲା। ମୋ ଭୁଲ ପାଇଁ ମୋତେ ତୁମେ ଦଣ୍ଡ ଦେଇ ପାର?

ସୁରଭି : ନା ନା? ତମକୁ କାହିଁକି ଦଣ୍ଡ ଦେବି ଯେ, ତୁମେ ମୋ ଲକ୍ଷ୍ମଣ!

(ତା'ପରେ ସମସ୍ତେ ଅଳ୍ପ ହସିବାକୁ ଲାଗିଲେ)

ତା'ପର ଠାରୁ ସୋମେଶ ସୁରଭିର ଯତ୍ନରେ ଲାଗିପଡିଲା।

ଏପଟେ ଡାକ୍ତରଙ୍କ ନିର୍ଦ୍ଦେଶ କ୍ରମେ ସଞ୍ଜୟର ଦୁଇଟି ଗୋଡ଼ କାଟି ପୋଲିସ୍ ଜେରାରେ ରଖି ତଦନ୍ତ ଆରମ୍ଭ କରିଦେଲା। ସଞ୍ଜୟର ତଦନ୍ତରେ ସେ ସବୁ ସତ କଥା ମାନିଲା ଯେ ଆମେ ଦୁହେଁ ନିଶାଶକ୍ତ ଅବସ୍ଥାରେ ଆମେ ଏମିତି କାମ କରିଛୁ ବୋଲି ଏବଂ ସୁରଭିର ଏମିତି ଅବସ୍ଥା ଦେଖି ଆମେ ଡରରେ ବାଇକ୍ ଚଲେଇ ସହର ଆଡ଼କୁ ଯାଉଥିଲୁ। ଆଗପଟୁ ଏକ ଟ୍ରକ୍ ମାଡ଼ି ଆସିଲା ଆମେ ସନ୍ତୁଳନ ହରାଇ ଟ୍ରକ୍ ତଳେ ପଡ଼ିଗଲୁ। ଅନୁଜ୍ ର ମୁଣ୍ଡ ଏବଂ ମୋ ଗୋଡ଼ ଉପରେ ଟ୍ରକ୍ ଚଢ଼ିଗଲା। ଅପରେସନ ପରେ ସଞ୍ଜୟକୁ ଜେରା କରି କୋର୍ଟ ଚାଲାଣ କରି ଜେଲକୁ ପଠାଗଲା।

ଜିଦ୍

ଏ ଘଟଣା ପର ଠାରୁ ସୋମେଶ ରାଧା ବାବୁ ଏବଂ ମା'ଙ୍କ ସହିତ କଥା ହେଉ ନଥାଏ। ବୀଣା ଦିଦି ମଧ୍ୟ ରାଧା ବାବୁଙ୍କୁ କହିଦେଲା ଯେ, ତମର ଛୋଟିଆ ଭୁଲ୍ ଯୋଗୁଁ ସୋମେଶର ଖୁସିର ସଂସାର ଉଜୁଡ଼ି ଗଲା। ଏତିକି କହି ଦିଦି ନିଜ ଶାଶୁଘରକୁ ଚାଲିଗଲା।

ରାଧା ବାବୁ ସୋମେଶ ଏବଂ ବୀଣା ଦିଦି ଆଗରେ ଦୋଷୀ ପାଲଟି ଗଲେ। ରାଧା ବାବୁ ସୋମେଶଙ୍କୁ ବହୁତ୍ ଥର ଭୁଲ ମାଗିଥିବେ କିନ୍ତୁ ସୋମେଶ ନିଜ ଜିଦ୍ ରେ ଅଟଳ। ସେ ହସ୍ପିଟାଲ୍ ରେ ସୁରଭି ପାଖରେ ରହୁଥାଏ ଏବଂ ବାହାରେ ଖାଉଥାଏ। ଯଦି ବସନ୍ତ କିମ୍ବା ରମେଶ ବାବୁଙ୍କ ଘରୁ ଖାଇବା ଆସେ ତେବେ ସେ ଖାଏ କିନ୍ତୁ ନିଜ ଘରୁ ଖାଇବା ଆସିଲେ ସେ ଖାଏ ନାହିଁ।

ଠିକ୍ ୫ ଦିନ ପରେ ଡ଼ାକ୍ତର ସୁରଭିକୁ ମେଡିକାଲରୁ ଘରକୁ ଯିବାପାଇଁ ଅନୁମତି ଦେଲେ କିନ୍ତୁ ସୁରଭି ଠିକ୍ ରେ ଚାଲିପାରୁନଥାଏ। ଡ଼ାକ୍ତର କହିଲେ, ସମ୍ପୂର୍ଣ୍ଣ ଠିକ୍ ହେବା ପାଇଁ ୧୦ ଦିନରୁ ଅଧିକ ସମୟ ଲାଗି ପାରେ। ସୋମେଶ ଡ଼ାକ୍ତର ବାବୁଙ୍କୁ କହିଲେ ମୁଁ ମୋ ସ୍ତ୍ରୀର ଯତ୍ନ ନେବି ଏବଂ ଯଦି କିଛି ଦରକାର ହୁଏ ତେବେ ଆପଣ ସହିତ ସମ୍ପର୍କ କରିବି କହି ସେଠୁ ନେଇ ଚାଲିଗଲା।

ଏଠି ରାଧା ବାବୁ ଇଚ୍ଛା କରିଥିଲେ କି ସୋମେଶ ସୁରଭିକୁ ନେଇ ଘରକୁ ଆସିବ କିନ୍ତୁ ସୋମେଶ ସୁରଭିକୁ ନେଇ ରମେଶ ବାବୁଙ୍କ ଘରେ ପହଞ୍ଚିଲା। ରାଧା ବାବୁ ସଙ୍ଗେ ସଙ୍ଗେ ରମେଶ ବାବୁଙ୍କ ଘରେ ପହଞ୍ଚିଲେ କିନ୍ତୁ ସୋମେଶ

ରାଧା ବାବୁଙ୍କୁ ଦେଖିବାକୁ ଚାହୁଁ ନଥାଏ। ରାଧା ବାବୁ ରମେଶ ବାବୁଙ୍କୁ ଅନୁରୋଧ କରିଲେ ଯେ ତୁମେ ସୋମେଶକୁ ବୁଝାଇ କୁହ? କିନ୍ତୁ ସେଠି ସୋମେଶ ରାଧା ବାବୁଙ୍କୁ ଦେଖି ସେ ଘରୁ ବାହାରି ଗଲା।

ରମେଶ ବାବୁ : ସୋମେଶଙ୍କ ରାଗ ଶାନ୍ତ ହୋଇନି, ସେ ଏବେ ପର୍ଯ୍ୟନ୍ତ ଆପଣ ଦୁହିଁଙ୍କ ଉପରେ ରାଗିଛନ୍ତି। ମୁଁ ହସ୍ପିଟାଲ୍ ରେ ବହୁତ୍ ଥର ବୁଝାଇବାକୁ ଚେଷ୍ଟା କରିଛି କିନ୍ତୁ ସେ କିଛି ଶୁଣିବାକୁ ଚାହୁଁ ନାହାନ୍ତି।

ରମେଶ ବାବୁ ରାଧା ବାବୁଙ୍କୁ ବୁଝେଇ କହିଲେ ଆପଣ ଯାଆନ୍ତୁ ମୁଁ ସୋମେଶକୁ ବୁଝାଇବାକୁ ଚେଷ୍ଟା କରୁଛି।

ରାଧା ବାବୁ ଫେରିଗଲେ। ରମେଶ ବାବୁ ଯେବେ ରାଧା ବାବୁ କଥା କୁହନ୍ତି ସୋମେଶ କିଛି ନ ଶୁଣି ଉଠି ବାହାରକୁ ଚାଲିଯାଏ। ଏମିତି ବହୁତ୍ ଥର କହିବା ପରେ ସୋମେଶ କହିଲା। ଆପଣ ଯଦି ତାଙ୍କ କଥା କହିବେ ତେବେ ମୁଁ ସୁରଭିକୁ ନେଇ ଆଉ କୁଆଡେ ଚାଲିଯିବି। ମୋତେ ଆପଣ ତାଙ୍କ କଥା କିଛି କୁହନ୍ତୁ ନାହିଁ।

ରମେଶ ବାବୁ ତା' ପର ଠାରୁ ସୋମେଶକୁ କିଛି କହିଲେ ନାହିଁ। ବସନ୍ତ ଏବଂ ଅନ୍ୟ ସାଙ୍ଗମାନେ ସୋମେଶକୁ ବୁଝେଇ କହିଲେ ଆରେ ଘରକୁ ଯା', ସେ ତୋର ଜନ୍ମ କରିଲା ବାପା, ତୁ ପିଲା ବେଳେ ମଧ ଭୁଲ କରିଥିବୁ। ସେ କ'ଣ ରାଗ ରଖିଛନ୍ତି। ମଉସା କେତେ ଥର ତୋତେ କ୍ଷମା ମାଗିଲେ। ତୁ କ'ଣ ପଥର ହୋଇଗଲୁଣି ନା କଣ?

ସୋମେଶ : ଭୁଲ କ'ଣ, ଠିକ୍ କ'ଣ ମୁଁ ସବୁ ଜାଣେ, ମୁଁ ସେ ଘରକୁ ଏବେ ଯିବି ନାହିଁ। ଯେବେ ମୋର ଇଚ୍ଛା ହେବ ସେଦିନ ଯିବି।

ବସନ୍ତ : କୋଉଠି ରହିବୁ?

ସୋମେଶ : ଦେଖିବି କୋଉଠି ରହିଯିବି, ଗୋଟିଏ ମାସ ରହିବି, ଗୋଟିଏ ମାସ ଭିତରେ ସୁରଭିର ଦେହ ଠିକ୍ ହୋଇଯାଇଥିବ ଶେଷରେ ତାକୁ ନେଇ ଚାଲିଯିବି।

ବସନ୍ତ : ହଉ, ଚାଲ୍ ମୋ ଘରକୁ?

ସୋମେଶ : ନା, ମୋତେ ତୋ ବାଇକ୍ ଦେ, ମୁଁ କୋଉଠି ରହିବି ସେ କଥା ମୁଁ ବୁଝିବି।

ବସନ୍ତ : ଆବେ ପାଗଳ, ମୁଁ କ'ଣ ମରିଯାଇଛି, ନିଜ ଭାଇ ବୋଲି କହୁଛୁ, ପୁଣି ପର ଭଳି କ'ଣ ବ୍ୟବହାର କରୁଛୁ ତୁ? ସୋମେଶକୁ ଟାଣି ଟାଣି ନେଇ ବସନ୍ତ ତା' ବାଇକ୍ ରେ ବସେଇ ତା' ଘରକୁ ନେଇଗଲା। କେତେବେଳେ ବସନ୍ତ ଘରେ ତ କେତେବେଳେ ସୁରଭି ଘରେ ରହୁଥାଏ। ଦେଖୁ ଦେଖୁ ବିତିଗଲା ୧୫ ଦିନ।

୧୬ତମ ଦିନ ରାଧା ବାବୁ ପୁଣି ବସନ୍ତ ଘରକୁ ଆସିଲେ, ସେଠି କଥା ହେଲା ପରେ ସୋମେଶ ବାପାଙ୍କ କଥା ରଖି ଘରକୁ ଆସିଲା। ଘରେ ପିଉସୀକୁ ଦେଖି ତା'ର ବହୁତ୍ ରାଗ ହେଲା। ରାଧା ବାବୁ କହିଲେ ସୁରଭିକୁ ମଧ ଘରକୁ ନେଇ ଆସେ। ସୋମେଶ ରାଗରେ କିଛି କହୁନଥାଏ। ବାରମ୍ବାର ବାଧ୍ୟ କରିବା ପରେ ସୋମେଶ କହିଲା। ଯେ ପର୍ଯ୍ୟନ୍ତ ପିଉସୀ ଏ ଘରେ ଅଛନ୍ତି ସେ ଏଠି ଆସିବ ନାହିଁ।

ଘଟଣା ପର ଦିନ, ଅନୁଜ୍ ର କ୍ରିୟା କର୍ମ ପାଇଁ ରାଧା ବାବୁଙ୍କ ପରିବାରର କୌଣସି ସଦସ୍ୟ ଉପସ୍ଥିତ ନଥିଲେ। କେବଳ ରାଧା ବାବୁ ସେଠି ଉପସ୍ଥିତ ଥିଲେ। ରାଧା ବାବୁ କ୍ରିୟା କର୍ମ ରେ ଉପସ୍ଥିତ ଯୋଗୁଁ ସୋମେଶ ବାପା ଉପରେ ବହୁତ୍ ରାଗିଥିଲା। ମୃତ୍ୟୁ ପରେ ଯେଉଁ କର୍ମ ସବୁ କରିବାର ଥିଲା ରାଧା ବାବୁ ସବୁ ବହନ କରିଲେ। ଅନୁଜ୍ ର ମୃତ୍ୟୁ ପରେ ପିଉସୀର ମୁଣ୍ଡ କାମ କରୁନଥାଏ ସେ କେତେବେଳେ ଠିକ୍ ତ କେତେବେଳେ ପାଗଳି ଭଳି ହେଉଥିଲେ। ଭଉଣୀର ଏମିତି ଅବସ୍ଥା ଦେଖି ରାଧା ବାବୁ ତାଙ୍କୁ ଘରେ ଆଣି ରଖିଥିଲେ କିନ୍ତୁ ସୋମେଶ କଥା ଶୁଣି ସେ ଚିନ୍ତାରେ ପଡିଲେ। ସେ ସୋମେଶ କୁ କହିଲେ, ମୁଁ କିଛି ଉପାୟ ବାହାର କରୁଛି।

ଦୁଇ ଦିନ ପରେ ରାଧା ବାବୁଙ୍କ ଜଣେ ସାଙ୍ଗ ଅନାଥ ଆଶ୍ରମର ଦାୟିତ୍ୱ ବୁଝୁ ଥିଲେ। ସେଠି ପିଉସୀଙ୍କୁ ରଖି ଛୋଟ ପିଲାଙ୍କ ସେବା କରିବା ସହିତ କିଛି

ମାସିକ ଖର୍ଚ୍ଚ ରୂପରେ ଟଙ୍କା ଦେବା ପାଇଁ କଥା ହେଲୋ। ତାଙ୍କ ସାଙ୍ଗ ମଧ୍ୟ ମାନିଗଲେ ଏବଂ ପିଉସୀକୁ ଅନାଥ ଆଶ୍ରମ ପଠାଇ ଦିଆଗଲା। ସୋମେଶର ସର୍ତ୍ତ ଅନୁସାରେ ସୋମେଶ ମନକୁ ବୁଝେଇ ସୁରଭିକୁ ଘରକୁ ଆଣିଲୋ। ଅପରେସନ ଯୋଗୁଁ ଡ଼ାକ୍ତର କିଛି ଦିନ କାମ କରିବାକୁ ମନା କରିଥିବା ବେଳେ ଶାନ୍ତି ଦେବୀ ସୁରଭିକୁ କାମ କରିବାକୁ ଦେଉନଥିଲୋ। ଧୀରେ ଧୀରେ ସବୁ ଠିକ୍ ହୋଇ ଆସିଲା।

ଥରେ ଥରେ ପିଉସୀଙ୍କର ପାଗଲାମି ବୁଦ୍ଧି ଯୋଗୁଁ ଅନାଥ ଆଶ୍ରମରେ ଛୋଟ ଛୋଟ ପିଲା ମାନଙ୍କୁ ମାରପିଟ୍ କରୁଥିଲୋ। ରାଧା ବାବୁଙ୍କ ସାଙ୍ଗ ରାଧା ବାବୁଙ୍କୁ ଖବର ଦେଲା ପରେ ସେ ପିଉସୀଙ୍କୁ ତାଙ୍କ ଶାଶୂ ଘରକୁ ପଠେଇ ଦେଲୋ। ସେଠି ମଧ୍ୟ ପାଗଲାମି କରିବାରୁ ପିଉସୀଙ୍କ ଶଶୁର ଘର ଲୋକେ ତାଙ୍କୁ ପାଗଲ ଖାନା ପଠେଇ ଦେଲୋ।

ସୋମେଶ ପୁଣି ଛୁଟି ବଢ଼େଇ ସୁରଭି ପାଖରେ ରହିଲା। ସୁରଭି ଠିକ୍ ହେବାକୁ ଆସୁଥିଲା। ସେ ଘଟଣାର ଦେଢ଼ ମାସ ପରେ ସୁରଭିର ପରୀକ୍ଷା ଥିଲା କିନ୍ତୁ ସୁରଭି ସେ ପରୀକ୍ଷା ଦେବା ପାଇଁ ମନା କରିଲା। କାରଣ ଘରର ଏମିତି ଘଟଣା ଯୋଗୁଁ ସେ କିଛି ପଢ଼ି ପାରୁନଥିଲା। ସେ ସୋମେଶକୁ କହିଲା ମୁଁ ଆସନ୍ତା ବର୍ଷ ପରୀକ୍ଷା ଦେବି ବୋଲି କହି ସେ ସୋମେଶ ସହିତ ୟୁନିଟ୍ କୁ ଚାଲି ଆସିଲା।

ପୋଷ୍ଟ ମାଷ୍ଟର

ସୋମେଶ ଯିବାର ଦେଢ଼ ମାସ ପରେ ବସନ୍ତ ୮ ମାସ ପୂର୍ବରୁ ଦେଇଥିବା ସରକାରୀ ପରୀକ୍ଷାରେ ପାସ କରି ସେ ପୋଷ୍ଟ ମାଷ୍ଟର ପଦରେ ଚାକିରୀ ପାଇଲା । ବସନ୍ତର ବାପାଙ୍କ ମୃତ୍ୟୁ ପରେ ଘରେ କେବଳ ବାପାଙ୍କର ପେନସନରେ ଘର ଚଳୁଥିଲା କିନ୍ତୁ ବର୍ତ୍ତମାନ ବସନ୍ତର ଚାକିରୀ ପରେ ବସନ୍ତର ମା', ବସନ୍ତ ପାଇଁ ଝିଅ ଖୋଜା ଆରମ୍ଭ କରିଦେଇଥିଲେ । କଥାରେ ଅଛି ମନ ଖୋଜୁଥାଏ ଯାହା କାଳେ ପ୍ରାପତ ହୁଏ ତାହା । ବେଳେବେଳେ ଝଗଡ଼ାରେ ମଧ ସମ୍ପର୍କ ଗଢ଼ି ଉଠିଥାଏ । ତାହା ସତ୍ୟ ରେ ପରିଣତ ହେବାକୁ ଯାଉଥିଲା ।

ସୁରଭିର ଘଟଣା ପର ଠାରୁ ମୋତି ମଧ ଆସି ସୁରଭି ଘରେ ରହୁଥାଏ । ସେ ସୁରଭିର ବେଳେ ବେଳେ ଯତ୍ନ ନେଉଥାଏ । ମାତ୍ର ଯେବେଠାରୁ ସୁରଭି ସୋମେଶ ସହିତ ଯାଇଛି ସେଦିନ ଠାରୁ ମୋତିକୁ ଘରେ ବିରକ୍ତ ଅନୁଭବ ହେଉଥାଏ । ନିତା ଦେବୀଙ୍କ ଦେହ ଖରାପ ଯୋଗୁଁ ରମେଶ ବାବୁ ମୋତିକୁ କହିଲେ କିଛି ଦିନ ରହିଗଲେ ଭଲ ହୁଅନ୍ତା, ସୁରଭିର ଘଟଣା ପର ଠାରୁ ସେ ମଧ ବହୁତ୍ ଭାଙ୍ଗି ପଡ଼ିଛି । ମୋତି ରମେଶ ବାବୁକୁ କହିଲା, ହଁ ମୁଁ କିଛି ଦିନ ରହି ବଡ଼ ମା''ର ଯତ୍ନ ନେବି ।

ଦିନେ ବସନ୍ତ, ପୋଷ୍ଟ ଅଫିସରେ ଥିବା ବେଳେ ଦେଖିଲା ଯେ ରମେଶ ବାବୁଙ୍କ ନାମରେ ଗୋଟିଏ ଚିଠି ଆସିଛି । ଅପରାହ୍ନ ଚାରିଟା ପାଖା ପାଖି ହେବ, ବସନ୍ତ ସେ ଚିଠି ନେଇ ରମେଶ ବାବୁଙ୍କ ଘରକୁ ଆସିଲା । ପ୍ରାୟ ଦୁଇ ମାସ ପରେ ବସନ୍ତ ରମେଶ ବାବୁ ଘରକୁ ଆସିଥିଲା । ମୋତି ବାରଣ୍ଡାରେ ବସି ମଞ୍ଜା ଫୁଲରୁ ଛୋଟିଆ ଛୋଟିଆ ପାଖୁଡ଼ା ଛିଣ୍ଡେଇବାରେ ଲାଗିଥିଲା । ବାଇକ୍ ଶବ୍ଦ ଶୁଣି ସେ ବୁଲି ଦେଖିଲା ବେଳକୁ ବସନ୍ତ ଆସିଛି । ସୁରଭିର ଘଟଣା ପର ଠାରୁ ବସନ୍ତ ମୋତିକୁ ଦେଖୁଥାଏ କିନ୍ତୁ ଏହି ଘଟଣା ଯୋଗୁଁ ସେ ମୋତି ସହିତ କେବେ କଥା

ହେବାକୁ ସମୟ ପାଉ ନଥାଏ। ଘଟଣା ଯୋଗୁଁ ବସନ୍ତ ମଧ ଦୁଃଖୀ ରହୁଥିଲା କିନ୍ତୁ ସେଦିନ ବସନ୍ତ ସହିତ ମୋତି ଅଙ୍କ କଥା ହେବାକୁ ସମୟ ପାଇଲା।

ବସନ୍ତ : ଗୁଡ୍ ଇଭିନିଙ୍ଗ ମୋତି....

ମୋତି : ଗୁଡ୍ ଇଭିନିଙ୍ଗ ତୁ ୟୁ...

ବସନ୍ତ : ଆରେ ତୁମେ କ'ଣ ମୋ ଉପରେ ରାଗିଛ ନା କ'ଣ? ଦେଖାହେଲେ କିଛି କହୁ ନଥିଲ ଯୋ।

ମୋତି : ମୁଁ ତ ଭାବୁଥିଲି, ତୁମେ ରାଗିଛ ବୋଲି।

କିନ୍ତୁ ସେ ସମୟରେ କ'ଣ କଥା ହେବା, କେମିତି କଥା ହୋଇଥାତେ କୁହ, ସୁରଭିର ଏମିତି ଅବସ୍ଥା ଯୋଗୁଁ ମନ ଭଲ ରହୁ ନଥାଏ।

ମୋତି : ଆସ ଘରକୁ ଆସ।

ବସନ୍ତ : ତମ ଗାଁକୁ ଯିବ ନାହିଁ କି?

ମୋତି : ବଡମା' ଅନୁରୋଧ କରିଲେ କିଛି ଦିନ ଏଠି ରହ! ମୋତେ ମଧ ଭଲ ଲାଗିବ ବୋଲି କହିବା ପରେ ରହିଗଲି।

ବସନ୍ତ : ଭଲ ହେଲା।

ମୋତି : ଆଚ୍ଛା ଭାଉଜ ଥିବା ସମୟରେ ପ୍ରତ୍ୟେକ ଦିନ ଆସୁଥିଲ ତା'ପରେ ସିଧା ଆଜି କୁଆଡେ ସୂର୍ଯ୍ୟ ଉଦୟ ହେଲା ଏ ଘର ଆଡ଼କୁ।

ବସନ୍ତ : ତମକୁ, ଦେଖିବାକୁ ଆସିଗଲି,

ମୋତି : ମୋତେ? ମୁଁ କ'ଣ କି, ମୋତେ ଦେଖିବାକୁ ଆସିଲ। ଯାହା ହେଉ ମୋତେ ମଧ କେହି ମନେ ରଖିଛନ୍ତି ?

ବସନ୍ତ : ଆରେ, ତମକୁ ଦେଖିବାକୁ କିଏ ଆସିଛି ଯେ? ମୁଁ ତ ମଉସା ଙ୍କୁ ଚିଠି ଦେବାକୁ ଆସିଛି? ଏତିକି ବେଳେ, ନିତା ଦେବୀ ଆସି ପହଞ୍ଚିଗଲେ ଆରେ ବସନ୍ତ ତୁମେ କେତେବେଳେ ଆସିଲ? ଆସ ଆସ ଘରକୁ ଆସ! ମୋତି କଣେଇ କଣେଇ ରାଗରେ ଚାହୁଁଥାଏ। ବସନ୍ତ ଘରକୁ ଆସିଲା।

ନିତା ଦେବୀ : ଜାଣିଛୁ ମୋତି? ବସନ୍ତର ଚାକିରୀ ହୋଇଯାଇଛି? ପୋଷ୍ଟ ମାଷ୍ଟରରେ ଅଛି, ଆମ ଗାଁ ପୋଷ୍ଟ ଅଫିସ୍ ରେ, ଏବେ ତ ୨୫ ଦିନ ହେବ ବୋଧେ।

ବସନ୍ତ : ହଁ ମାଉସୀ।

ମୋତି : ମୁଁ ତ ଘରେ ଥିଲି ମୋତେ କାହିଁକି କହି ନାହଁ ବଡ଼ ମା"?

ନିତା ଦେବୀ : ମୁଁ କହିବା ଭୁଲି ଯାଇଥିଲି, ତୋ ବଡ ବାପା ତ ମୋତେ ୧୦ ଦିନ ହେଲା କହିଲେ ଯେ ସେ କୋଉଦିନ ରାସ୍ତାରେ ବସନ୍ତ ସହିତ ଦେଖା ହୋଇଥିଲେ, ତାପରେ ମୋତେ ଆସି କହିଥିଲେ।

ବସନ୍ତ : ହଁ ମାଉସୀ, ମୁଁ ଆସିବି ବୋଲି କହିଥିଲି କିନ୍ତୁ କାମ ବ୍ୟସ୍ତରେ ସମୟ ଅଭାବ ହୋଇ ଯାଉଥିଲା, ଆଜି ମଉସା ଙ୍କ ଚିଠି ଦେଖି ଭାବିଲି , ଚିଠି ଦେବୀ ଏବଂ ବୁଲି ଆସିବି ।

ଚାକିରୀ କଥା ଶୁଣି ମୋତିର ରାଗ ମୁହଁ ଯେମିତି ସ୍ମାଇଲରେ ପରିଣତ ହୋଇଗଲା। ମୋତି ବସନ୍ତ ସାମ୍ନାରେ ବସିଥାଏ।

ମୋତି : ହେଲେ ମିଠା ଦିଅ?

ବସନ୍ତ : ହଁ ନିଶ୍ଚୟ, (ତା'ପରେ ନିଜ ବ୍ୟାଗ୍ ରୁ ମିଠା ପ୍ୟାକେଟ ବାହାର କରି ମାଉସୀ ହାତରେ ଦେଲେ)

ମୋତି : ମିଠା ମୁଁ ମାଗିଲି ଆଉ ସିଧା ବଡ଼ ମା" ହାତକୁ ଚାଲିଗଲା?

(ସମସ୍ତେ ହସିଲେ)

ନିତା ଦେବୀ : ଏ ଘରକୁ ଆସିଛି ମାନେ ତୋରି ପାଇଁ ନା?

ବସନ୍ତ : ଆଉ ତମର ପଢ଼ା ପଢ଼ି କେମିତି ଚାଲିଛି?

ମୋତି : ମୋର ପଢ଼ା ପଢ଼ି ସରି ଗଲାଣି। ଏବେ ୧୦ ଦିନ ପୂର୍ବରୁ ପରୀକ୍ଷା
ଦେଇ ଆସିଲି।

ବସନ୍ତ : ତମ ଗାଁକୁ ଯିବାକୁ ଇଚ୍ଛା ହେଉନି କି?

ମୋତି : ଯାଇଥିଲି ପରା ପରୀକ୍ଷା ଦେବାକୁ, କିନ୍ତୁ ସେଠି ବିରକ୍ତ ଲାଗିଲା।
ଏପଟେ ବଡ଼ ମା'' କହିଥିଲେ ଆସିବାକୁ ସେଥିପାଇଁ ଆସିଗଲି।

ନିତା ଦେବୀ ଦୁଇଟି ପ୍ଲେଟ୍ ରେ କାକରା ପିଠା ନେଇ ଆସିଲେ, ମୋତିକୁ
ଦେଇ କହିଲେ ନେ ତୋ ମନପସନ୍ଦର ପିଠା!

ବସନ୍ତ : ତମର ମଧ କାକରା ପସନ୍ଦ ନା କ'ଣ?

ମୋତି : ହଁ, ଆଉ ତମର?

ବସନ୍ତ : ମୋର ମଧ କାକରା ପସନ୍ଦ। ନିତା ଦେବୀ ତୁମେ ଖାଇ ଖାଇ କଥା
ହୁଅ ମୁଁ ଆଉ ବନେଇ କରି ଆଣୁଛି କହି ସେ ସେଠୁ ଚାଲିଗଲେ ।

ବସନ୍ତ : ଚାକିରୀ କରିବ ବୋଲି କହୁଥିଲ କ'ଣ ହେଲା?

ମୋତି : ଆଉ ଚାକିରୀ କରିବାକୁ ଇଚ୍ଛା ନାହିଁ, ଘରେ ସବୁବେଳେ ଗୋଟିଏ
କଥା ଯେ ବହୁତ୍ ପ୍ରସ୍ତାବ ଆସିଲାଣି ତୁ ଯଦି ହଁ କରିବୁ ତେବେ ତୋ ବାହାଘର
କରିଦେବା। ବାପା, ମା'ଙ୍କ କଥା ଶୁଣି ଶୁଣି ମୋତେ ବାହା ହେବାକୁ ଇଚ୍ଛା
ହୋଇଗଲାଣି ସେଥିପାଇଁ ଆଉ ଚାକିରୀ କରିବିନି। ଘରେ କହିଛି ୦୩-୦୪
ମାସ ମୁଁ ବୁଲିବି ତା'ପରେ ମୋ ପାଇଁ ପ୍ରସ୍ତାବ ଆଣିବ। ସେମାନେ ମୋ କଥାରେ

ରାଜି ହୋଇଗଲେ। ବର୍ତ୍ତମାନ ମୁଁ ବୁଲୁଛି ଆଗକୁ ଦେଖିବା କ'ଣ ହେଉଛି?

ବସନ୍ତ : ବାଃ, ଭଲ କଥା!

ମୋତି : ଆଉ ତୁମେ କେବେ ବାହା ହେଉଛ ?

ବସନ୍ତ : ସମାନ କାହାଣୀ, ଚାକିରୀ ହୋଇନଥିଲା ଠିକ୍ ଥିଲା, ଚାକିରୀ ହେବା ଦିନ ଠାରୁ, ମା' ଘରେ ରଖେଇ ଦେଉ ନାହାନ୍ତି। ସେ ଝିଅକୁ ଦେଖିବାକୁ ସୁନ୍ଦର୍ ନା? ସେ ଝିଅ ତୋ ସହିତ ଭଲ ମାନିବ ନା? ଏକଥା ଶୁଣି ଶୁଣି ମୋ କାନ ପାଚି ଗଲାଣି।

ମୋତି : କୋଉଠି ପସନ୍ଦ ହେଲା?

ବସନ୍ତ : ନା, ପସନ୍ଦ ହେଉନି, ଦେଖୁଛି କୋଉଠି ଭଲ ଯଦି ମିଳିବ ତେବେ ଦେଖିବା? ମୋତି ଟିକେ ଲମ୍ବା ନିଶ୍ୱାସ ନେଲା। ବସନ୍ତ କ'ଣ ହେଲା? ନା ନା କିଛି ନାହିଁ? ଆମେ ଦୁଇ ଜଣ ଏବେ ସମାନ ଗାଡି ରେ ଚାଲୁଛୁ? ତା'ପରେ ଦୁହେଁ ହସିଲେ।

ବସନ୍ତ : ହଉ, ମୁଁ ଆସୁଛି, ଆଉ କିଛି ଚିଠି ଆସିଛି ତାକୁ ଅଲଗା ଅଲଗା କରି ରଖିବାକୁ ପଡିବ, ଏ ଚିଠିଟା ମୋ ଆଖିରେ ପଡିଗଲା ତ, ସେଥିପାଇଁ ଚାଲି ଆସିଲି। ମାଉସୀଙ୍କୁ ଡାକ ଦେଇ କହିଲା (ମାଉସୀ ମୁଁ ଆସୁଛି, ଗଲେ ବହୁତ କାମ ଅଛି) କହି ବସନ୍ତ ଯିବାକୁ ବାହାରିଲା। ଗଲା ସମୟରେ ମୋତି ବସନ୍ତକୁ ବାଏ କହିଲା।

ବସନ୍ତ : ତମର ରାଗ ମୁହଁ ଏବେ ପର୍ଯ୍ୟନ୍ତ ମୋତେ ମନେ ପଡୁଛି?

ମୋତି : ସେ ମୋତି ଏବେ ବଦଲି ଗଲାଣି। ବସନ୍ତ ହଉ ମୁଁ ଆସୁଛି'- କହି ଚାଲିଗଲା। ଏଠି ମୋତି ବସନ୍ତକୁ ଅଳ୍ପ ପସନ୍ଦ କରିବାକୁ ଲାଗିଲା।

ଗାଁ ଭ୍ରମଣ

ପର ଦିନ ସକାଳ ୯.୩୦ ସମୟରେ ମୋତି ସଜବାଜ ହୋଇ ବସନ୍ତର ଗାଁ ଆଡ଼କୁ ଚାଲିଲା। ମୋତିର ମୁଖ୍ୟ ଲକ୍ଷ୍ୟ, ବସନ୍ତକୁ ଦେଖା କରିବା। କିଛି ଦୂର ଗଲା ପରେ ଗୋଟିଏ ବାଇକ୍ ବହୁତ୍ ସ୍ପିଡ୍ ରେ ମୋତି ଆଡ଼କୁ ମାଡ଼ି ଆସିଲା ଏବଂ ମୋତିକୁ କ୍ରସ କରି କିଛି ଦୂର ଆଗକୁ ଯାଇ ଧୀର ହେବାକୁ ଲାଗିଲା ଏବଂ ମୋତି ସାଇକେଲରୁ ଓହ୍ଲାଇ ସେଠି ଛିଡ଼ା ହୋଇ ପଛକୁ ବୁଲି ଦେଖିଲା ବେଳକୁ ବାଇକ୍ ବାଲା ବୁଲେଇ ମୋତି ପାଖକୁ ଆସିଲା। ସେ ଥିଲା ବସନ୍ତ।

ବସନ୍ତ : ଆରେ, ତୁମେ ଏପଟେ କୁଆଡେ?

ମୋତି : ମୁଁ ଗାଁ ବୁଲିବାକୁ ଆସିଛି!

ବସନ୍ତ : ଏପଟେ ଲୋକ ମାନେ ବୁଲିବାକୁ କମ୍ ଆସନ୍ତି, ଏବଂ ତମକୁ ପ୍ରଥମ ଥର ଦେଖିଲି, ଯେ ତୁମେ ବୁଲିବାକୁ ଆସିଛ, ଭାଲୁ ରାକ୍ଷି ଦେବ ଯେ?

ମୋତି : ଭାଲୁ ଅଛି କି?

ବସନ୍ତ : ହଁ, ଏଇ ପାହାଡ ଦେଖୁଛ, ସେ ପାହାଡରୁ ଭାଲୁ ଆସନ୍ତି?

ମୋତି : ଆରେ ବାପ୍ ରେ ମୁଁ ଜାଣିନି (ମୋତି ଡରିବାକୁ ଲାଗିଲା)

ବସନ୍ତ : ଡର ନାହିଁ, ଏବେ ୧୦ଟା ହେଲାଣି।

ବସନ୍ତ : ମୁଁ ଯେତିକି ଜାଣିଛି, ତମର ଏ ଗାଁ ଆଡ଼େ କେହି ସାଙ୍ଗ ନାହାନ୍ତି, ସତ କହିଲ? ତୁମେ ଏପଟେ କୁଆଡେ ଆସିଛ? ପୁରା ମେକ୍ ଅପ୍ ହୋଇ

ଖୋସାରେ ଇଟିମାଳ ଫୁଲର ମାଳ ପକେଇ।

ମୋତି : କହିଲି ପରା, ବୁଲିବାକୁ !!

ବସନ୍ତ : ହଉ ଯାଅ, ମୋର ସମୟ ହୋଇଗଲାଣି, ମୁଁ ଆସୁଛି?

ମୋତି : ମୋତେ ଏକା ଛାଡ଼ି ଚାଲି ଯାଉଛ?

ବସନ୍ତ : ତୁମେ କହୁଛ, ମୁଁ ବୁଲିବାକୁ ଆସିଛି ଏବଂ ତମ ବୁଲାବୁଲିରେ ମୁଁ ଡିଷ୍ଟର୍ବ କରିଲେ ଭଲ ନାହିଁ ନା?

ମୋତି : ହଁ ହଁ, ଯାଅ କହି ମୁହଁ ବୁଲେଇ ସାଇକେଲର ହେଣ୍ଡଲ ଧରି ଚଲେଇବାକୁ ଆରମ୍ଭ କଲା।

ବସନ୍ତ : ଆରେ, ମୁଁ ଚିଡେଉ ଥିଲି, ରାଗ ନାହିଁ! ଏତେ ଦୂର ଆସିଛ ତେବେ ଚାଲ୍ ଆମ ଘରକୁ ବୁଲିବାକୁ ଯିବା?

ମୋତି, ନା ନା...

ବସନ୍ତ : ତୁମେ ମୋତେ ଦେଖିବାକୁ ଆସିଥିଲ ନା?

ମୋତି : ନା, ମିଛ କଥା, ମୁଁ ତ ଏମିତି ବୁଲିବାକୁ ଆସିଥିଲି।

ବସନ୍ତ : ମିଛ, ତମ ମୁହଁରେ ସ୍ପଷ୍ଟ ଜଣା ପଡୁଛି। ହଉ ଛାଡ଼, ଏଠୁ ୧୦୦ ମିଟରରେ ଗୋଟିଏ ଗେରେଜ୍ ଅଛି ସେଠି ସାଇକେଲକୁ ରଖି ଆମେ ଆମ ଘରକୁ ଯିବା।

ମୋତି : ମୁଁ , ବଡ଼ ମା"କୁ କହିନି, ମୁଁ ୧୦ ମିନିଟ୍ ରେ ଆସୁଛି କହି ଘରୁ ଆସିଛି। ଲେଟ୍ ହେଲେ ସେମାନେ ଖରାପ ଭାବିବେ।

ବସନ୍ତ : ଏଇ କଥା ତ? ତମ ସମସ୍ୟାର ସମାଧାନ ମୋ ପାଖରେ ଅଛି,

ଚିନ୍ତା କର ନାହିଁ ।

ମୋତି : କ'ଣ କରିବ ପ୍ରଥମେ ମୋତେ କୁହ?

ବସନ୍ତ : ମୁଁ ଏବେ କହିବିନି, ମୋ ସାଙ୍ଗରେ ଆମ ଘରକୁ ଯିବ ତେବେ ମୁଁ କହିବି।

ମୋତି : (ଅକ୍ସ ଭାବି) ଯିବି ଯେ?

ବସନ୍ତ : ତେବେ, ତମର ଯିବାକୁ ଇଚ୍ଛା ଅଛି, ଚାଲ କହି ମୋତିର ହାତ ଧରି ଟାଣି ବାକୁ ଲାଗିଲା।

ମୋତି : ଏ କ'ଣ, ମୋତେ ଟାଣୁଛ କାହିଁକି?

ବସନ୍ତ : ସରି ସରି!!

ମୋତି : ମୁଁ ନିଜେ ଆସିବି, ତୁମେ ଚାଲ। ତାପରେ ଗେରେଜରେ ସାଇକେଲ ରଖ୍, ବସନ୍ତର ବାଇକ୍ ରେ ମୋତି ବସନ୍ତର ଘରକୁ ଗଲା। ବାଇକ୍ ରେ ବସିଲା ପରେ।

ମୋତି : ଜୋର୍ ରେ ବ୍ରେକ ମାରିବ ନାହିଁ ।

ବସନ୍ତ : ହଉ ଠିକ୍ ଅଛି!! କିଛି ଦୂର ଗଲା ପରେ ଗୋଟାଏ ହଙ୍ଗ ଆସିଲା, ସ୍ପିଡରେ ଆସି ହଠାତ୍ ହଙ୍ଗ ପାଖରେ ବ୍ରେକ ମାରିଲା ମୋତି ଛାଡ଼ି କରି ବସିଥିଲା, ବ୍ରେକ ପରେ ସିଧା ବସନ୍ତ ପାଖକୁ ଲାଗିଗଲା।

ବସନ୍ତ : ସରି.....

ମୋତି : ମୁଁ ଜାଣିଛି ବା? ତୁମେ ଜାଣି ଜାଣି କରିଛ, କହି ବସନ୍ତର ପିଠିରେ ଗୋଟିଏ ବିଧା ପଡ଼ିଲା।

ବସନ୍ତ : ଆରେ ବାପ୍‌ ରେ, କି ମାଡ଼?

ମୋତି : ରୁହ, ଘରକୁ ଗଲେ ମଉସାଙ୍କୁ ତମ ବିରୁଦ୍ଧରେ ଅଭିଯୋଗ କରିବି। ବସନ୍ତର ହସ ଚେହେରାରେ କଳା ବାଦଲ ଖେଳିଗଲା, ମଜା ମଜା କହୁଥିବା ବସନ୍ତ ପୁରା ଚୁପ୍‌ ହୋଇଗଲା ।

ମୋତି : କ'ଣ ହେଲା ଯେ, ଡରିଗଲ ନା କ'ଣ? ଚୁପ୍‌ ହୋଇଗଲ?

ବସନ୍ତ : ନା କିଛି ନାହିଁ?

ମୋତି : କ'ଣ ହେଲା କୁହ?

ବସନ୍ତ : ତୁମେ ବାପା ପାଖରେ ଅଭିଯୋଗ କରିବ ବୋଲି କହୁଥିଲ ନା? ମାତ୍ର ସେ ଏବେ ଏ ଦୁନିଆରେ ନାହାନ୍ତି।

ମୋତି : ସରି, ବସନ୍ତ।

ମୋତି : ମଉସାଙ୍କର କ'ଣ ହୋଇଥିଲା? କେବେ ଏମିତି ହେଲା?

ବସନ୍ତ : ମୁଁ ୧୨ ବର୍ଷର ଥିଲି, ସେତେବେଳେ ବାପାଙ୍କର ମର୍ଡର ହୋଇଯାଇଥିଲା।

ମୋତି : ମର୍ଡର୍‌ କେମିତି?(ଆଶ୍ଚର୍ଯ୍ୟରେ) ଏତିକି ବେଳେ ବସନ୍ତର ଘର ଆସିଗଲା। ଦୁହେଁ ଘର ଭିତରକୁ ଆସିଲେ, ବସନ୍ତର ମା', ମୋତିକୁ ଦେଖ୍‌ ଜାଣିପାରି ନଥିଲା ମାତ୍ର ମୋତି ଯେବେ ନିଜ ପରିଚୟ ଦେଲା ତେବେ ସେ ଖୁସି ହୋଇଗଲେ।

ବସନ୍ତ : ମା', ତୁମେ ଦୁଇ ଜଣ କଥା ହୁଅ, ମୁଁ ଅଫିସ୍‌ରୁ କିଛି ଚିଠି ଆଣିବାକୁ ପଡ଼ିବ ଏବଂ ମଉସାଙ୍କୁ କହି ଆସିବି ମୋତି ଆମ ଘରକୁ ଆସିଛି ବୋଲି କହି ସେ ଅଫିସ୍‌ ଚାଲିଗଲା ।

ବସନ୍ତର ମା' : ତୁମେ ବାହାରେ ରହି ପାଠ ପଢୁଛ ଝିଅ?

ମୋତି : ହଁ ମାଉସୀ ।

ବସନ୍ତର ମା' : ସୁରଭି ସାଙ୍ଗରେ କଥା ହୋଇଥିଲ?

ମୋତି : ହଁ ମାଉସୀ ।

ବସନ୍ତର ମା' : ସୁରଭି ସାଙ୍ଗରେ ବହୁତ୍ ଖରାପ ହେଲା, ଶୁଣି ଦୁଃଖ ଲାଗିଲା।

ମୋତି : ହଁ ମାଉସୀ, କିଛି ସମୟ କଥା ହେଲା ପରେ ମୋତିକୁ ବସନ୍ତର ମା', ବସନ୍ତ ବିଷୟରେ ସବୁ କଥା କହିଲେ ଏବଂ ମୋତି ମଧ ବସନ୍ତ ବିଷୟରେ ଜାଣିବା ପାଇଁ ପ୍ରଶ୍ନ ଉପରେ ପ୍ରଶ୍ନ କରୁଥାଏ। ବସନ୍ତର ସୋମେଶର ବନ୍ଧୁତା ବିଷୟରେ, ବସନ୍ତର ପାଠ ପଢା ଏବଂ ସେ କ'ଣ ଖାଏ, କ'ଣ ପସନ୍ଦ ତା'ର ସବୁ କହିଲେ। ପ୍ରାୟ ଅଧ ଘଣ୍ଟାଏ ପରେ ବସନ୍ତ ଆସି ପହଞ୍ଚିଲା।

ବସନ୍ତ : ମା', ମୋତିକୁ ଖାଇବାକୁ ଦେଲୁଣି ନା ନାହିଁ?

ବସନ୍ତର ମା' : ଆରେ ମୁଁ ତ କଥା କଥାରେ ଭୁଲି ଯାଇଛି। ତୁମେ ଦୁଇ ଜଣ ବସ, ମୁଁ କିଛି ଖାଇବା ନେଇ ଆସୁଛି। ଦୁଇ ଜଣ ବସିଲେ।

ବସନ୍ତ : କ'ଣ ମୋତି, କ'ଣ କ'ଣ କଥା ହେଲ? ମା' ସାଙ୍ଗରେ?

ମୋତି : ସବୁ କଥା ହୋଇଗଲି?

ବସନ୍ତ : ତୁମେ ତ ବହୁତ ଫାଷ୍ଟ! ଆଉ ମୁଁ କ'ଣ କହିବି? ସବୁ ଜାଣି ପକେଇ ଥବ? ମା' ତ ପୁରା ବୁଲେଇ ବୁଲେଇ ଦେଖେଇ ଥିବେ।

ମୋତି : ନା ନା, ମୁଁ କିଛି ବୁଲିନି କି ଦେଖିନି!

ବସନ୍ତର ମା' ଜଳଖିଆ ନେଇ ଆସିଲେ ଏବଂ ବସନ୍ତର ମା' ରୋଷେଇ

କରିବା ପାଇଁ ଚାଲିଗଲେ।

ବସନ୍ତ : ମୋ ବଗିଚା ଦେଖିଲ?

ମୋତି : ହଁ, ମାଉସୀ କହିଥିଲେ। ତା'ପରେ ଦୁହେଁ ବଗିଚା ବୁଲି ବାକୁ ଗଲେ।

ବସନ୍ତ : ମୋତେ ଗଛ ଲଗେଇବା ବହୁତ ପସନ୍ଦ ଏବଂ ସବୁଠୁ ବେଶୀ ପସନ୍ଦ ଫୁଲ ଗଛ। ବଗିଚାରେ ଫୁଲ ଦେଖି ମୋତି ପୁରା ଖୁସି ହୋଇଗଲା।

ମୋତି : ସତରେ, ତୁମର ବଗିଚା ବହୁତ ସୁନ୍ଦର। ବାଃ ଏତେ ଫୁଲ ଫୁଟିଛି। ମୁଁ ଗୋଟିଏ ଫୁଲ ତୋଳିବି?

ବସନ୍ତ : ହଉ ତୋଳ?

ମୋତି : ମାଉସୀ କହୁଥିଲେ ତୁମେ କାହାକୁ ତୋଳିବାକୁ ଅନୁମତି ଦିଅ ନାହିଁ? ଏମିତି କି ମାଉସୀଙ୍କୁ ମଧ ନୁହଁ ତେବେ ମୋତେ କେମିତି ଅନୁମତି ଦେଲ?

ବସନ୍ତ : ଦେଖ, ଇଚ୍ଛା ତ ନାହିଁ? ମାତ୍ର ତୁମେ ଏତେ ଖୁସିରେ ପଚାରିଲ ସେଥିପାଇଁ ମନା କରିପାରିଲି ନାହିଁ।

ମୋତି : ଆଚ୍ଛା, ତାହା ହେଲେ ମୁଁ ତୋଳିବି ନାହିଁ।

ବସନ୍ତ : ଆରେ, ତମକୁ ଅନୁମତି ଅଛି! ମୋତି ଫୁଲ ନ ତୋଳି ଚୁପ୍ କରି ଠିଆ ହୋଇ ରହିଲା। ତା'ପରେ ବସନ୍ତ ଗୋଟିଏ ଗୋଲାପ କଢ ତୋଳି ଆଣି ମୋତି ହାତରେ ଦେଲା। ମୋତି ଖୁସି ହୋଇଗଲା। ମୋତି ମନେ ମନେ ଭାବୁଥିଲା ବସନ୍ତ ତାକୁ ପ୍ରୋପୋଜ କରିଥାନ୍ତା କି?

ବସନ୍ତ : କ'ଣ ଭାବୁଛ।

ମୋତି : ମୁଁ କ'ଣ ଭାବୁଛି କହିବି?

ବସନ୍ତ : କୁହ?

ମୋତି : ତମ ବଗିଚାରେ ଯେତେ ଗୋଲାପ ଫୁଲ ଅଛି, ସବୁ ଫୁଲ ତୋଳିବାକୁ ମୋର ଇଚ୍ଛା।

ବସନ୍ତ : ନା, ସବୁ ଫୁଲ ତୋଳିବାକୁ ଦେବି ନାହିଁ। ଗୋଟିଏ କଥା ଜାଣିଛ? ସୋମେଶର ପ୍ରଥମ ରାତିରେ ବେଡ ସଜେଇବା ପାଇଁ ସବୁ ଫୁଲ ମୋ ବଗିଚାରୁ ଯାଇଥିଲା ଏବଂ ସୋମେଶ ଯେତେବେଳେ ଭାଉଜଙ୍କୁ ଦେଖା କରିବାକୁ ଯାଉଥିଲା ସେ ସବୁବେଳେ ନିଜେ ଆସେ ଏବଂ ମୋ ବଗିଚାରୁ ଫୁଲ ତୋଳି ନେଇ ଯାଏ।

ମୋତି : ତମ ସାଙ୍ଗକୁ ଫୁଲ ତୋଳିବା ପାଇଁ ଅନୁମତି ଥିଲା ନା କ'ଣ?

ବସନ୍ତ : ହଁ, ମୁଁ ତାକୁ ବହୁତ ଭଲ ପାଏ ତ ସେଥିପାଇଁ।

ମୋତି : ଆଉ ମୋତେ? ଏହି କଥା ଶୁଣି ବସନ୍ତ ଆଶ୍ଚର୍ଯ୍ୟ ହୋଇ ଚାହିଁ ରହିଲା, ଆରେ ମୁଁ ମଜା କରୁଛି।

ବସନ୍ତ : ଆଚ୍ଛା ମଜା କରୁଛ, ମୁଁ ଜାଣିଛି , ତୁମେ ମଜା କରୁଛ ନା ଆଉ କିଛି ମୁଁ ବୁଝି ସାରିଲିଣି। ହଉ, ତୁମେ କେତେଟା ତୋଳିବାକୁ ଇଚ୍ଛା ତୋଳି ନିଅ।

ମୋତି : ନେବି କିନ୍ତୁ ତୁମେ ନିଜ ହାତରେ ତୋଳି କି ଦେଲେ ନେବି। ସେତେବେଳେ ବସନ୍ତ ମଧ୍ୟ ମୋତିକୁ ପସନ୍ଦ କରିବାରେ ଲାଗିଥିଲା। ବସନ୍ତ ତିନୋଟି ଅଲଗା ଅଲଗା ରଙ୍ଗର ଗୋଲାପ ତୋଳି ମୋତି ହାତରେ ଦେଲା।

ମୋତି : ଫୁଲ ଦେବାର ମଧ୍ୟ ତମକୁ ଆସୁନି (ମୁରୁକି ହସ ଦେଇ) ତାପରେ ବସନ୍ତ ଆଗ ପଛକୁ ଦେଖିଲା ଏବଂ ପ୍ରପୋଜ ଷ୍ଟାଇଲରେ ଫୁଲକୁ ଦେଲା। ମୋତି ଖୁସି ହୋଇ ଫୁଲକୁ ତ ଧରିଲା କିନ୍ତୁ ସେ ଯାହା ଶୁଣିବାକୁ ଚାହୁଁଥିଲା

ତାହା ବସନ୍ତ କହିଲା ନାହିଁ। (ମୋତିର ଚେହେରାରେ ଅଳ୍ପ ହସ ଥିଲା)

ବସନ୍ତ : କ'ଣ ହେଲା? ତୁମେ କିଛି ଶୁଣିବାକୁ ଇଚ୍ଛା ଥିଲା?

ମୋତି : ନା ନା, କିଛି ନାହିଁ।

ବସନ୍ତ : ମୁଁ ତମ ପାଇଁ ଯୋଗ୍ୟ କି ନୁହଁ ତାହା ତୁମେ ଜାଣିବା ଦରକାର ଏବଂ ଆମ ପରିବାର ବିଷୟରେ ମଧ ଜାଣିବା ଦରକାର। ତା'ପରେ ତମର ଯାହା ଆଶା ତାହା ମୋ ଦ୍ୱାରା ସମ୍ଭବ ହେବ କି ନାହିଁ ମୁଁ ଜାଣିନି ସେଥିପାଇଁ ପ୍ରଥମେ ତୁମେ ମୋ ବିଷୟରେ ଜାଣିବା ଦରକାର।

ମୋତି : (ଅଳ୍ପ ଦୁଃଖରେ) ଆଉ କ'ଣ ଜାଣିବି ଏବଂ ଆଉ କ'ଣ ତୁମ ବିଷୟରେ ଜାଣିବାର ଅଛି?

ବସନ୍ତ : ସମୟ ଅଛି, ଚିନ୍ତା କରନି, ଚାଲ ଘରକୁ ଯିବା।

ମୋତି : ଘରକୁ ଯିବିନି, ମୋତେ ମୋ ସାଇକେଲ ପାଖରେ ଛାଡ଼ି ଆସ, ମୁଁ ଚାଲିଯିବି।

ବସନ୍ତ : ଆରେ ଏତେ ଜିଦ୍ କାହିଁକି କରୁଛ? ମୋ ବିଷୟରେ ତୁମେ କ'ଣ ଜାଣିଛ କୁହ? ଆଉ ମୁଁ ତମ ଭଳି ଚଣ୍ଡୀକୁ ପ୍ରପୋଜ୍ କରିବି କାହିଁକି? ଏଇଟା ଅସମ୍ଭବ!

ମୋତି : ମୁଁ ଚଣ୍ଡି, କ'ଣ କହିଲ? କହି ବସନ୍ତକୁ ମାରିବାକୁ ଦୌଡ଼ିଲା। ଦଉଡ଼ି ଦଉଡ଼ି ବସନ୍ତ ତା' ପଢ଼ା ଘରେ ପହଞ୍ଚିଲା।

ବସନ୍ତ : ଏ ହେଉଛି ମୋର ପଢ଼ା ଘର।

ମୋତି : ବାଃ, ତୁମେ ତ, ବହୁତ୍ ବହି ରଖିଛ?

ବସନ୍ତ : ତମକୁ ବହି ପଢ଼ିବାକୁ ଇଚ୍ଛା କି?

ମୋତି : ଇଚ୍ଛା ନାହିଁ ଯେ, ବେଳେ ବେଳେ ଲଭ୍ ଷ୍ଟୋରି ପଢ଼େ ତାପରେ ସେଠି ଦୁହେଁ ବସିଲୋ। ମୋତି ମନରେ ସେ କଥା ଘୁରି ବୁଲୁଥାଏ, ସେ କିଛି ଭାବୁଥିଲା।

ବସନ୍ତ : ଆରେ କୋଉ ଦୁନିଆକୁ ଚାଲିଗଲ?

ମୋତି : ଗୋଟିଏ କଥା କହିବି?

ବସନ୍ତ : କୁହ?

ମୋତି : ସୁରଭିର ବାହାଘର ସମୟରେ ତମ ସାଙ୍ଗରେ କଥା ହୋଇ ମୁଁ ତମକୁ ପସନ୍ଦ କରିଥିଲି କିନ୍ତୁ ତୁମେ ମୋତେ ରଗେଇ ଦେଲ ସେଥିପାଇଁ ତମ ଉପରେ ରାଗି କରି କ'ଣ ନା କ'ଣ କହିଦେଲି। ମାତ୍ର ପରେ ବହୁତ୍ ଅନୁତାପ କରିଲି। ଯେବେ ତମ ବିଷୟରେ ସୁରଭି ଠାରୁ ଶୁଣିଲି। ଭାବିଲି ତମକୁ ସରି କହିବି କିନ୍ତୁ ପରୀକ୍ଷା ଥିଲା ବୋଲି କିଛି ଦିନ ରହି ଚାଲିଗଲି। ଏବେ ଯେବେଠୁ ସୁରଭି ଘରକୁ ଆସିଛି ତମ କଥା ଭାବୁଥିଲି, କେମିତି ତୁମ ସାଙ୍ଗରେ ଦେଖା କରିବି। ଆଉ ଭାଗ୍ୟ ବଶତଃ କାଲି ତୁମର ଦେଖା ହୋଇଗଲା।

ଗତ ରାତିରେ ବଡ଼ ମା'' ଠାରୁ ତମ ଗ୍ରାମର ନା ପଚାରିଲି ଏବଂ ସକାଳୁ କେବଳ ତମକୁ ଦେଖା କରିବାକୁ ଆସିଥିଲି।

ବସନ୍ତ : ଆଚ୍ଛା, କଥା ତାହା ହେଲେ ଏଠି, ମୁଁ ମଧ ତମକୁ ସେଦିନ କହିବା ପରେ, ବହୁତ୍ ଖରାପ ମନେ କଲି, ସୋମେଶକୁ ତୁମ ସହିତ ଝଗଡ଼ା କଥା କହିଲି। ସୋମେଶ କହିଲା କି ମୋତି ଅଳ୍ପ ସମୟ ପରେ ଶାନ୍ତ ହୋଇଯାଏ।

ମୋତି : ତୁମେ ସାଙ୍ଗ କେମିତି ଜାଣିଲେ?

ବସନ୍ତ : ଭାଉଜ କହିଥିବେ ବୋଧେ ଏବଂ କାଲି ତମକୁ ଦେଖିଲା ପରେ, ତମକୁ କହିବାକୁ ଭାବିଲି କିନ୍ତୁ ତୁମେ ପଛ କଥା କିଛି କହିଲ ନାହିଁ ସେଥିପାଇଁ ମୁଁ ମଧ ଚୁପ୍ ରହିଗଲି।

ମୋତି : ଆଉ ଗୋଟିଏ କଥା ପଚାରିବି, ମନା କରିବନି, ସତ କହିବ? ସତରେ ତମକୁ ମୁଁ ପସନ୍ଦ ନୁହଁ?

ବସନ୍ତ : କ'ଣ କହିବି ତମକୁ, ଦେଖ ତୁମେ ସହର ପରିବେଶରେ ରହି ଆସିଛ, ତମକୁ ଗାଁ ପସନ୍ଦ ଆସିବ କି ନାହିଁ ମୁଁ ଜାଣିନି, ବାପାଙ୍କ ମୃତ୍ୟୁ ପରେ ମା' ଏକା ହୋଇଗଲେ, ମୁଁ ତାଙ୍କୁ ଏକା ଛାଡ଼ି କୁଆଡେ ଯିବାକୁ ଇଚ୍ଛା କରୁନି। ମୁଁ ଚାହେଁ, ମୁଁ ଯାହାକୁ ବାହା ହୁଏ ସେ ମୋ ମା'କୁ ସେମିତି ଭଲ ପାଉ, ଯେମିତି ମୁଁ ମା'କୁ ଭଲ ପାଏ ଏବଂ ମୁଁ ପିଲାଦିନରୁ ସାଧାରଣ ପରିବାରରେ ଚଳି ଆସିଛି। ସହରୀ ପରିବେଶରେ ରହୁଥିବା ଝିଅମାନେ ବୁଲିବା, ଭଲ ପିନ୍ଧିବା ଏବଂ ଭଲ ଖାଇବା ପସନ୍ଦ କରନ୍ତି। ସେ ଗୁଡ଼ିକ ତମର ପୂରଣ ହେବ ବୋଲି ମୁଁ ଗାରେଣ୍ଟି ଦେଇ ପାରିବିନି। ତମ ବାପା ମା' ଏ ପ୍ରସ୍ତାବରେ ରାଜି ହେବେ କି ନାହିଁ ସେ କଥା ମଧ ମୁଁ ଜାଣିନି। ତମକୁ ପ୍ରପୋଜ୍ କରି ତମ ମନରେ ଆଶା ଜାଗ୍ରତ କରିବାକୁ ମୋର ଅଧିକାର ନାହିଁ ।

ମୋତି : ଏତେ କଥା, ତେବେ ମୋ କଥା ଶୁଣ, ତମ ପାଇଁ ମୁଁ ମୋ ଷ୍ଟାଇଲ କମ କରିଛି ଏବଂ ସହର ପରିବେଶ ମତେ ମଧ ପସନ୍ଦ ନୁହଁ, ତାହା ଛଡା ମୁଁ ମଧ ଚାହୁଁଥିଲି କି ସହର ଠାରୁ ଦୂରରେ କେଉଁ ଗାଁ ରେ ମୋର ବାହାଘର ହେଉ। ଚାରି ପ୍ରାଣୀର ପରିବାର ହେଉ, ଶାଶୁ ଶଶୁରଙ୍କ ସେବା ଏବଂ ମୋ ସ୍ୱାମୀଙ୍କ ସେବା କରିବି ତାହା ମୋର ମଧ ଇଚ୍ଛା। ହଁ ବୁଲିବା ଏବଂ ଭଲ ପିନ୍ଧିବା ମୋର ଇଚ୍ଛା ମାତ୍ର ବାହାଘର ପରେ ଯେବେ ସୁରଭି ର ଶାଶୁ ଘରେ କିଛି ଦିନ ରହିଲି, ମୋର ମଧ ଇଚ୍ଛା ହୋଇଥିଲା କି ସୋମେଶ ଜୀକୁ ଭଳି ମୋତେ ମଧ ସେମିତିକା ଗୋଟିଏ ଭଲ କେଣ୍ଡିଡେଟ୍ ଯଦି ମିଳି ଥାନ୍ତା ତେବେ ମୁଁ ଆଖ୍ୟ ବନ୍ଦ କରି ବାହା ହୋଇ ଯାଆନ୍ତି।

ବେଳେବେଳେ ସୁରଭିକୁ ମୁଁ ରଗେଇ ଦିଏ। ସେ ସମୟରେ ସୁରଭି ମୋତେ କେବଳ ତମ ବିଷୟରେ କହେ। ତମକୁ ବାହା ହେବାକୁ କହେ। ତମର ଭଲ ଗୁଣ ବିଷୟରେ ମୋତେ କହିଥିଲା। ସେଠି ତମ ବିଷୟରେ ଶୁଣି ଶୁଣି ମୁଁ ତମକୁ ଅଳ୍ପ ପସନ୍ଦ କରିବାରେ ଲାଗିଥିଲି, କିନ୍ତୁ ମନରେ ଅଳ୍ପ ଅଳ୍ପ ରାଗ ଥିଲା କିନ୍ତୁ ସୁରଭିର ଘଟଣା ପରେ ତୁମେ ଯେତିକି ସୁରଭି ଆଉ ତମ ସାଙ୍ଗ ପାଇଁ ଚିନ୍ତା

କରୁଥିଲା। ଆଉ ସବୁ ସମୟରେ ସାହାଯ୍ୟ କରୁଥିଲା ତାହା ଦେଖି ମୁଁ ତମକୁ ବହୁତ୍ ପସନ୍ଦ କରିବାରେ ଲାଗିଲି। ଯିଏ ନିଜ ସାଙ୍ଗ ପାଇଁ ନିଜ ଠାରୁ ଅଧିକ ଭାବେ ତେବେ ତାର ସ୍ତ୍ରୀ ହେବା ସୌଭାଗ୍ୟର କଥା ଏବଂ ସେ ସୌଭାଗ୍ୟ ମୁଁ ଅର୍ଜନ କରିବାକୁ ସ୍ୱପ୍ନ ଦେଖିବା ଆରମ୍ଭ କରିଦେଲି। ମନେ ମନେ ଭାବୁଥିଲି କି ତମର ଯଦି ଚାକିରୀ ହୋଇ ଯାଇଥାନ୍ତା, ତେବେ ଭଲ ହୁଅନ୍ତା।

ବସନ୍ତ : ଭଲ ହୁଅନ୍ତା ମାନେ?

ମୋତି : ମାନେ ମୁଁ ତାକୁ ବାହା ହୋଇ ଯାଆନ୍ତି ଏବଂ ତାହା ବର୍ତ୍ତମାନ ସତରେ ପରିଣତ ହୋଇ ଯାଇଛି। କାଲି ଯେତେବେଳେ ତମକୁ ଦେଖିଲି ବହୁତ୍ ଖୁସି ହୋଇଗଲି ଏବଂ ଯେତେବେଳେ ଜାଣିଲି କି ତୁମେ ଚାକିରୀ ପାଇଛ, ମୋର ଖୁସି ଆକାଶ ଛୁଇଁବାକୁ ଲାଗିଲା, ମାତ୍ର କହିବି କାହାକୁ। ରାତି ସାରା କେତେ ଯେ ସ୍ୱପ୍ନ ଦେଖିଛି ତାହା ସତରେ ପରିଣତ ହେବ କି ନାହିଁ ମୁଁ ଜାଣିନି। ଆଜି ସକାଳେ ସଜବାଜ ହୋଇ କେବଳ ତୁମକୁ ଦେଖିବାକୁ ଆସିଲି। ଏବେ ତୁମେ କୁହ ମୁଁ ଯୋଉ ସ୍ୱପ୍ନ ଦେଖିଛି ତାହା କ'ଣ ସତ ହେବାକୁ ଦେବନି?

ବସନ୍ତ : ଦେଖ ମୋତି? ତରବର ରେ କିଛି ନିଷ୍ପତି ନିଅ ନାହିଁ। ଘରେ ତମ ବାପା ମା' ସାଙ୍ଗରେ କଥା ହୁଅ।

ମୋତି : ତେବେ ତୁମେ ମୋତେ ପସନ୍ଦ କର କି ନାହିଁ କୁହ?

ବସନ୍ତ : ତମ ଭଳି ଚଣ୍ଡୀକୁ ବାହା ହେବାକୁ ମୋତେ ଚିନ୍ତା କରିବାକୁ ଅଳ୍ପ ସମୟ ଦିଅ।

ମୋତି : ମୁଁ ଚଣ୍ଡୀ? (ମୋତି ବସନ୍ତକୁ ପିଟିବାରେ ଲାଗିଲା)

ବସନ୍ତ : ହେଇ, ପିଟା ପିଟି କରିବ ଯଦି, ମୁଁ ବାହା ହେବାକୁ ମନା କରିଦେବି ଯେ ?

ମୋତି ଶାନ୍ତ ହୋଇଗଲା ଏବଂ ପିଟିବା ବନ୍ଦ କରିଦେଲା

ବସନ୍ତ : କ'ଣ ହେଲା?

ମୋତି : ନା କିଛି ନାହିଁ (ଦୁଃଖରେ)!

ବସନ୍ତ : ଆରେ ପାଗଳି, ମୁଁ ମଧ ମୋ ମା' ସାଙ୍ଗରେ କଥା ହେଉଛି। ତୁମେ ତମ ଘରେ କଥା ହୁଅ। ତା'ପରେ କିଛି କାହାଣୀ ଆଗକୁ ବଢ଼ିଲେ ଭଲ ହେବ ନା? କେବଳ ଆମେ ନିଷ୍ପତି ନେବା ଉଚିତ୍ ନୁହେଁ। ଏତିକି ବେଳେ ବସନ୍ତର ମା' ଆସି ପହଞ୍ଚି ଗଲେ। ଆରେ ତୁମେ ଦୁଇ ଜଣ କେତେ କଥା ହେଉଛ? ଚାଲ ଦୁହେଁ ଖାଇବ?

ମୋତି : ନା ମାଉସୀ! ଭୋକ ନାହିଁ!

ବସନ୍ତର ମା' : କ'ଣ ହେଲା ମୋତି ତୋ ମୁହଁ ଶୁଖିଲା ଭଲି କାହିଁକି ଦେଖା ଯାଉଛି? ବସନ୍ତ କିଛି କହିଲା କି? ମୋତି କିଛି କହିବା ପୂର୍ବରୁ ବସନ୍ତ କହିଲା, ମା' ମୋତିର ବାହାଘର ପ୍ରସ୍ତାବ ଆସିଛି ଯେ ତା'ର ଏବେ ବାହା ହେବା ପାଇଁ ଇଚ୍ଛା ନାହିଁ। ମୋତି ବସନ୍ତ ଆଡ଼କୁ ଆଶ୍ଚର୍ଯ୍ୟରେ ଚାହିଁ ରହିଲା ଏବଂ କହିଲା ନାହିଁ ମା' ସେମିତି ନୁହଁ।

ବସନ୍ତ : ତାହାହେଲେ ମୋତି କୁ ଭୋକ ଲାଗିଲାଣି ସେଥିପାଇଁ ତାର ମୁହଁ ଶୁଖ୍ ଯାଇଛି।

ବସନ୍ତର ମା' : ତୋର ମଜା କରିବା ବୁଦ୍ଧି ଗଲା ନାହିଁ, ସେ ଆମ ଘରକୁ ପ୍ରଥମ ଥର ଆସିଛି, ତାକୁ ତୁ ରଗେଇ ଥିବୁ, ମୁଁ ଠିକ୍ ଜାଣିଛି ।

ମୋତି : ହଁ ମାଉସୀ, ତମ ଗେଲ୍ଲା ପୁତ୍ର, ମୋ କଥା ମାନୁ ନାହାଁତି?

ବସନ୍ତର ମା' : କ'ଣରେ, ସେ ଯାହା କରୁଛି ତୁ କ'ଣ ପାଇଁ କରୁନୁ?

ବସନ୍ତ : ଆଚ୍ଛା ମେରି ବିଲ୍ଲି ମୁଝେ ମିଆଉଁ !

ମୋତି : ଆଉ କ'ଣ?

ବସନ୍ତର ମା' : ସେ ସେମିତି କା, ତୁ ତା' କଥା ଧରିବୁନିରେ ମା'।

ମୋତି : ମାଉସୀ ମୁଁ ଆଉ କେବେ ଆସିଲେ ଖାଇବି, ସେପଟେ ବଡ଼ ମା"
ଅପେକ୍ଷା କରିଥିବେ।

ବସନ୍ତ : ତୁମେ ଚିନ୍ତା କର ନାହିଁ, ମୁଁ ତମ ବଡ଼ ମା"କୁ କହି ଦେଇଛି?
ତୁମେ ଆଜି ଆମ ଘରେ ଖାଇବ ବୋଲି। ଆଉ ତୁମେ ଯଦି ଆଜି ଖାଇବ ନାହିଁ?
ତେବେ ମୁଁ ଆଉ କେବେ ମୋ ଘରକୁ ଆଣିବି ନାହିଁ? ମୋତି ପୁଣି ଦୁଃଖୀ ହୋଇ
ବସନ୍ତକୁ ଚାହିଁ ରହିଲା।

ବସନ୍ତର ମା' : ଅଳ୍ପ ଅଳ୍ପ ଖାଇ ଦିଅ, ତୁମେ ଆସିବା ଖୁସିରେ ବସନ୍ତ ମାଛ
ଆଣିଛି? ମୋତି ତୁ ଯଦି ଖାଇବୁନି ତେବେ ମୋ ପୁଅର ମନ ଦୁଃଖ ହୋଇଯିବ।

ମୋତି : ହଉ ମାଉସୀ ଠିକ୍ ଅଛି!

ତାପରେ ଦୁହେଁ ଖାଇଲେ। କିଛି ସମୟ ରହିଲା ପରେ ସେ ଦୁହେଁ ଫେରିବାକୁ
ଲାଗିଲେ। ଫେରିବା ସମୟରେ ମୋତି ମାଉସୀଙ୍କ ପାଦ ଛୁଇଁ ମୁଣ୍ଡିଆ ମାରିଲା।
ମାଉସୀ ଖୁସି ହୋଇ କହିଲେ, ଝିଅ ଏବେ ରହିବା ଭିତରେ ଆଉ ଥରେ ବୁଲି
ଆସିବୁ?

ମୋତି : ତୁମ, ପୁଅ ମୋ ଉପରେ ରାଗୁଛନ୍ତି । ମୁଁ ଆଉ ଆସିବିନି।

ବସନ୍ତ : ବେଶୀ କଥା କହୁଛ, ବାଇକ୍ ରେ ବସ, ଲେଟ୍ ହେଲେ ମୋତେ
ମାଉସୀ ସୁଣେଇବେ। ତା'ପରେ ଦୁହେଁ ବାଇକ୍ ରେ ବସି ଆସିଲୋ। ବାହାରିଲେ
ସୁରଭି ଘରକୁ।

ମୋତି : ତୁମେ ମାଉସୀଙ୍କୁ ମୋ ବିଷୟରେ କହିଲନି କାହିଁକି?

ବସନ୍ତ : ଏତେ ତରବର କାହିଁକି, ମୁଁ କହିଲି ପରା, ତୁମେ ତମ ଘରେ କଥା
ହୁଅ, ତା'ପରେ ମୁଁ ଘରେ କହିବି। ମୋ ମା' ମୋ କଥା କେବେ କାଟିବେ ନାହିଁ

ଖାଲି ରହିଲା ତମ ଘର କଥା। ମୋତି ଲମ୍ବା ନିଶ୍ଵାସ ନେଲା।

ବସନ୍ତ : କ'ଣ ହେଲା ଲମ୍ବା ନିଶ୍ଵାସ ନେଲ? ବୋଧେ ମୋ କଥା ଶୁଣି ଏମିତି ହେଲ ନା?

ମୋତି : ହଁ, ବିଲକୁଲ୍, ଆଉ ଗୋଟିଏ କଥା ତୁମର ରହିଗଲା, ବାପାଙ୍କ ମର୍ଡର ହୋଇଥିଲା ବୋଲି କହୁଥିଲ, କେମିତି ହୋଇଥିଲା କହିବ କି, ମୁଁ ଜାଣିବାକୁ ଚାହୁଁଛି।

ବସନ୍ତ : ଛାଡ଼ ସେ କଥା, ପୁରୁଣା କଥାକୁ ଦୋହୋରାଇଲେ କେବଳ କଷ୍ଟ ହୁଏ।

ମୋତି : କୁହ ନା?

ବସନ୍ତ : ହଉ ଶୁଣ, ବାପା ଜଣେ ଫରେଷ୍ଟ ରେଞ୍ଜର ଅଫିସର, ସେ ବହୁତ୍ ନ୍ୟାୟବାଦୀ ଲୋକ। ସେ ଅନ୍ୟାୟ ସହି ପାରନ୍ତି ନାହିଁ। ତମ ବାମ ପାଖରେ ଯୋଉ ପାହାଡ ଦେଖୁଛ ନା? ସେ ପାହାଡକୁ ଲାଗି ଦୁଇଟି ଜଙ୍ଗଲ ଥିଲା ଏବଂ ପାହାଡ ସେପଟେ ମଧ ଜଙ୍ଗଲ ଅଛି କିନ୍ତୁ ଏବେ ସବୁ ଗଛ କାଟି ନେଇ ଗଲେଣି। ସେ ଜଙ୍ଗଲ ଏରିଆ ବାପାଙ୍କ ଅଧୀନରେ ଥିଲା। ଛୋଟ ବେଳେ ମୋତେ ବାପା ସାଇକେଲରେ ବୁଲେଇ ଆଣି ଦେଖେଇ ଥିଲେ। ସେ ସମୟରେ ଜଙ୍ଗଲରେ ବହୁତ୍ କାଠ ଚୋରି ହେଉଥିଲା। ଯେମିତି ଚନ୍ଦନ କାଠ, ଶାଳ, ପିଆଶାଳ କାଠ ଚୋରା ଚାଲାଣ ହେଉଥାଏ। ବାପା ଥରେ ଦୁଇ ଥର ସେ ଚୋରମାନଙ୍କୁ ଧରି ଜେଲ୍‌ ରେ ଦେଇଥିଲେ। ମାତ୍ର ପୁଲିସ୍‌ ଅଫିସର ଟଙ୍କା ନେଇ ଛାଡ଼ି ଦେଉଥିଲେ। ବାପା ତାଙ୍କ ବିରୁଦ୍ଧରେ ଉପର ପୁଲିସ୍‌ ଅଫିସରକୁ ରିପୋର୍ଟ କରିଲେ। ସେଥିରେ ଜେଲ୍‌ ଅଧିକାରୀ ଏବଂ ଅନ୍ୟ ଚୋରା ଚାଲାଣ କରୁଥିବା ଚୋରମାନେ ମିଶି ବାପାଙ୍କୁ ମର୍ଡର କରିଦେଲେ। ସେତେବେଳେ ମୁଁ ବହୁତ୍ ଛୋଟ ଥିଲି, ମା' ପୁଲିସ୍‌ ପାଖରେ ଯାଇ ରିପୋର୍ଟ ଲେଖେଇଲେ କିନ୍ତୁ ପୁଲିସ୍‌ ଅଫିସର ଆମ ରିପୋର୍ଟ ଆଗକୁ ବଢ଼େଇଲେ ନାହିଁ। ବହୁତ୍ ଦିନ ପୋଲିସ ଥାନା ଗଲୁ କିନ୍ତୁ ପରେ ଜଣା ପଡ଼ିଲା ସେ ପୋଲିସ୍‌ ଅଫିସରକୁ ସେ ଚୋର ମାନେ ମଧ ମାରିଦେଲେ। କାଠ ଚୋର ମାନେ ମା'କୁ ମଧ ଧମକ ଦେଇ କହିଲେ, ବାରମ୍ବାର ଆମ ନାମରେ

କେଣ୍ ଦେବ ତେବେ ତୋ ଗେଞ୍ଜା ପୁଅକୁ ମଧ ଉପରକୁ ପଠେଇ ଦେବୁ। ସେ ଭୟରେ ମା' ଆଉ ଥାନାକୁ ଗଲେ ନାହିଁ। ଏବେ ଦେଖୁଛ ତ ସେ ବଣ ଆଉ ନାହିଁ। ପୁରା ଟାଙ୍ଗରୋ ହୋଇ ଗଲାଣି। କିଛି ବାଟ ଗଲା ପରେ ମୋତି ଦେଖିଲା ଯେ ଯୋଉ ଗ୍ୟାରେଜ ଥିଲା ସେଠି ବସନ୍ତ ଗାଡ଼ି ରଖିଲା ନାହିଁ।

ମୋତି : କହିଲା, ରୁହ ରୁହ, ମୋ ସାଇକେଲ ନେବି।

ବସନ୍ତ : ତମ ସାଇକେଲ ଆଉ ନାହିଁ।

ମୋତି : କୁଆଡେ ଗଲା?

ବସନ୍ତ : ତମ ସାଇକେଲ ବିକ୍ରୀ କରିଲା ପରେ ସେ ପଇସାରେ ଘରେ ପାଇଁ ମାଛ ଆଣିଥିଲି।

ମୋତି : ତୁମେ ମଜା କରନି? ସେଇଟା ସୁରଭିର ସାଇକେଲ ମୋର ନୁହଁ, ସତ କୁହ?

ବସନ୍ତ : ତୁମେ ଚିନ୍ତା କର ନାହଁ, ବାକି ପଇସା ମଉସାଙ୍କୁ ଦେଇ ଆସିଛି।

ମୋତି : ହଉ, ଯାହା କରୁଛ କର, ମୋର ସାଇକେଲ ତୁମେ ଆଣି ଦେବ।

ବସନ୍ତ : ଚୁପ୍ ଚାପ୍ ବସ, ମୁଁ କାହିଁକି ଆଣିବି ଯୋ।

ମୋତି : ତମ ଆଇଡିଆ ଆଉ ତମ ସାଙ୍ଗର ଆଇଡିଆ କେହି ଜାଣି ପାରନ୍ତି ନାହିଁ।

କିଛି ସମୟ ପରେ ରମେଶ ବାବୁଙ୍କ ଘରେ ଦୁଇ ଜଣ ପହଞ୍ଚିଲେ। ସେଠି ମୋତି ଦେଖିଲା ତା'ର ସାଇକେଲ ସେଠି ପହଞ୍ଚି ଯାଇଥିଲା।

ବସନ୍ତ : ଆରେ ଏଛଟା ତମ ସାଇକେଲ ନା?

ମୋତି : (ପିଠିରେ ଗୋଟିଏ ବିଧା ଦେଇ କହିଲା) ମୋତେ କହିଲନି କାହିଁକି?

ବସନ୍ତ : ଆରେ ତୁମେ ତ, କଥା କଥାରେ ପିଟା ପିଟି କରୁଛ। ମୋତେ ଡର ଲାଗୁଛି।

ମୋତି : ଡର ନାହିଁ, ମୁଁ ଯାହାକୁ ଯେତେ ଭଲ ପାଏ ତାକୁ ଏମିତି ମାଡ ଦିଏ।

ବସନ୍ତ : କ'ଣ କହିଲ?

ମୋତି : ହଁ ତୁମେ ଠିକ୍ ଶୁଣିଲ ଏବଂ ଭିତରକୁ ଚାଲ?

ବସନ୍ତ : ନା ନା, ତୁମେ ଯାଅ, ମୋର ଅଫିସରେ ଏମିତି କହି ଆସିଥିଲି। ମାତ୍ର ଦେଖୁନ ୨ଟା ବାଜିଲାଣି, ଯଦି ଆଜି ନ ଯିବି ତେବେ ନୂଆ ନୂଆ ଚାକିରୀ ରେ ଦାଗ ଲାଗିବା ଆରମ୍ଭ ହୋଇଯିବ।

ମୋତି : ଘରକୁ ଆସ ତାପରେ ଯିବ?

ତାପରେ ବସନ୍ତ ଏବଂ ମୋତି ଘରକୁ ଗଲେ।

ନିତା ଦେବୀ : କ'ଣ ମୋତି ଆଜି ବସନ୍ତ ସାଙ୍ଗରେ କୁଆଡେ କୁଆଡେ ବୁଲିଲୁ ନା ଖାଲି ଘରକୁ ଯାଇ ଆସିଲୁ?

ମୋତି : ନାହିଁ ମା', ବସନ୍ତ ହେଉଛି ଏକ ନମ୍ବର କଞ୍ଜୁସ, ସେ ମୋତେ କୁଆଡେ ବୁଲେଇ ନେଲେ ନାହିଁ କେବଳ ଘରେ ବସେଇ ରଖିଲେ। ମୁଁ କହିଲି, କୁଆଡେ ବୁଲି ଯିବା ଚାଲ କିନ୍ତୁ ବସନ୍ତ ମନା କଲେ।

ବସନ୍ତ ବଡ ବଡ ଆଖି କରି ମୋତି ଆଉ ନିତା ଦେବୀଙ୍କୁ ଦେଖୁଥିଲା।

ବସନ୍ତ : ମାଉସୀ, ଏ ମୋତି ତ ମୋ ଠାରୁ ମଧ ବହୁତ ଚାଲାକ୍।

ନିତା ଦେବୀ : କ'ଣ ଖାଇବାକୁ ଦେଲୁ ନା ନାହିଁ?

ବସନ୍ତ : ହଁ ମାଉସୀ, ମୁଁ ତ କହିଥିଲି, ଆଜି ମୋତି ଆମ ଘରେ ଖାଇବ ବୋଲି। ହଉ ମାଉସୀ ମୁଁ ଏବେ ଆସୁଛି ମୋର ଲେଟ୍ ହେଲାଣି, ଅଫିସ୍ ମଧ ଯିବାକୁ ପଡ଼ିବ।

ନିତା ଦେବୀ : ହଉ, ପୁଣି ଆସିବ। ତା'ପରେ ବସନ୍ତ ବାହାରକୁ ଆସି ବାଇକ୍ ଷ୍ଟାର୍ଟ କରିବାକୁ ଲାଗିଲା। ସେ ପଛକୁ ବୁଲି ଦେଖିଲା ବେଳକୁ ମୋତି ତାକୁ ଦେଖୁଥିଲା। ଗଲା ସମୟରେ ମୋତି ବସନ୍ତକୁ ଗୋଟିଏ ଫ୍ଲାଇଙ୍ କିସ୍ ଦେଲା। ବସନ୍ତ ଅଳ୍ପ ମୁରୁକି ହସ ଦେଇ କିଛି ନ କହି ଚାଲିଗଲା।

ବାହାଘର ପ୍ରସ୍ତାବ

ସେଦିନ ରାତିରେ ମୋତିକୁ ନିଦ ନାହିଁ, ସେ କ'ଣ କରିବ କେମିତି ଘର ଲୋକକୁ ବୁଝେଇବ ସେ ଚିନ୍ତାରେ ରାତି କଟିଗଲା। ସକାଳ ୫ଟାରେ ଶୋଇଲା ଏବଂ ସକାଳ ୮ଟାରେ ମୋତିର ବାପା ସୁରଭି ଘରେ ପହଞ୍ଚି ଯାଇଛନ୍ତି। ମୋତିର ନିଦ ଭାଙ୍ଗିନି।

ନିତା ଦେବୀ : ଆଲୋ ମୋତି, ଦେଖ କିଏ ଆସିଛନ୍ତି? ମୋତି ଆସି ଦେଖିଲା ବେଳକୁ ବାପା ଆସି ବସିଛନ୍ତି। ମୋତିର ବାପା ଜଣେ ବେପାରୀ, ବଡ ସହରରୁ ସାମାନ ଆଣି ନିଜ ସହରର ଦୋକାନୀମାନଙ୍କୁ ଦିଅନ୍ତି। ନାମ ଦାମୋଦର, ଲୋକେ ଦାମ ସାହୁକାର ଏବଂ ଦାମ ବାବୁ ବୋଲି ଡାକନ୍ତି। ଦାମ ବାବୁ ଦେଖିବାକୁ ଯେତିକି ସରଳ ସେତିକି କଞ୍ଜୁସ, ପ୍ରତି ଟଙ୍କା ର ହିସାବ ରଖନ୍ତି ମାତ୍ର ମୋତି ଯାହା କରେ କିମ୍ବା କହେ ସେ ତାର ସବୁ କଥା ରଖନ୍ତି ଏବଂ ମାନନ୍ତି। ମାତ୍ର ଆଜି ହଠାତ୍ ମୋତି ବାପା କୁ ଦେଖି ଆଶ୍ଚର୍ଯ୍ୟ ହୋଇଗଲା।

ମୋତି : ବାପା ତୁମେ ଏଠି, ହଠାତ୍?

ଦାମ ବାବୁ : ବହୁତ୍ ଦିନ ହେଲା ଆସିଲୁଣି ମୋତେ ମନେ ପଡ଼ିଲା ମୁଁ ଆସିଲି ତୋତେ ନେବା ପାଇଁ।

ମୋତି : ନା ବାପା, ମୁଁ ଆଉ କିଛି ଦିନ ରହିବି।

ଦାମ ବାବୁ : ଶୀଘ୍ର ସଜ ହେ, ଗାଁ କୁ ଯିବା, ଆଜି ତୋତେ ଜଣେ ଦେଖିବାକୁ ଆସିବ?

ମୋତି : ବାପା, ମୋର ଏବେ ଇଚ୍ଛା ନାହିଁ ବୋଲି କହିଥିଲି। ତୁମେ ପ୍ରସ୍ତାବ

କାହିଁକି ନେଇ ଆସୁଛ?

ଦାମ ବାବୁ : ଆରେ, ସେ ସୋମେଶ ଭଳି ମଧ ଆର୍ମି ରେ ଚାକିରୀ କରେ। ଏତିକି ଶୁଣି କିଛି ସେକେଣ୍ଡ ପାଇଁ ମୋତିର ମନ ଖୁସି ହୋଇଗଲା କିନ୍ତୁ ପୁଣି ବସନ୍ତ ର କଥା ମନେ ପଡିଗଲା।

ମୋତି : ନାହିଁ ବାବା, ମୁଁ ଆର୍ମି ବାଲା ସହିତ ବାହା ହେବିନି।

ଦାମ ବାବୁ : ସୁରଭିର ବାହାଘର ପର ଦିନ ତୁ କହିଥିଲୁ, ମୋତେ ମଧ ଆର୍ମି ବାଲା କେଣ୍ଡିଡେଟ ଦରକାର, ଆଉ ଆଜି କହୁଛୁ ଇଚ୍ଛା ନାହିଁ? ତୁ ମୋ ଇଜ୍ଜତ ରଖେ, ଚାଲ୍ ମୋ ସହିତ, ତୁ ଥରେ ଦେଖ୍ ନେ, ତା' ପରେ ତୁ ସ୍ଥିର କରିବୁ, ହଁ ଅବା ନାହିଁ ଯାହା କରିବୁ ତୋର ଇଚ୍ଛା। ତାପରେ ମୋତି ବଡ଼ ମା'' ପାଖକୁ ଗଲା।

ମୋତି : ବଡ଼ ମା', ତୁମେ ବାପାଙ୍କୁ ପଠେଇ ଦିଅ, ମୁଁ ଆଉ କିଛି ଦିନ ତମ ସାଙ୍ଗରେ ରହିବାକୁ ଇଚ୍ଛା କରୁଛି।

ନିତା ଦେବୀ : ମୋତି, ଏବେ ତୁ ଯା' ବୁଲି ଆସିବୁ, ବାପା ଏତେ ଦୂରରୁ ଆସିଛନ୍ତି ଏବଂ ମୋତେ କହିଲେ ତୁମେ ଶୀଘ୍ର ପହଞ୍ଚିଲେ ସେମାନେ ଦେଖ୍ ଚାଲିଯିବେ ଏବଂ ତୁ ପୁଣି ଆସିଯିବୁ ଏବଂ ବାପାଙ୍କୁ ମୁଁ କହିଦେବି ସେ ପୁଣି ତୋତେ ନେଇ ଆସିବେ।

ମୋତି : ତୁମେ ବାପାଙ୍କୁ ଜାଣିନ, ସେ ମୋତେ କେମିତି ହେଲେ କହି ମୋତେ ମନେଇବାକୁ ଚେଷ୍ଟା କରିବେ।

ନିତା ଦେବୀ : ତୋର କାହିଁକି ଇଚ୍ଛା ନାହିଁ?

ମୋତି : ମୋ କଥା ଟିକେ ଶୁଣ?

ନିତାଦେବି : ତୁ କହ କ'ଣ ହୋଇଛି?

ମୋତି : ବଡ଼ ମା', ମୁଁ କହିବି କିନ୍ତୁ ତୁମେ ରାଗିବ ନାହିଁ ତ?

ନୀତା ଦେବୀ : କହ?

ମୋତି ବଡ଼ ମା''କୁ ଅନ୍ୟ ରୁମ୍ କୁ ଟାଣି ନେଇ ଗଲା।

ମୋତି : ପ୍ରକୃତରେ ମୁଁ ତମ ଗାଁ କୁ କେବଳ ବସନ୍ତକୁ ଦେଖିବାକୁ ଆସିଛି, ମୋତେ ବସନ୍ତ ବହୁତ୍ ପସନ୍ଦ ଲାଗନ୍ତି ଏବଂ ତାକୁ ବିବାହ କରିବାକୁ ଚାହୁଁଛି।

ନୀତା ଦେବୀ : (ଆଶ୍ଚର୍ଯ୍ୟରେ) ବସନ୍ତ ରାଜି ଅଛି ତ? ଏବଂ ତାଙ୍କ ଜାତି ଅଲଗା ଯେ?

ମୋତି : ବଡ଼ ମା', ଜାତି କ'ଣ ମୁଁ କିଛି ଜାଣିନି, ମୋତେ ପସନ୍ଦ ଆସିଲା ଏବଂ ବସନ୍ତ ମଧ ମୋତେ ପସନ୍ଦ କରେ।

ନୀତା ଦେବୀ : ବସନ୍ତ ପସନ୍ଦ କରେ ବୋଲି ତୋତେ ସେ କହିନଥିବ।

ମୋତି : କହିନି, ମାତ୍ର ମୁଁ ଜାଣିଛି ସେ ପସନ୍ଦ କରେ।

ନୀତା ଦେବୀ : ହଉ, ଗୋଟିଏ କାମ କର, ତୁ ଯା', ସେ ପିଲାକୁ ଥରେ ଦେଖି ନେ ଏବଂ ପରେ ତାକୁ ମନା କରିଦେବୁ। ବଡ଼ ମା' କଥାରେ ମୋତି ରାଜି ହୋଇ ତା' ଗାଁକୁ ଗଲା।

ଗାଁରେ ପହଞ୍ଚିଲା ପରେ ସେ ଜାଣିବାକୁ ପାଇଲା ଯେ, ସେ ପୁଅ ଆଜି ଦେଖିବ ଯଦି ପସନ୍ଦ ଆସିବ ତେବେ ଆସନ୍ତା କାଲି ନିର୍ବନ୍ଧ ହେବ ଏବଂ ୧୦-୧୫ ଦିନ ଭିତରେ ବାହାଘର ମଧ ହେବ। ଏକଥା ଶୁଣି ମୋତିର ମୁଣ୍ଡ ଖରାପ ସେ ବାପା ସାଙ୍ଗରେ କଥା ହେବା ପାଇଁ ଇଚ୍ଛା କରିଲେ ମଧ ବାପାଙ୍କ ବ୍ୟସ୍ତତା ଯୋଗୁଁ ସେ କଥା ହୋଇପାରୁନଥିଲା। ମୋତି ରାଗରେ କିଛି ମେକ ଅପ୍ କରିନଥିଲା। କାଲେ ପୁଅ ଘର ଲୋକେ ତାକୁ ପସନ୍ଦ ନ କରନ୍ତି।

ପୁଅ ଆସିଲା ମୋତିକୁ ଦେଖିଲା ଏବଂ ସେ ମୋତିକୁ ଦେଖି ପସନ୍ଦ ମଧ କରି

ଦେଲା। ପ୍ରସ୍ତାବ ଫାଇନାଲ କରିବା ପାଇଁ ପୁଅ ଘର ଲୋକେ ଟଙ୍କା ଆକାରରେ କିଛି ରାଶି ମୋତି ହାତରେ ଦେଇକରି ଗଲେ। ପୁଅ ଦେଖିବାକୁ ବହୁତ ସୁନ୍ଦର, ମାତ୍ର ମୋତି ମନରେ କେବଳ ବସନ୍ତର ମୁହଁ ନାଚୁଥିଲା। ସବୁ କୁଣିଆ ଗଲା ପରେ ମୋତି ରାଗରେ ବାପା ପାଖରେ ଯାଇ ପହଞ୍ଚିଲା। ବାପା ତୁମେ ମୋର ପସନ୍ଦ ବିଷୟରେ ନ ପଚାରି ପ୍ରସ୍ତାବ ଫାଇନାଲ କରିଦେଲ କାହିଁକି?

ଦାମ ବାବୁ : ତୋତେ ତ ଆର୍ମି ବାଲା ପସନ୍ଦ ନା ସେଥିପାଇଁ ମୁଁ ତାଙ୍କୁ ହଁ କରିଦେଲି।

ମୋତି : ନାହିଁ ବାପା ସେ ମୋତେ ପସନ୍ଦ ନାହିଁ।

ମୋତିର ମା' (ଲୀଳା ଦେବୀ) : କ'ଣ ପାଇଁ ଇଚ୍ଛା ନାହିଁ? ତୁ ଆଗରୁ କହିଲୁ ନାହିଁ କାହିଁକି?

ମୋତି : ମୋତେ କହିବାକୁ ମଉକା ଦେଲେ ତ କହିବି? ମୋ କଥା ଶୁଣିବାକୁ କାହା ପାଖରେ ସମୟ ନାହିଁ। ମୁଁ କହିବାକୁ ଚାହୁଁଛି ଯେ ଏବେ ମୁଁ ବାହା ହେବିନି।

ଦାମ ବାବୁ : ଏବେ ଯଦି ବାହା ହେବୁନି ତେବେ ତାଙ୍କୁ ମନା କରିଦେବା। ପରେ କରିବା ବୋଲି କହିଦେବି।

ମୋତି : ନାହିଁ ବାପା, ମୁଁ ସେ ପିଲା ସାଙ୍ଗରେ ବାହା ହେବିନି।

ଦାମ ବାବୁ : ତାଙ୍କୁ ମୁଁ କ'ଣ ଜବାବ ଦେବି? ତୁ କହ?

ମୋତି : ମୁଁ ଜାଣିନି, ତୁମେ କ'ଣ କହୁଛ କୁହ?

ଲୀଳା ଦେବୀ : ହଉ ଠିକ୍ ଅଛି, ତୁ ଯଦି ଏ ପ୍ରସ୍ତାବ ରେ ରାଜି ନାହୁଁ ତେବେ ୫ ଦିନ ପରେ ଆଉ ଜଣେ ଆସିବେ ତାଙ୍କୁ ଦେଖିଦେବୁ।

ମୋତି : ମା', ମୁଁ ଆଉ କୌଠି ବାହା ହେବିନି! ସମସ୍ତେ ଆଶ୍ଚର୍ଯ୍ୟ ଭାବେ

ଚାହିଁ ରହିଲେ ମୋତିକୁ!

ଦାମ ବାବୁ : ତେବେ ତୁ କହ? ତୋର କ'ଣ ଇଚ୍ଛା?

ମୋତି : ମୋର ସବୁ କଥା ମାନିଛ, ଆଉ ଗୋଟିଏ କଥା ମାନି ଯାଅ, ତମ ଝିଅ ଖୁସିରେ ରହିବାକୁ ଚାହୁଁଚି।

ଦାମ ବାବୁ : କହ?

ମୋତି : ମୁଁ ଜଣକୁ ଭଲ ପାଉଛି ଏବଂ ତାକୁ ବାହା ହେବାକୁ ଚାହୁଁଛି।

ଦାମ ବାବୁ : ଭଲ କଥା, ଏମିତି କଥା ତ ଆଗରୁ କହି ଥିଲେ ମୁଁ ଏ ପ୍ରସ୍ତାବକୁ ମଧ ମନା କରି ଦେଇଥାନ୍ତି।

ଦାମ ବାବୁ : କିଏ ସେ?

ମୋତି : ବସନ୍ତ, ସୁରଭିର ସ୍ୱାମୀଙ୍କ ସାଙ୍ଗ!

ଦାମ ବାବୁ : ସେ? ସେ ତ ଅନ୍ୟ ଜାତିର?

ମୋତି : ତୁମେ ତାକୁ କେମିତି ଜାଣିଲ (ଖୁସିରେ)।

ଦାମ ବାବୁ : ମୁଁ ତାକୁ ଦେଖିଲା ପରେ ମୋତେ ମଧ ସେ ପସନ୍ଦ ହେବାକୁ ଲାଗିଲା, ମୁଁ ବଡ ବାପାକୁ ବସନ୍ତ ବିଷୟରେ ପଚାରିଲି ସେ ବସନ୍ତ ବିଷୟରେ ଭଲ କହିଲେ କିନ୍ତୁ ଆମ ଜାତି ଲୋକ ନୁହଁ ବୋଲି କହିଲେ ଏବଂ ସେଠି ତୋର ବାହାଘର ହେବନି। ମୋତେ ଆମ ଗାଁ ରେ ବାଛନ୍ଦ କରିଦେବେ ।

ମୋତି : ବାପା, ତୁମେ ତ ବସନ୍ତକୁ ଜାଣିଛ ପୁଣି କାହିଁକି ମନା କରୁଛ ?

ଦାମ ବାବୁ : ସେ ଅନ୍ୟ ଜାତିର ପରା! ସେଥିପାଇଁ ମୋର ଆଉ କିଛି ଅସୁବିଧା ନାହିଁ।

ଲୀଲା ଦେବୀ : ସେ ଯଦି ଅନ୍ୟ ଜାତିର ତେବେ ଏ ବାହାଘର କେବେ ହେବ ନାହିଁ।

ମୋତି : (ବାପାର ହାତ ଧରି) ବାପା ପିଲା ଦିନୁ ଆଜି ପର୍ଯ୍ୟନ୍ତ ମୋର ସବୁ କଥା ମାନିଛ, ଏ କଥାଟି ମଧ୍ୟ ମାନି ଯାଅ, ପ୍ଲିଜ୍! ତମ ଝିଅ ଖୁସିରେ ରହିବ, ତୁମେ କ'ଣ ଚାହୁଁନ କି ତମ ଝିଅ ଖୁସିରେ ରହୁ ବୋଲି?

ଲୀଲା ଦେବୀ : ଯଦି ପୁଅ ଆମ ଜାତିର ହେବ ତେବେ ବାହା ହେବୁ ନାହିଁ ତ ଆମ ଇଚ୍ଛାରେ ବାହା ହେବୁ। ସ୍ତ୍ରୀ ଆଗରେ ଦାମ ବାବୁ ଚୁପ୍ ରହିବାକୁ ପଡ଼ୁଥିଲା କାରଣ ସେ ଘରେ ଲୀଲା ଦେବୀଙ୍କର ଶାସନ ଚାଲେ। ବହୁତ ସମୟ ଯୁକ୍ତିତର୍କ ହେଲା ପରେ ନିଷ୍କର୍ଷ ବାହାରିଲା ଯେ ମୋତି ସହିତ ବସନ୍ତର ବାହାଘର ହେବା ଅସମ୍ଭବ। ରାତି କଟିଗଲା ଏବଂ ମୋତି ଭୋକରେ ଶୋଇଲା, କାହାର ଅନୁରୋଧ ଶୁଣିଲା ନାହିଁ।

ଅନୁମତି

ଦାମ ବାବୁ ସବୁବେଳେ ଝିଅ ସପକ୍ଷରେ ରୁହନ୍ତି। ସକାଳ ହେଲା ପରେ ଦାମ ବାବୁ ସହରକୁ ଯିବାକୁ ବାହାରିଲେ। ମୋତି କହିଲା ବାପା ମୁଁ ବଡ଼ ମା' ଘରକୁ ଯିବି, ମୋତେ ସେଠି ନେଇ ଛାଡ଼ି ଦିଅ, ମୁଁ ଏଠି ରହିବି ନାହିଁ।

ଲୀଳା ଦେବୀ ମୋତିର କଥାକୁ କାଟି କହିଲେ : ନା ମୋତି କୁଆଡେ ଯିବ ନାହିଁ, ସେ ଏଠି ମୋ ପାଖରେ ରହିବ।

ମୋତି : (ରାଗରେ) ତୁମେ ଯଦି ଏମିତି ବାଧ କରିବ, ମୁଁ ତ ବାହା ହେବିନି ଏବଂ ଯଦି ବାହା ହେବି ତେବେ ବସନ୍ତକୁ ବାହା ହେବି ନହେଲେ ମୁଁ ସୁଇସାଇଡ କରିଦେବି। ଲୀଳା ଦେବୀ ମୋତିକୁ ଗୋଟିଏ ଚାପୁଡ଼ା ଦେଇ, ଟାଣି ନେଇ ଘରେ ବନ୍ଦ କରିଦେଲେ ଏବଂ ଦାମ ବାବୁଙ୍କୁ କହିଲେ ତୁମେ ଗୋଦାମକୁ ଯିବ ଯଦି ଯାଅ ଏବଂ ଯଦି ଏଠି ରହିବ ତେବେ ମୋ କାଳୀ ରୂପ ଦେଖିବ! ଦାମ ବାବୁ ଝିଅର ଦୁଃଖ ଦେଖିବାକୁ ଚାହୁଁ ନଥିଲେ ମଧ ଉପାୟ ଶୂନ୍ୟ ହୋଇ ଗୋଦାମକୁ ଗଲେ। ସେଦିନ ମଧ ମୋତି ଖାଇବା ପିଇବା ଛାଡିଦେଲା। ତା'ପର ଦିନ ସକାଳେ ମୋତିର ଦେହ ଖରାପ ହୋଇଗଲା। ଖବର ପାଇ ଦାମ ବାବୁ ଘରକୁ ଆସିଲେ। ତାଙ୍କୁ ମେଡିକାଲ୍ ନେଇ ଗଲେ। ଦାମ ବାବୁ ମେଡିକାଲ୍ ରେ ମୋତିର ବେଡ ଉପରେ ବସି ପଚାରିଲେ, କ'ଣ ପାଇଁ ଏମିତି କରୁଛୁରେ ମା'?

ମୋତି : ବାପା, ବସନ୍ତର ଜାତି ଅଲଗା କିନ୍ତୁ ବସନ୍ତ ମଧ ମୋତେ ସେଟିକି ଭଲ ପାଏ। ନିଜ ଝିଅ ପାଇଁ ଏତିକି କାମ କରିପାରିବେନି?

ଦାମ ବାବୁ : ଶୁଣ ଝିଅ ତୋ ପାଇଁ ମୁଁ ସବୁ କରିବାକୁ ରାଜି ମାତ୍ର ଏ ନ ଖାଇ ନ ପିଇ ରହିବାକୁ ପୁଣି ଚେଷ୍ଟା କରିବୁନି। ପ୍ରଥମେ ମୁଁ ବସନ୍ତ ସାଙ୍ଗରେ କଥା ହୋଇ ଆସୁଛି ସେ ଯଦି ହଁ କରିବ ତେବେ ତମ ଦୁଇ ଜଣଙ୍କର ବାହାଘର

ନିଶ୍ଚୟ ହେବ ଏବଂ ଯଦି ମନା କରିବ?

ମୋତି : ଠିକ୍ ଅଛି ବାପା, ବସନ୍ତ ଯଦି ମନା କରିବ ତେବେ ତୁମେ ଯୋଉଠି କହିବ ମୁଁ ସେଠି ବାହା ହେବି ।

ମୋତିକୁ ଘରକୁ ନେଇ ଆସିଲେ ଏବଂ ବସନ୍ତର ଘରକୁ ଯିବାକୁ ବାହାରିଲେ। ବସନ୍ତର ଘରେ ପହଞ୍ଚିଲା ବେଳକୁ ବସନ୍ତ ଘରେ ନଥିଲା। ବସନ୍ତର ମା'ଙ୍କୁ ପରିଚୟ ଦେଲା ପରେ ତାଙ୍କୁ ଘରକୁ ଡାକିଲେ। କିଛି ସମୟ ପରେ ଦ୍ୱିପହର ଖାଇବା ପାଇଁ ବସନ୍ତ ଆସି ଘରେ ପହଞ୍ଚିଲା। ଦାମ ବାବୁ ଙ୍କୁ ଦେଖି ସେ ପ୍ରଣାମ କରିଲା ମାତ୍ର ଚିହ୍ନି ପାରିଲା ନାହିଁ।

ଦାମ ବାବୁ : ବସନ୍ତ ମୋତେ ଚିହ୍ନି ପାରୁଛ?

ବସନ୍ତ : ନାହିଁ ଆଜ୍ଞା ଜାଣିପାରିଲିନି। ଦାମ ବାବୁ ନିଜ ପରିଚୟ ଦେଲେ ଏବଂ କହିଲେ ତମ ସାଙ୍ଗରେ କିଛି କଥା ଅଛି।

ବସନ୍ତ : ଆପଣ ଆମ ଘରକୁ ଆସିଛନ୍ତି, ଚାଲନ୍ତୁ ପ୍ରଥମେ ଖାଇବା, ପରେ ବସି କଥା ହେବା।

ଦାମ ବାବୁ : ମା', ଜଳଖିଆ ଦେଇଥିଲେ, ଖାଇଛି ଆଉ ଭୋକ ନାହିଁ। ତୁମେ ଖାଅ ମୁଁ ଅପେକ୍ଷା କରିଛି।

ବସନ୍ତ : କୁହନ୍ତୁ ଆଜ୍ଞା, କ'ଣ ପଚାରିବା ର ଅଛି? ସେଠି ବସନ୍ତର ମା' ମଧ ଥିଲେ।

ଦାମ ବାବୁ : ଦୁଇ ଦିନ ପୂର୍ବରୁ ମୋତିକୁ ନେଇ ମୁଁ ଘରେ ପହଞ୍ଚିଲି, ଗୋଟିଏ ପ୍ରସ୍ତାବ ଆସିଥିଲା । ମୋତିକୁ ଦେଖି ପୁଅ ଘର ଲୋକେ ରାଜି ଅଛନ୍ତି । ମାତ୍ର ମୋତିର ଏକା ଜିଦ୍ ସେ ତମକୁ ହିଁ ବାହା ହେବ। ଏହି ଜିଦ୍ ଯୋଗୁଁ ତା'ର ମା', ତାକୁ ରାଗିକରି ଘରେ ବନ୍ଦ କରିବାରୁ ସେ ଗତ କାଲି ଦିନ ଯାକ ଭାତ କିମ୍ୱା ପାଣି ଟୋପେ ମଧ ପିଇନୀ। ଗତ ରାତିରେ ତା'ର ଦେହ ଖରାପ ଯୋଗୁଁ ତାକୁ

ମେଡିକାଲ୍ ନେଇ ଯାଇଥିଲି ।

ବସନ୍ତ : ଏବେ ସେ କେମିତି ଅଛି?

ଦାମ ବାବୁ : ଏବେ ସେ ଠିକ୍ ଅଛି, କିନ୍ତୁ ତା କଥାରେ କେତେ ସତ୍ୟତା ଅଛି ସେ ବିଷୟରେ ଜାଣିବା ପାଇଁ ମୁଁ ତମକୁ ଦେଖା କରିବାକୁ ଆସିଛି। ତୁମେ ଯାହା କହିବ ତାହା ଅନୁସାରେ ମୁଁ କିଛି ନିଷ୍ପତି ନେବି।

ବସନ୍ତ : କ'ଣ କହିବି ଆଖା, ଆପଣଙ୍କ ପ୍ରଶ୍ନର କ'ଣ ଉତ୍ତର ଦେବି ମୁଁ ଜାଣିପାରୁନି। ଘରର ସ୍ଥିତି ଅନୁସାରେ ମୁଁ ଏବଂ ମୋ ମା'। ମୋତି ଛୋଟ ବେଲୁ ସହରର ପରିବେଶରେ ବଢ଼ି ଆସିଛି। ସେ ଆମ ଘର ପରିବେଶ ତାକୁ ଭଲ ଲାଗି ନ ପାରେ। ସେ ମୋତେ ଏ ପ୍ରଶ୍ନ କରିଥିଲା କିନ୍ତୁ ତାକୁ ମୁଁ କିଛି ଉତ୍ତର ଦେଲି ନାହିଁ। ଘରେ ମୋ ମା' ଯାହା କୁହନ୍ତି, ସେ ଅନୁସାରେ ସବୁ ହୁଏ ଏବଂ ସବୁଠୁ ବଡ ସମସ୍ୟା ହେଲା, "ଜାତି"। ଏଥିରେ ଆପଣଙ୍କ ଗ୍ରାମ ଲୋକେ ଆମ ଜାତି ସହିତ ବାହାଘର ପାଇଁ ଅନୁମତି ଦେବେ ନାହିଁ।

ଦାମ ବାବୁ : ତୁମର ମତ କ'ଣ? ଆପଣଙ୍କୁ ମଧ ସେ ସମସ୍ୟାର ସମ୍ମୁଖୀନ ହେବାକୁ ପଡିବ?

ବସନ୍ତ : ଜାତି, ଗୋତ୍ର ରେ ମୁଁ ବିଶ୍ୱାସ କରେ ନାହିଁ। ଗାଁ ଲୋକ ମୋତେ ଯଦି ବାଛନ୍ଦ କରିବେ ତେବେ ମୋର କିଛି ଅସୁବିଧା ନାହିଁ। କାରଣ ପିଲା ଦିନରୁ ଏହି ଈର୍ଷା ଏବଂ ଆମ ଜାତି ପାଇଁ ଲୋକେ କେତେ ଯେ ସମ୍ମାନ ଦେଇ ଆସିଛନ୍ତି ତାହା ମଧ ଦେଖିଆସିଛି। ବାପାଙ୍କ ମୃତ୍ୟୁ ପରେ ଗ୍ରାମର ଗୋଟିଏ ଲୋକ ଆମ ସହିତ ନଥିଲେ। ବାପାଙ୍କ ମର୍ଡର କିଏ କରିଛି, ଗାଁ ଲୋକେ ଜାଣିଥିଲେ କିନ୍ତୁ କେହି ଆଗକୁ ଆସି ସାକ୍ଷୀ ଦେଲେ ନାହିଁ କି ଆମକୁ ସାହାଯ୍ୟ ମଧ କରିଲେ ନାହିଁ। ସେଥିପାଇଁ ଗ୍ରାମର ଲୋକ ମାନଙ୍କ କଥାକୁ ମୁଁ ଶୁଣେ ନାହିଁ।

ଦାମ ବାବୁ ବସନ୍ତର ମା'କୁ ପଚାରିଲା, ଆଖା ଆପଣଙ୍କୁ ମୋ ଝିଅ ପସନ୍ଦ ଅଛି ତ ଏବଂ ଏହି ବାହାଘରରେ ଆପଣ ରାଜି ଅଛନ୍ତି ତ?

ବସନ୍ତର ମା' : ମୁଁ କ'ଣ କହିବି, ପିଲା ଦିନେ ତା' ବାପା ଚାଲିଗଲା ପରେ ବସନ୍ତ ହି ମୋର ସବୁ କିଛି, ତା'ର ଖୁସି ମୋ ପାଇଁ ସବୁ କିଛି ଏବଂ ମୋତି ମୋ ଘରର ବୋହୁ ହେଲେ ମୁଁ ବହୁତ୍ ଖୁସି ହେବି, ରହିଲା କଥା ଆପଣଙ୍କ ଉପରେ ।

ଦାମ ବାବୁ : ବସନ୍ତ, ତୁମର ମତ କ'ଣ?

ବସନ୍ତ : ମା' ଯାହା କହିଲେ, ସେଥିରେ ମୁଁ ମଧ ରାଜି ।

ଦାମ ବାବୁ : ହଉ, ଠିକ୍ ଅଛି, ପୁଅ ତମ ବାହାଘର ନିଶ୍ଚିତ ଭାବରେ ହେବ । ମୁଁ ଏତିକି ଶୁଣିବାକୁ ଚାହୁଁଥିଲି ।

ଦାମ ବାବୁ : ଆମ ଘରେ ମୋତିର ମା'ଙ୍କ ମହାଭାରତ ଯୁଦ୍ଧ ଆରମ୍ଭ ହୋଇଯିବ । ସେଥିରେ ବିଜୟ ହୋଇ ମୋ ଝିଅର ସମସ୍ୟାକୁ ସମାଧାନ କରି ତମ ଦୁଇ ଜଣଙ୍କର ବାହାଘର କରିବାକୁ ପଡ଼ିବ । ଏବେ ମୁଁ ଆସୁଛି । ଦାମ ବାବୁ ଫେରିଗଲେ ।

ଦାମ ବାବୁ : (ଘରେ ପହଞ୍ଚି) ମୋତି... ମୋତି... (ମୋତିକୁ ଡାକିଲେ)

ମୋତି : ହଁ, ବାପା କୁହ?

ଦାମ ବାବୁ : ମୋତି, ଏ କ'ଣ, ବସନ୍ତ ତ ରୋକ୍ ଠୋକ୍ ମନା କରିଦେଲା ।

ମୋତି : ସେ ମନା କରିଦେଲା? (ଦୁଃଖରେ ମୁଣ୍ଡ ତଳକୁ କରିଦେଲା)।

ଦାମ ବାବୁ : ତୁ ତ କହୁଥିଲୁ ସେ ହଁ କରିବ ବୋଲି?

ମୋତି : ହଉ ଠିକ୍ ଅଛି ବାପା, ସେ ଆର୍ମି ବାଲା ପ୍ରସ୍ତାବକୁ ହଁ କରିଦିଅ । ଦାମ ବାବୁ ମୋତି ପାଖକୁ ଆସି ଧିରେ କହିଲେ, ଆରେ ପାଗଳି ତୋ ସାଙ୍ଗରେ ମୁଁ ମଜା କରୁଥିଲି, ବସନ୍ତ ଏବଂ ତାଙ୍କ ମାଆର ମଧ ଇଚ୍ଛା ଅଛି ।

ମୋତି : ସତରେ, ଆଇ ଲଭ୍ ୟୁ ବାପା! (ଖୁସିରେ ବାପାଙ୍କୁ କୁଣ୍ଢେଇ

ନେଲା)

ଦାମ ବାବୁ : ଆଇ ଲଭ୍ ୟୁ ଟୁ ମାଈଁ ସ୍ୱିଟ 'ମୋତି! ଦାମ ବାବୁ (ସ୍ତ୍ରୀକୁ ବୁଝାଇବାକୁ ଯାଇ କହିଲେ) ଦେଖ ଝିଅକୁ ପିଲା ବେଳୁ ଏତେ ଲାଳନ ପାଳନ କରି ବଡ କରିଲେ। ମାତ୍ର ତା'ର ବାକି ଜୀବନ ପ୍ରତି ଆମେ ତା' ପ୍ରତି ନିଷ୍ଠୁର ବ୍ୟବହାର କରିବା ଠିକ୍ କଥା ନୁହେଁ। ଆମେ ଯଦି ଆମ ଜାତି ର ପରମ୍ପରା ଏବଂ ପ୍ରଥାକୁ ଜାବୁଡି ଧରି ଝିଅର ଜୀବନ ନଷ୍ଟ କରିବା, ତାହା ଠିକ୍ ହେବ ନାହିଁ।

ତା'ପରେ ତୁମେ ଜାଣିଛ ଗାଁରେ ଆମର ଘର ଥିଲେ ମଧ ଆମେ ସହରରେ ରହି ଆସୁଛନ୍ତି। ଗାଁରେ ଲୋକମାନେ ଯଦି ଆମ ପ୍ରତି ଅନାଦର କରିବେ ତେବେ ସେଥିରେ ଆମର କିଛି ଅସୁବିଧା ହେବ ନାହିଁ। ଝିଅର ଭବିଷ୍ୟତ ଉଜ୍ଜ୍ୱଳ ହେବା ଦରକାର। ଆମେ ତା' ପାଇଁ ସବୁ କିଛି କରିଲେ ଏତିକି କରିଦେବା ବାକି ଜୀବନ ସେ ମଧ ଖୁସିରେ ରହିବ। ଏତିକି କହିବା ପରେ ଦାମ ବାବୁଙ୍କ ସ୍ତ୍ରୀଙ୍କ ମନରେ ପରିବର୍ତ୍ତନ ଦେଖା ଦେଲା।

ଦାମ ବାବୁ : ଆଜି ମୁଁ ବସନ୍ତ ଘରକୁ ଯାଇଥିଲି। ବସନ୍ତର ବ୍ୟବହାର ଏବଂ ତାର ମା'ଙ୍କ ବ୍ୟବହାରରେ ମୁଁ ପୁରା ଖୁସି ଅଛି ଏବଂ ତୁମେ ତ ଦେଖିଥିବ ସୁରଭିର ବାହାଘର ସମୟରେ ରାଧା ବାବୁ ସାଙ୍ଗରେ ସେ ସବୁବେଳେ ରହୁଥିଲା। ସ୍ତ୍ରୀଙ୍କୁ ବସନ୍ତର ବ୍ୟବହାର ଏବଂ ଆଚରଣ ବିଷୟରେ ଅଳ୍ପ ମନେ ପଡ଼ିଲା ପରେ ସେ କହିଲେ ହଁ ହଁ ମନେ ପଡ଼ିଲା ସେ ପିଲା ତ ବହୁତ୍ ଭଲ ଏବଂ ସୋମେଶ ସାଙ୍ଗରେ ସବୁବେଳେ ରହୁଥିଲା, ସେ ନା?

ଦାମ ବାବୁ : ହଁ, ସେ ପୁଅ କଥା କହୁଛି , ତାକୁ ଆମ ମୋତି ପସନ୍ଦ କରିଛି। ବାପା ମା' କଥା ହେଉଥିବା ସମୟରେ ମୋତି ଆସି ପହଁଚିଲା।

ଦାମ ବାବୁ : ମୋତି ଏବେ ତୋର ଦେହ କେମିତି ଅଛି? ମୋତି ମୁଣ୍ଡ ହଲେଇ ହଁ କରିବାରେ ଲାଗିଲା।

ଲୀଳା ଦେବୀ : ଝିଅର ମୁଣ୍ଡରେ ହାତ ବୁଲେଇ କହିଲେ, ମୋତି ତୋର ଖୁସି ପାଇଁ ଆମେ ସବୁ କିଛି କରିବାକୁ ରାଜି ଅଛୁ ମାତ୍ର ମୋର ଗୋଟିଏ ଚିନ୍ତା।

ତୁ ଶୀଘ୍ର ରାଗିଯାଉଛୁ, ଶାଶୁ ଘରେ ଶାଶୁଙ୍କ କଥା ବେଲେବେଲେ ଶୁଣିବାକୁ ପଡ଼ିବ। ତୁ ଯଦି ରାଗିଯିବୁ ତେବେ ସବୁ ଅନର୍ଥ ହୋଇଯିବ। ସେଠି ରାଗ ତୋର ଦେଖା ଯିବ।

ମୋତି : ମା', ମୁଁ ଆଗ ପରି, ନିଜ ରାଗକୁ ବହୁତ୍ କଣ୍ଟ୍ରୋଲ କରିଲିଣି। ବାକି ଥରେ ଥରେ ରାଗି ଯାଏ। ତାହା ମୁଁ କଣ୍ଟ୍ରୋଲ କରିଦେବି।

ଦାମ ବାବୁ : ତାହା ହେଲେ, ଭଲ କଥା, ମୋ ଝିଅ ଏବେ ଛୋଟ ଛୁଆ ହୋଇ ଅଛି ନା କ'ଣ? ସେ ବହୁତ୍ ଚାଲାକ୍ ହେଲାଣି।

ମୋତି : (ମଜାରେ) ବାପା, ତୁମେ ଏ ପ୍ରସ୍ତାବ କୁ ମନା କରିଦିଅ, ନହେଲେ ଗୋଟିଏ ଦିନ ପରେ ପୁଣି ସେମାନେ ଆସିଯିବେ ଏବଂ ତାକୁ ଦେଖି ମା' ପୁଣି ହଁ କରିଦେବେ, ସମସ୍ତେ ହସିଲେ ଏବଂ ତୁମେ କେବେ ଯିବ?

ଦାମ ବାବୁ : ଆସନ୍ତା କାଲି ସକାଳେ ଯିବି!

ମୋତି : ମୁଁ ମଧ୍ୟ ତମ ସାଙ୍ଗରେ ଯିବି, ମାତ୍ର ବଡ଼ ମା' ଘରକୁ।

ଲୀଲା ଦେବୀ : ଏଠି ତତେ କ'ଣ ଭଲ ଲାଗୁନି କି?

ମୋତି : ଭଲ ଲାଗୁଛି ଯେ, ବଡ଼ ମା' ମୋତେ ଛାଡ଼ିବାକୁ ଇଚ୍ଛା ନଥିଲା, ସେ କହିଥିଲେ ଆଉ ୧୦ ଦିନ ରହିବାକୁ। ତାଙ୍କୁ କହି ଆସିଛି, ପୁଣି ଆସିବି ବୋଲି।

ଲୀଲା ଦେବୀ : ତୁ କ'ଣ ପାଇଁ ଯିବାକୁ ଚାହୁଁଛୁ ତାହା ମୁଁ ଭଲ ଭାବରେ ଜାଣେ। ହଉ ଯିବୁ ଯଦି ଯା' କିନ୍ତୁ ୧୦ ଦିନ ମାନେ ୧୦ ଦିନ ଅଧିକ ଦିନ ରହିବୁନି।

ମୋତି : (ମୁରୁକି ହସ ଦେଇ) ଠିକ୍ ଅଛି ମା'!

ରାତିରେ ଦାମ ବାବୁ ଏବଂ ସ୍ତ୍ରୀ କଥା ହେଲେ।

ଲୀଳା ଦେବୀ : ବସନ୍ତ ଘର କେମିତି କ'ଣ? ଏବଂ କେବେ ବାହାଘର କରିବାକୁ କହିଲେ ।

ଦାମ ବାବୁ : ଘର ହୋଇ ସାରିଛି କେବଳ ଚୂନ ଲାଗିଲେ ଚମକି ଯିବ। ବସନ୍ତ ବିଷୟରେ କହିବାକୁ ଗଲେ ସେ ଏବେ ପୋଷ୍ଟ ଅଫିସରେ ଚାକିରୀ ପାଇଛି କିନ୍ତୁ ତାର ବାପା ନାହାନ୍ତି।

ଲୀଳା ଦେବୀ : ବାପା ନାହିଁ, କାହିଁକି କେମିତି?

ଦାମ ବାବୁ : ମୁଁ ଏ ବିଷୟରେ କଥା ହୋଇନି କିନ୍ତୁ କିଛି କାରଣ ଯୋଗୁଁ ତାଙ୍କର ମର୍ଡର ହୋଇଛି ବୋଲି କହିଲା, ମୁଁ ବେଶୀ କିଛି ପଚାରିଲି ନାହିଁ। ବାକି ଘର ତ ଠିକ୍ ଏବଂ ସେମାନଙ୍କ ବ୍ୟବହାର ରେ ମୁଁ ସନ୍ତୁଷ୍ଟ ଅଛି।

ଲୀଳା ଦେବୀ : ଆମେ କେମିତି ଜାଣିବା, ସେ କେବେ ବାହାଘର କରିବେ।

ଦାମ ବାବୁ : ଏବେ ତମ ଝିଅ ଯାଉଛି, ସେ ବସନ୍ତ ସାଙ୍ଗରେ ଦେଖା କରିବାକୁ ନିଶ୍ଚୟ ଯିବ। ଏ କାମଟି ଆମ ଝିଅ ଉପରେ ଛାଡ଼ିଦେବା। ସେ ଦୁଇ ଜଣ କଥା ହୋଇ କହିବେ।

ଲୀଳା ଦେବୀ : ମୋତେ ଡର ଲାଗୁଛି, ଆମ ମୋତି କିଛି ଭୁଲ କାମ କରିବନି ତ?

ଦାମ ବାବୁ : କ'ଣ ଭୁଲ କାମ କରିବ? ଯଦି ଦେଖା କରିବ ତେବେ ସୁରଭି ଘରେ ତ ଦେଖା କରିବେ ନା?

ଲୀଳା ଦେବୀ : (ଭାବିବାକୁ ଲାଗିଲେ) ତୁମେ କ'ଣ କହୁଛ ତମକୁ ଏବଂ ତମ ଝିଅକୁ ହିଁ ଜଣା। କହି ଉଠି ଚାଲି ଗଲେ ଅନ୍ୟ ରୁମ୍ କୁ।

ଦାମ ବାବୁ : ଆରେ ଭାଗ୍ୟବାନ ମୁଁ ମଜା କରୁଛି, ତମ ଭଉଣୀ ମୋତେ

କହିଥିଲେ ମୋତିକୁ ପୁଣି ଥରେ ନେଇ ଆସିବ ସେଥିପାଇଁ ତାକୁ କିଛି ଦିନ ଛାଡ଼ି ଆସିବି। କିଛି ଦିନ ରହିଲା ପରେ ତାକୁ ପୁଣି ନେଇ ଆସିବି। ବସନ୍ତ ଏବଂ ମୋତି କାହିଁକି ଦେଖା କରିବେ ଯେ?

ଲୀଳା ଦେବୀ : ବେଲେବେଲେ ତୁମେ କ'ଣ କହୁଛ ମୁଁ ମଧ ବୁଝିପାରୁନି।

ଦାମ ବାବୁ : ତୁମେ ବୁଝିପାରିବ ନାହିଁ, ଚାଲ ଶୋଇବା ରାତି ବହୁତ୍ ହେଲାଣି। ଦୁହେଁ ଶୋଇବାକୁ ଗଲେ।

ପୋଷ୍ଟ ଅଫିସ୍

ପର ଦିନ ମୋତି ସୁରଭି ଘରେ ଆସି ପହଁଚିଲା। ମୋତି ନିତା ଦେବୀଙ୍କୁ କହିଲା, ବଡ଼ ମା' ! ମୋତେ ରୋଷେଇ ଶିଖେଇ ଦେବ?

ନିତା ଦେବୀ : ତୁ ବୁଲିବାକୁ ଆସିଛୁ, ତୁ କାହିଁକି ରୋଷେଇ କରିବୁ ! ତୁ ଯାହା ଖାଇବୁ ମୁଁ ତୋ ପାଇଁ କରିଦେବି।

ମୋତି : ବଡ଼ ମା', ମୁଁ ଯେତେ ଦିନ ରହିବି ମୋତେ ରୋଷେଇ ଅଳ୍ପ ଅଳ୍ପ ଶିଖେଇ ଦିଅ ନା?

ନିତା ଦେବୀ : ବସନ୍ତ ତୋତେ ଶିଖେଇ ଦେବ, ତୁ ଚିନ୍ତା କରେ ନାହିଁ।

ମୋତି : ଏବେ ବସନ୍ତକୁ ଭଲ ଭଲ କରି ଖୁଆଇଲେ ସେ ମୋତେ ବାକି ସମୟରେ ଭଲ କରି ଖୁଆଇବ ନା?

ନିତା ଦେବୀ : ତାହା ହେଲେ, ବସନ୍ତକୁ କହିବାକୁ ପଡ଼ିବ, ଦିନ ବେଳେ ଏଠି ପ୍ରତିଦିନ ଖାଇବ।

ମୋତି : ବଡ଼ ମା', ବସନ୍ତ କେମିତି ଆସିବ?

ନିତା ଦେବୀ : ସେଇଟା ତୁ ଚିନ୍ତା କର, କେମିତି ତୁ ତାକୁ ଘରକୁ ଆଣିବୁ। ଏବେ ୨ଟା ବାଜିଲାଣି, ଠିକ୍ ୪ଟାରେ ନିମନ୍ତ୍ରଣ କାର୍ଡ ଦେବା ପାଇଁ ପୋଷ୍ଟ ଅଫିସକୁ ଯାଇପାରୁ।

ମୋତି : ବଡ ବାପା ଜାଣିଲେ, ଖରାପ ଭାବିବେ ନାହିଁ ତ?

ନିତା ଦେବୀ : ତୁ ସେଠି ଦେଖା କରି, କାଲି ଘରକୁ ଆସିବା ପାଇଁ କହିଦେବୁ, ବେଶୀ ଚିନ୍ତା କରେ ନାହିଁ।

ଠିକ୍ ୩.୫୦ରେ ମୋତି ସାଇକେଲ ନେଇ ବାହାରିଗଲା, ୪ଟା ବେଳେ ମୋତି ପୋଷ୍ଟ ଅଫିସ ସାମ୍ନାରେ ଠିଆ ହୋଇ ରହିଲା। ଅସଲରେ ସେଦିନ ବସନ୍ତ ଘରେ କିଛି କାମ ଯୋଗୁଁ ଅଫିସରୁ ୧୫ ମିନିଟ୍ ପୂର୍ବରୁ ବାହାରି ଯାଇଥିଲା। ମୋତି ସେଠି ୪.୩୦ ପର୍ଯ୍ୟନ୍ତ ଅପେକ୍ଷା ପରେ ପୋଷ୍ଟ ଅଫିସ୍ ଗେଟ୍ ପାଖକୁ ଗଲା ସେଠି ଦେଖିଲା କି ଅଧା କବାଟ ଦେଇ ଜଣେ କର୍ମଚାରୀ ଗୋଟିଏ ରେଜିଷ୍ଟରରେ କିଛି ଲେଖୁଥିଲେ। ମୋତି ବସନ୍ତ ବିଷୟରେ ପଚାରିଲା ଏବଂ ଜାଣିବାକୁ ପାଇଲା ଯେ ବସନ୍ତ ତ ବହୁତ୍ ସମୟ ହେଲା ଚାଲିଗଲାଣି। ମୋତିର ରାଗ ବଢ଼ିବାକୁ ଲାଗିଲା।

ପ୍ରଥମ ରାଗ ବଡ଼ ମା' ଉପରେ ଏବଂ ଦ୍ୱିତୀୟରେ ବସନ୍ତ ଉପରେ ରାଗ। ତାକୁ ଏମିତି ମନେ ହେଉଥିଲା, ଯଦି କିଏ ମିଳେ ତେବେ ରାଗରେ ଦୁଇ ଚାପୁଡ଼ା ମାରିବାକୁ ଇଚ୍ଛା ହେଉଥିଲା। ରାଗ ମୁହଁରେ ସାଇକେଲ ପାଖକୁ ଆସିଲା ବେଳକୁ ହଠାତ୍ ବସନ୍ତକୁ ଦେଖିଲା।

ବସନ୍ତ : ଆରେ ତୁମେ ଏଠି?

ମୋତି ରାଗରେ, ଚୁପ୍ ରହିଲା ଏବଂ ସାଇକେଲରେ ବସି ଯିବାକୁ ବାହାରିଲା। ବସନ୍ତ ମୋତି ପାଖକୁ ଆସି ମୋତିର ହାତ ଧରି ପଚାରିଲା। ଆରେ କ'ଣ ହେଲା, କୁହ? ମୋତି ରାଗରେ, ବସନ୍ତର ହାତ କୁ ଛେଡ଼େଇ ପୁଣି ଯିବାକୁ ବାହାରିଲା।

ବସନ୍ତ : ମୋତି, ଗୋଟିଏ ମିନିଟ୍ ରୁହ, ମୋର ବ୍ୟାଗ୍ ଭିତରେ ଅଛି ମୁଁ ନେଇ ଆସୁଛି, ପ୍ଲିଜ...ପ୍ଲିଜ... କେବଳ ଗୋଟିଏ ମିନିଟ୍ ରୁହ। ବସନ୍ତ ବ୍ୟାଗ୍ ନେଇ ଆସିଲା ବେଳକୁ ମୋତି କିଛି ଦୂର ଆଗକୁ ଚାଲିଗଲାଣି ।

ବସନ୍ତ : ସଙ୍ଗେ ସଙ୍ଗେ ଗାଡ଼ି ଷ୍ଟାର୍ଟ କରି ମୋତି ପାଖକୁ ଆସି କଥା ହେବାକୁ ଚେଷ୍ଟା କରୁଥାଏ। ପ୍ରାୟ ୨୦୦ ମିଟର ପରେ ବସନ୍ତ ମୋତିର ସାଇକେଲ

ସାମ୍ନାରେ ଗାଡି ରଖ୍ ମୋତି ପାଖକୁ ଆସିଲା। ବସନ୍ତ ମୋତିର ହାତ ଧରିଲା ଏବଂ ଠିକ୍ ସେତିକିବେଳେ ମୋତିର ଆଖ୍ରୁ ଲୁହ ବାହାରି ଗଲା।

ବସନ୍ତ : ଆରେ, ମୋତେ କୁହ ତ କ'ଣ ହୋଇଛି? ଆଉ କେବେ ଆସିଲ?

ମୋତି : ଆଜି ଆସିଲି, ଜାଣିଛ ମୁଁ ତମକୁ ପୋଷ୍ଟ ଅଫିସ୍ ସାମ୍ନାରେ କେତେବେଳେ ଠାରୁ ଅପେକ୍ଷା କରିଛି?

ବସନ୍ତ : ଆରେ ମୁଁ କେମିତି ଜାଣିବି? ତୁମେ ଆସିଛ ବୋଲି? (ବସନ୍ତ ନିଜ ହାତରେ, ମୋତିର ଆଖ୍ର ଲୁହ ପୋଛି କହିଲା, ପ୍ଲିଜ୍ କାନ୍ଦିବା ବନ୍ଦ କର) ମୋତିର ଚେହେରାରେ ଅଛ ହସ ଆସିଗଲା। ମୋ ମୋତିର ଭାଗ୍ୟ ଭଲ ତାକୁ ତାଙ୍କ ରାଜକୁମାରର ଦର୍ଶନ ମିଳିଗଲା। ମୋତି ହାତକୁ ଠେଲି ଦେଲା। ମୋ କଥା ଟିକେ ଶୁଣ? ମୋତେ ୫ମିନିଟ୍ ସମୟ ଦିଅ। ତମ ସାଇକେଲ ମୋତେ ଦିଅ? ବସନ୍ତ ସାଇକେଲକୁ ନେଇ ୫୦ ମିଟର ଦୂରରେ ଥିବା ପାନ ଦୋକାନୀରେ ରଖ୍ ଆସିଲା ।

ମୋତି : ନା, ମୁଁ ତମ ସାଙ୍ଗରେ କୁଆଡେ ଯିବିନି।

ବସନ୍ତ : ଆରେ, ଏବେ ତ ରାଗ ଶାନ୍ତ କର। ଆଉ ମୁଁ ତମକୁ କୁଆଡେ କାହିଁକି ବୁଲେଇ ନେବି?

ମୋତି ବଡ ବଡ ଆଖ୍ରେ ଚାହିଁ ରହିଲା।

ବସନ୍ତ : ତୁମେ ଏବେ ରାଗିଲେ ମଧ ମୋ ସହିତ ତମକୁ ଯିବାକୁ ହେବ (ହସ ହସ), ମୋତିକୁ ଟାଣି ବାଇକ୍ ପାଖକୁ ଆସିଲା। ମୋତିର ଇଚ୍ଛା ଥିଲା, ମାତ୍ର ଅଛ ନଖରାମି କରୁଥିଲା।

ବସନ୍ତ : ଶୁଣ, ମୁଁ ଜାଣିଛି, ତୁମେ ମୋତେ ଦେଖା କରିବାକୁ ଆସିଥିଲ? ମା'ଙ୍କ ମୁଣ୍ଡ ବ୍ୟଥା ହେଉଛି ସେଥିପାଇଁ ମୁଁ ଔଷଧ ନେଇ ଶୀଘ୍ର ଚାଲି ଯାଇଥିଲି, ଏବେ ବାଇକ୍ ରେ ବସ। ମୋତି ବାଇକରେ ବସିଲା।

ମୋତି : ଏବେ ମା'ଙ୍କ ଦେହ କେମିତି ଅଛି?

ବସନ୍ତ : କେବଳ ମୁଣ୍ଡ ବଥାଉଛି, ସେ ଠିକ୍ ଅଛି।

ମୋତି : କୋଉଠି ଯିବା? ପ୍ରଥମେ କୁହ?

ବସନ୍ତ : ମୁଁ କହିବିନି, ତୁମେ ବସ, ଯୋଉଠି ମୁଁ ଯିବି ସେଠି ତମକୁ ନେଇକରି ଯିବି।

ମୋତି : ବଡ଼ ମା' ଅପେକ୍ଷା କରିଥିବେ।

ବସନ୍ତ : ପାଟି ଚୁପ୍ କର, ଏବେ ମୁଁ ଯାହା କହିବି ତାହା ଶୁଣ।

ବସନ୍ତ : ତୁମେ ପ୍ରଥମେ କୁହ? ତମର ଦେହ କେମିତି ଅଛି? ଆଉ ତମ ବାହାଘର ପ୍ରସ୍ତାବ କଥା କ'ଣ ହେଲା?

ମୋତି : ଏତେ ପ୍ରଶ୍ନ ଏକା ଥରେ ପଚାରିଲେ ମୁଁ କ'ଣ ଉତ୍ତର ଦେବୀ ଯେ?

ବସନ୍ତ : ଗୋଟିଏ ଗୋଟିଏ ଉତ୍ତର ଦିଅ।

ମୋତି : ମୋର ଦେହ କିଛି ହୋଇନି ତ?

ବସନ୍ତ : ତୁମେ ମେଡିକାଲ୍ କାହିଁକି ଯାଇଥିଲା।

ମୋତି : ରାଗରେ ଖାଇବା ପିଇବା ବନ୍ଦ କରିଦେଲି। ତା' ପର ଦିନ ସକାଳେ ମେଡିକାଲରେ ଗୋଟିଏ ଗ୍ଲୁକୋଜ ବୋତଲ ଚଢ଼ିଲା, ତାପରେ ଠିକ୍ ହୋଇଗଲି। ମେଡିକାଲରୁ ଘରକୁ ଆସିଲା ପରେ ବାପା ମା' ଙ୍କୁ ବୁଝାଇଲେ ଏବଂ ମା' ବୁଝିଗଲେ ଏବଂ ଆଜି ସକାଳେ ଏଠି ।

ବସନ୍ତ : କି ରାଗରେ ବାପା! ଏତେ ରାଗ ରଖିଲେ ହେବ ଦେଖ ଆଜି ବ୍ୟାଗ୍ ମୁଁ ଭୁଲରେ ଛାଡ଼ି ଦେଇ ଚାଲିଯାଇଥିଲି। ତେବେ ଆସିଲି, ନହେଲେ ତ

ଦେଖା ହୋଇ ନଥାନ୍ତା। ଆଚ୍ଛା କହିଲା ଯଦି ମୁଁ ଆସି ନଥାନ୍ତି ତେବେ ତୁମେ କ'ଣ କରିଥାନ୍ତ?

ମୋତି : ଜାଣିନି, କ'ଣ କରିଥାନ୍ତି ।

ବସନ୍ତ : ଅଳ୍ପ ଅନ୍ଧାର ହେବ, ଚଳିବ ନା?

ମୋତି : କିଛି ଅସୁବିଧା ନାହିଁ ମାତ୍ର ବଡ଼ ମା'ଙ୍କୁ ତୁମେ ବୁଝେଇବ।

୧୦ ମିନିଟ୍ ପରେ ଦୁହେଁ ଜଙ୍ଗଲ ପାଖରେ ଥିବା ଖୋଲା ପଡ଼ିଆକୁ ଗଲେ। ବସନ୍ତ ପୂର୍ବରୁ କିଛି ଚିପ୍ସ ପ୍ୟାକେଟ ନେଇ ଆସିଥିଲା। ସେହି ପଡ଼ିଆରେ ଦୁହେଁ ବସି କଥା ହେଲେ। କିଛି ସମୟ ସଂଧ୍ୟା ଯୋଗୁଁ ମୟୂର ଏବଂ ଅନ୍ୟ ପକ୍ଷୀ ମାନଙ୍କର ଶବ୍ଦ ସତରେ ମନ ମୁଗ୍ଧ କରିଦେଉଥିଲା। ସେ ସ୍ଥାନରୁ ସୂର୍ଯ୍ୟାସ୍ତ ଦେଖିବାର ଦୃଶ୍ୟ ମନ ଲୋଭା ଥିଲା। ଆକାଶଟି ଯାକ ଲାଲ୍ ରଙ୍ଗ ବଳୟ ପଡ଼ିଥିଲା। ସତେ ଯେମିତି ଏକ ରଙ୍ଗୀନ ମୁହୂର୍ତ ଭଳି ମନେ ହେଉଥିଲା। ମୋତି ସେ ଦୃଶ୍ୟ ଦେଖି ବହୁତ ଖୁସି ହେଲା। ମୋତେ ଏମିତି ସ୍ଥାନ ବହୁତ ପସନ୍ଦ, ଏମିତି ସୂର୍ଯ୍ୟାସ୍ତ କେବେ ଦେଖି ନଥିଲି। ବସନ୍ତ ଖାଇବା ପାଇଁ ଚିପ୍ସ ବାହ'ର କରିଲା।

ମୋତି : ମୋତେ ଭୋକ ନାହିଁ!

ବସନ୍ତ : ମୋତେ ମାତ୍ର ଭୋକ ଲାଗୁଛି ଏବଂ ତୁମେ ଯଦି ନ ଖାଇବ ତେବେ ମୁଁ ମଧ ଖାଇବି ନାହିଁ।

ମୋତି : ହଉ ଖାଇବି, କିନ୍ତୁ ତା' ପୂର୍ବରୁ (ଏତିକି କହି ମୋତି ବସନ୍ତକୁ ହଗ୍ କରିବାକୁ ଲାଗିଲା)। ମୋତି ଯେତେବେଳେ ହଗ୍ କରିଛି ବସନ୍ତର ଦେହରେ ଶିହରଣ ଖେଳିଗଲା, ସେ କ'ଣ କରିବ କିଛି ଜାଣି ପାରିଲା ନାହିଁ, ତା'ର ହାତ ଗୋଡ ଥରିବାକୁ ଲାଗିଲା, ଦେହରୁ ଝାଳ ବୋହିବାକୁ ଲାଗିଲା। ମୋତି ବସନ୍ତକୁ ଛାଡ଼ିଦେଲା।

ମୋତି : କ'ଣ ହେଲା, ଏମିତି ଥରୁଚ କ'ଣ? ଏବଂ ତମର ଝାଲ କାହିଁକି ବାହାରୁଛି?

ବସନ୍ତ : କିଛି କରିବା ପୂର୍ବରୁ, କହୁଥାଅ, ମୋର ହାତ ଗୋଡ ଥରିବାକୁ ଲାଗିଲା। କ'ଣ କରିବି। ମୋତି ହସିବାକୁ ଲାଗିଲା। ମୋତି ତୁମେ ହେଉଛ ଏକ ନମ୍ବର ବୁଦ୍ଧୁ। କିଏ କାହାକୁ ହଗ୍ କରିବା ପୂର୍ବରୁ ଅନୁମତି ମାଗନ୍ତି କି?

ବସନ୍ତ : ଦେଖ ମୁଁ ଜାଣିନି, ମୋତିର ହସ ରହୁନଥାଏ।

ବସନ୍ତ : ପ୍ଲିଜ୍ ଆଉ ହସନି, ମୋତେ ଲାଜ ଲାଗୁଛି।

ମୋତି : ଚିମ୍ସ ଦିଅ? (ଗୋଟିଏ ଚିମ୍ସ ନେଇ ବସନ୍ତକୁ ଖୁଆଇ ଦେଲା)। ଏବେ କେମିତି ଲାଗୁଛି? ଦେହ ଠିକ୍ ଅଛି ତ?(ଏତିକି କହି ପୁଣି ହସିବାକୁ ଲାଗିଲା), ବସନ୍ତ ମୋତିର ଗାଲକୁ ଚିମୁଟି କହିଲା ବେଶୀ ହସ ଆସୁଛି ନା?

ବସନ୍ତ : ଏତି କିଛି ସମୟ କଥା ହେବାକୁ ଆସିଛେ? ରୋମାନ୍ଚ କରିବାକୁ ନୁହଁ, ରୋମାନ୍ଚ କରିବା ବାହାଘର ପରେ!

ମୋତି : ଆଚ୍ଛା, ହଉ, ତେବେ ଏମିତି କଥା (ପୁଣି ହସିବାକୁ ଲାଗିଲା)? ଅଳ୍ପ ସମୟ ପରେ ଧୀରେ ଧୀରେ ଅନ୍ଧାର ହେବାକୁ ଲାଗିଲା।

ମୋତି : ଏବେ ଯିବା? କାଲେ ଭାଲୁ ଆସିଯିବ?

ବସନ୍ତ : ଆରେ ଭାଲୁ ପୁଣି ଏଠି, ଏଠି କାହିଁକି ଭାଲୁ ଆସିବ ଯେ?

ମୋତି : ସେ ଦିନ ତ, ମୋତେ କହୁଥିଲ?

ବସନ୍ତ : ମୁଁ ମଜା କରୁଥିଲି?

ମୋତି : ଓଃ, ମୋ ସାଙ୍ଗରେ ମଜା? ତେବେ ଏବେ ଯିବା ନା? ଆଉ କିଛି ସମୟ ବସିବା ।

ତାପରେ ଦୁହେଁ ଯିବାକୁ ବାହାରିଲେ। କିଛି ପାଦ ଗଲା ପରେ (ବସନ୍ତ ମୋତି କୁ ଟାଣି ଆଣି ହଗ୍ କରିଲା)।

ମୋତି ବସନ୍ତର କାନ୍ଧରେ ମୁଣ୍ଡ ରଖି କହିଲା, ମୋ ହିରୋକୁ ହଗ୍ କରିବାର ଆସୁଛି ତେବେ? ଜାଣିଛ ମୋ ପାଇଁ ପ୍ରସ୍ତାବ ଦେଖିବାକୁ ଆସିଥିଲେ ନା, ସେଦିନ କେବଳ ତମ କଥା ହିଁ ମନେ ପଡୁଥିଲା। ହଉ ଛାଡ଼ ସେଦିନ କଥା।

ଆଜି ସକାଳୁ ଠାରୁ ତମକୁ ବହୁତ୍ ମିସ୍ କରୁଥିଲି ଭାବୁଥିଲି କାଲେ ବଡ ବାପାଙ୍କର କ'ଣ ଚିଠି ଆସିଯାଉ ଏବଂ ତୁମେ ନେଇ ଆସିବ? କିନ୍ତୁ ବଡ଼ ମା' ମୋତେ କହିଲେ, ଯା' ଦେଖା କରି ଆସିବୁ। ମୋ ମନ ଖୁସି ହୋଇଗଲା। ସେଠି ପୋଷ୍ଟ ଅଫିସରେ ତମକୁ ନ ଦେଖି ବହୁତ୍ ରାଗ ଲାଗିଲା କିନ୍ତୁ ଏବେ ମୋ ରାଗ ଶାନ୍ତ ହୋଇ ଯାଇଛି ।

ବସନ୍ତ : ଏବେ ଯିବା, ରାତି ହୋଇଯିବ!

ମୋତି : ହଁ ହଁ ଆଉ ଗୋଟିଏ କଥା, କାଲି ତୁମେ ଘରକୁ ଆସିବ?

ବସନ୍ତ : ଚାଲ, ବାଇକ୍ ରେ ବସି କଥା ହେବା। ବାଇକ୍ ରେ ବସିଲା ପରେ ବସନ୍ତ କହିଲା! କାଲି କ'ଣ କିଛି ଖାସ୍ ଅଛି କି?

ମୋତି : ତୁମେ ଆସିବ, ବାକି ସେଠି ଆସିଲା ପରେ ଜାଣିଯିବ ଏବଂ ମୋତେ ତମ ଫୁଲ ବଗିଚା କେବେ ବୁଲେଇ ନେବ କୁହ?

ବସନ୍ତ : ତୁମେ ଯେବେ କହିବ?

ମୋତି : ତମ ଇଚ୍ଛା, ତୁମେ କାଲି ଘରକୁ ଆସ? ତାପରେ କଥା ହେବା।

ମୋତି କୁ ରମେଶ ବାବୁଙ୍କ ଘର ଠାରୁ ୫୦ ମିଟର ଦୂରରେ ଛାଡ଼ି ଆସିଲା। ରମେଶ ବାବୁ ମୋତିକୁ ପଚାରିଲେ ଏତେ ଲେଟ୍ ହେଲାଣି କୋଉଠି ଥିଲୁ। ପାଖରେ ନିତା ଦେବୀ କହିଲେ ସେ ସୁରଭିର ସାଙ୍ଗ ସପ୍ନା ଘରକୁ ଯାଇଥିଲା,

ଏମିତି କହି ସେ କଥାକୁ ବଦଲେଇ ଦେଲେ। ମୋତି ଘରକୁ ଆସି, ବସନ୍ତର ହଗ୍‌ କଥା ଭାବି ଜୋର୍‌ ଜୋର୍‌ ରେ ହସିବାକୁ ଲାଗିଲା।

ନିତା ଦେବୀ : କ'ଣ ହେଲା ମୋତି, ଆଜି କୁଆଡେ ଯାଇଥିଲୁ ।

ମୋତି : ଗୋଟିଏ ଜଙ୍ଗଲ ପାଖ ପଡିଆ କୁ ଯାଇଥିଲୁ, ସେଠି ସୂର୍ଯ୍ୟାସ୍ତ ଦେଖିଲୁ ଏବଂ ଆଲୁ ଚିପ୍‌ସ ଖାଇ ଖାଇ କିଛି ସମୟ କଥା ହେଲୁ।

ନିତା ଦେବୀ : ହଉ, କିଛି ଅସୁବିଧା ହୋଇନି ନା? ଏତିକି ଶୁଣି ମୋତି ପୁଣି ହସିବାକୁ ଲାଗିଲା!

ମୋତି : ବଡ଼ ମା', ଜାଣିଛ, ଏ ବସନ୍ତ ନା? ବହୁତ୍‌ ମଜା କରନ୍ତି।

ନିତା ଦେବୀ : କାଲି ସେ ଆସୁଛି ନା ନାହିଁ ? ନା କହିବାକୁ ଭୁଲି ଗଲୁ?

ମୋତି : କହିଛି କିନ୍ତୁ କେତେବେଲେ ଆସିବ ଟାଇମ କହିଲିନି (ଜିଭକୁ କାମୁଡ଼ି) ।

ନିତା ଦେବୀ : ଯଦି ଆସିବ, ତେବେ ୧ ୦ଟା ପରେ ଆସିବ ନହେଲେ ୧ଟା ପରେ ଆସିବ।

ମୋତି : ହଁ ଦେଖିବା, କାଲି ସେ କେତେବେଲେ ଆସୁଛି।

ନିମନ୍ତ୍ରଣ

ସକାଳ ୮ଟା ରେ ଉଠିବା ଝିଅ ମୋତି, ସେ ଦିନ ୦୫ଟା ରୁ ଉଠି ଗଲାଣି। ଗାଧୁଆ ସାରି ସିଧା ପହଞ୍ଚିଲା ରୋଷେଇ ଘରେ।

ମୋତି : ବଡ଼ ମା', ମୋତେ କୁହ ନା? ମୁଁ ରୋଷେଇ କରିବି।

ନିତା ଦେବୀ : ତୁ ରୋଷେଇ କରିବା ଦରକାର ନାହିଁ, ମୁଁ ରୋଷେଇ କରୁଛି, ତୁ ମୋତେ ସାହାଯ୍ୟ କରେ ଏବଂ ବସନ୍ତକୁ ମୁଁ କହିଦେବି ଆଜିର ରୋଷେଇ ତୁ କରିଛୁ ବୋଲି।

ମୋତି : ହେଲେ ଯେ, ବଡ଼ ମା', ବସନ୍ତ ଆଜି ନହେଲେ କାଲି ତ ଜାଣିବ? ସେତେବେଳେ ସେ ଖରାପ ଭାବିବ ନା?

ନିତା ଦେବୀ : ସେତେବେଳେ ତୁ ସବୁ ସିଖ୍ୟାଇଥ୍ବୁ। ବଡ଼ ମା' କଥାରେ ମୋତି ହଁ ମାରି ରୋଷେଇରେ ସାହାଯ୍ୟ କରିଲା। ଭାତ,ଡାଲି ଛତୁ ତରକାରୀ ସାଙ୍ଗରେ ଆଳୁ ଭଜା ଏବଂ ପାମ୍ପଡ।

ସକାଳ ୯.୩୦ ବାଜିଲାଣି, ରମେଶ ବାବୁ ନିତ୍ୟକର୍ମ ସାରି ସ୍କୁଲ ଯିବା ପୂର୍ବରୁ ମୋତି କୁ ଦେଖ୍ ପଚାରିଲେ ଆଜି କିଏ ଆସିବ ନା କ'ଣ? ସକାଳ ଠାରୁ ରୋଷେଇ ପାଇଁ ଦୌଡ଼ା ଦୌଡ଼ି ଲାଗିଛି।

ନିତା ଦେବୀ, ହଁ ଜଣେ କୁଣିଆ ଆସିବେ। ରମେଶ ବାବୁ, କୁଣିଆ ପୁଣି ଆମ ଘରେ, କିଏ ସେ କୁଣିଆ ଜଣଙ୍କ?

ନିତା ଦେବୀ : ବସନ୍ତ ଆସିବ!

ରମେଶ ବାବୁ : ସେ କ'ଣ କୁଣିଆ, ସେ ତ ଆମ ଘରର ପୁଅ! ବସନ୍ତ ଆସିବା ଖୁସିରେ ଆଜି ମୋତି ରୋଷେଇ କରିଛି।

ରମେଶ ବାବୁ : ବସନ୍ତ ଆସିବା ଖୁସିରେ ମାନେ, ସେ ତ କ'ଣ ପ୍ରଥମ ଥର ପାଇଁ ଆସୁଛି ନା କ'ଣ?

ନିତା ଦେବୀ : ତୁମେ ବୁଝିବ ନାହିଁ, ମାଷ୍ଟର ବାବୁ, ତୁମେ ଖାଇ ସ୍କୁଲ୍ କୁ ଯାଆ।

ରମେଶ ବାବୁ : (ମୋତିକୁ ଚାହିଁ ଅଳ୍ପ ମୁରୁକି ହସରେ) ମୋତି କ'ଣ ଖବର?, ନାହିଁ ବାପା କିଛି ନାହିଁ, ସେ ଆସିବେ ବୋଲି କହୁଥିଲେ (ମୋତି କହିଲା)।

ରମେଶ ବାବୁ : କାଲି ନାମ ଧରି କହୁଥିଲୁ ଆଜି ସିଧା ସମ୍ମାନର ସହିତ କୁହାଯାଉଛି।

ନିତା ଦେବୀ : ବସନ୍ତ ଆମ ଘରର ଜୋଇଁ ପୁଅ ହେବାକୁ ଯାଉଛି!

ରମେଶ ବାବୁ : ଜୋଇଁ ପୁଅ ! (ଆଶ୍ଚର୍ଯ୍ୟରେ) ଆରେ ମୋତି ତମ ଘରେ ଜାଣିଛନ୍ତି କି ନାହିଁ ତୁ ବସନ୍ତ କୁ ଜୋଇଁ ପୁଅ ଭାବରେ ବାଛି ସାରିଲୁଣି?

ନିତା ଦେବୀ : ବାଛିବେ କ'ଣ, ଭଉଣୀ ଜୋଇଁ ନିଜେ ବସନ୍ତ ସାଙ୍ଗରେ କଥା ହୋଇ ଆସିଛନ୍ତି!!

ରମେଶ ବାବୁ : ହେଲେ, ତାଙ୍କ ଜାତି ଅଲଗା, ସେ କିପରି ମାନୀଗଲେ?

ମୋତି : ବାପା ଆଉ ମା' ମଧ୍ୟରେ ଏ ବିଷୟରେ ଥରେ ମହାଭାରତ ହୋଇ ସାରିଲାଣି କିନ୍ତୁ ବାପା ପରେ ବୁଝେଇବା ପରେ ସେ ବୁଝିଗଲେ ।

ରମେଶ ବାବୁ : ତେବେ ଭଲ କଥା, ମୋର ଲେଟ୍ ହେଲାଣି, ବସନ୍ତ ଆସିଲେ ତାକୁ ଭଲ କରି ଚର୍ଚ୍ଚା କରିବ।

ମୋତି : ହଁ ବାପା, ତାପରେ ରମେଶ ବାବୁ ଖାଇ ସାରି ସ୍କୁଲ ପାଇଁ ବାହାରିଲେ ।

ଦିନ ୧୨ଟା ପାଖାପାଖି ବସନ୍ତ ଆସି ପହଁଚିଲା। ନିତା ଦେବୀ କବାଟ ଖୋଲିଲେ, ବସନ୍ତ ପ୍ରଣାମ କରି ପଚାରିଲା, ମୋତି କୁଆଡେ ଗଲା?

ନିତା ଦେବୀ : ସେ ଅପେକ୍ଷା କରି ଥିଲା, ରାଗରେ ସୋଫାରେ ମୁଁହ ମାଡ଼ି ପଡ଼ିଥିଲା, ବୋଧେ ତାକୁ ଏବେ ନିଦ ଲାଗି ଯାଇଛି। ଏତିକି କହି ନିତା ଦେବୀ ରୋଷେଇ ଘର ଆଡ଼କୁ ଚାଲିଗଲେ। ବସନ୍ତ ଧୀରେ ଧୀରେ ଆସି ଗୋଟିଏ ଚିରା କାଗଜରେ ମୋତିର ନାକରେ ସୁଲୁ ସୁଲୁ କରିବାରେ ଲାଗିଲା। କେତେବେଳେ କାନକୁ ତ କେତେବେଳେ ନାକକୁ। ଗୋଟିଏ ମିନିଟ୍ ପରେ ମୋତି ରାଗରେ ଉଠିଗଲା, ସାମ୍ନାରେ ବସନ୍ତକୁ ଦେଖି ସେ ଛାନିଆ ହୋଇଗଲା।

ମୋତି : ତୁମେ କେତେବେଳେ ଆସିଲ?

ବସନ୍ତ : କୋଉ ଘଣ୍ଟାଏ ହେଲା ଆସିଲି। ତୁମେ କେତେବେଳେ ଉଠିବ ସେ ଅପେକ୍ଷା ରେ ମୁଁ ବସିଛି।

ମୋତି : ମିଛ କଥା। ଏବେ ୧୧.୨୦ ପର୍ଯ୍ୟନ୍ତ ମୁଁ ସମୟ ଦେଖିଛି, ଏବେ ୧୨.୧୦ ହୋଇଛି। ଏବେ ଅଧ ଘଣ୍ଟାଏ ହେଲା ଶୋଇ ଯାଇଥିଲି। କ'ଣ ପାଇଁ ଏତେ ଲେଟ୍ କରିଲ? ସବୁ ରୋଷେଇ ଥଣ୍ଡା ହୋଇଗଲାଣି ।

ବସନ୍ତ : ହଉ ବାବା ରାଗ ନାହିଁ, ଏ ସବୁଜ ଶାଢ଼ୀରେ ତୁମେ ପୁରା ଅପସରୀ ଭଲି ଦେଖାଯାଉଛ। ଏତିକି ବେଳେ ନିତା ଦେବୀ ପାଣି ନେଇ ପହଁଞ୍ଚିଲେ। ପଚାରିଲେ ବସନ୍ତ ଏବେ ଖାଇବ ନା ପରେ ଖାଇବ?

ବସନ୍ତ : ମାଉସୀ ମୁଁ, ଘରେ ଖାଇ ଆସିଛି ଏବେ ଭୋକ ନାହିଁ ।

ନିତା ଦେବୀ : ଭୋକ ନାହିଁ ମାନେ, ଖାସ୍ ତମ ପାଇଁ ମୋତି ଆଜି ରୋଷେଇ କରିଛି ଆଉ ତୁମେ କହୁଛ ଭୋକ ନାହିଁ? ଏତିକି ଶୁଣି ମୋତିର ମୁହଁ ଶୁଖ଼ିଗଲା।

ବସନ୍ତ : ଖାଇବି, କିନ୍ତୁ ଏବେ ନାହିଁ?

ନିତା ଦେବୀ : ତୁମେ କଥା ହୁଅ, ଯେତେବେଳେ ଭୋକ ଲାଗିବ ମୋତେ କହିବ? ସେତୁ ନିତା ଦେବୀ ଚାଲିଗଲେ।

ବସନ୍ତ : ଶାଢ଼ୀରେ ତୁମେ କ'ଣ ଦେଖା ଯାଉଛ, ମୁଁ ଆଉ ତାରିଫ କରି ପାରୁନି ।

ମୋତି : ତେଲ ମାରନି !

ବସନ୍ତ : ସତ କହୁଛି ! ଆରେ ତମକୁ ଶାଢ଼ୀ ପିନ୍ଧି ଆସେ?

ମୋତି : ହଁ, ଆସେ।

ବସନ୍ତ : ମୋର ଚିନ୍ତା ସରିଲା !

ମୋତି : ମାନେ?

ବସନ୍ତ : ତୁମେ ଆମ ଘରେ ଶାଢ଼ୀ ପିନ୍ଧିବ ଜାଣି ଖୁସି ଲାଗିଲା !

ମୋତି : ଏଁ.. ମୁଁ କେତେବେଳେ କହିଲି କି ତମ ଘରେ ଶାଢ଼ୀ ପିନ୍ଧିବି ବୋଲି?

ବସନ୍ତ : ତେବେ କ'ଣ ଡ୍ରେସ ପିନ୍ଧି ରହିବ।

ମୋତି : ହଁ, ଆଉ କ'ଣ !

ବସନ୍ତ : (ମୁଣ୍ଡରେ ହାତ ଦେଇ...) ହଉ ମୋ ଭାଗ୍ୟ !

ମୋତି : ଚିନ୍ତା କରନି, ମହାଶୟ, ତମ ଘରେ ଶାଢ଼ୀ ହିଁ ପିନ୍ଧିବି। ମୋତି ଆସି ବସନ୍ତ ପାଖରେ ବସିଲା। ବସନ୍ତ ହେଇ ! ମାଉସୀ ଦେଖ୍ ଖରାପ ଭାବିବେ।

ମୋତି : ଆମକୁ ଏକା ଛାଡ଼ି ଯାଇଛନ୍ତି, ମାନେ ସେ ଏବେ ଆସିବେ ନାହିଁ ।

ବସନ୍ତ : ଦେଖ, କିଛି ସେମିତି ଆଶା ରଖ ନାହିଁ, ଯାହା ହେବ ବାହାଘର ପରେ

ମୋତି : ତୁମେ ହେଉଛ ଏକ ନମ୍ବର ବୁଦ୍ଧୁ ! ଆରେ ଏତେ ଲାଜ କୁଳା ପିଲା, ମୁଁ ପ୍ରଥମେ ଦେଖିଲି? ଦୁନିଆରେ ପୁଅ ମାନେ ଝିଅ ପଛରେ ପଡନ୍ତି ମାତ୍ର ଏଠି ପୁରା ଓଲଟା। ତମ ସାଙ୍ଗ ତ ଏମିତି ନଥିଲା, ସେ ତ ବହୁତ୍ ଫାଷ୍ଟ ଅଛନ୍ତି।

ବସନ୍ତ : ତା କଥା ଅଲଗା।

ମୋତି : ତାହା ହେଲେ, ମୋର ଇଚ୍ଛା?

ବସନ୍ତ : କ'ଣ ଇଚ୍ଛା କୁହ?

ମୋତି : ପାଖରେ ବସିଲେ, ଦୂରେଇ ଯାଉଛ, ହଗ୍ କରିଲେ ତମ ଦେହ ଥରୁଛି। ପ୍ରେମ ଗାଡ଼ି ଆଗକୁ କେମିତି ବଢ଼ିବ, କୁହ?

ବସନ୍ତ : ପ୍ରେମ ବାହାଘର ପରେ ମଧ ହୋଇପାରିବ !

ମୋତି : ହେଃ ଭଗବାନ... ଯାଅ ! (ଉଠି ଚାଲି ଯିବାକୁ ବାହାରିଲା) ବସନ୍ତ ମୋତିର ହାତକୁ ଧରି ବସେଇଲା। ଆରେ ରାଗ ନାହିଁ, ବସ ! ମୋତି ଟିକେ ବାହାନା କରି ମନା କରୁଥାଏ, ବସନ୍ତ ଜୋରରେ ଟାଣିବା ପରେ, ମୋତି ଆସି ସିଧା ବସନ୍ତ ଉପରେ ପଡ଼ିଲା। ବସନ୍ତ ମୋତିକୁ ହଗ୍ କରିଲା, କିଛି କ୍ଷଣ ଦୁହେଁ ଶାନ୍ତ ହୋଇ ରହିଲେ। ହଠାତ ମୋତି ବସନ୍ତକୁ ଛାଡ଼ି ଠିଆ ହେଲା।

ମୋତି : ତୁମେ ହେଉଛ ଏକ ନମ୍ବର ଦୁଷ୍ଟ, ଭଲ ପିଲା ଖାଲି ଉପରେ ଉପରେ, ଭିତରେ ପୁରା ଦୁଷ୍ଟ। ବସନ୍ତ ପୁଣି ଟାଣି ଆଣି ପାଖରେ ବସେଇ କହିଲା, ଆଖ୍ ବନ୍ଦ କର !

ମୋତି : ଆରେ କିସ୍ କରିବ ନା କ'ଣ?

ବସନ୍ତ : ହେ ଭଗବାନ, ଆଖି ବନ୍ଦ କର ପ୍ରଥମେ, ଏ ଝିଅ କ'ଣ କ'ଣ ଭାବିଦେଉଛି କେଜାଣି, ହଁ ଶୁଣ ମୋତେ କିସ୍ ଆସେନି !

ମୋତି : କିସ୍ ଆସୁନି ନା, ହଉ ଠିକ୍ ଅଛି?

ବସନ୍ତ : ଆଖି ବନ୍ଦ କର ! ମୋତି ଆଖି ବନ୍ଦ କରି ରହିଲା ବସନ୍ତ ନିଜ ବ୍ୟାଗ୍ ରୁ ଗୋଟିଏ ଗୋଲାପ ସାଙ୍ଗରେ ଗୋଟିଏ ଗିଫ୍ଟ ବାହାର କରିଲା। (ଗିଫ୍ଟି ଥିଲା, ପୁଅ ଝିଅକୁ ପ୍ରପୋଜ୍ କରିବା ଭଳି) ମୋତିକୁ ଆଖି ଖୋଲିବାକୁ କହିଲା। ମୋତିର ଆଖି ସାମ୍ନାରେ ସେ ଗିଫ୍ଟକୁ ଦେଖି ବହୁତ୍ ଖୁସି ହୋଇଗଲା ଏବଂ ସଙ୍ଗେ ସଙ୍ଗେ ବସନ୍ତକୁ ହଗ୍ ସହିତ ଗାଲକୁ ଗୋଟିଏ କିସ୍ ମିଳିଲା। ଖୁସିରେ ଥେଙ୍କ୍ ୟୁ, ଥେଙ୍କ୍ ୟୁ କହି ପୁଣି ହଗ୍ କରିଲା। ବସନ୍ତକୁ ଯେମିତି ଶକ୍ ଲାଗିଲା।

ବସନ୍ତ : ଏ କ'ଣ କଲ?

ମୋତି : କ'ଣ କରିଲି! କ'ଣ ଭଲ ଲାଗିଲାନି କି?

ବସନ୍ତ : କ'ଣ କଲ, ମୋ ଇଜ୍ଜତ ନେଇଗଲ, ଏବେ ମୁଁ କାହାକୁ ମୁହଁ ଦେଖେଇବି? (କହି ହସିବାକୁ ଲାଗିଲା) ମୋତି ବସନ୍ତର ଗାଲକୁ ଚିମୁଟି, ଏବେ ଆଗକୁ ଦେଖି ଚାଲ ଆଉ କ'ଣ କ'ଣ ହେଉଛି? ଆଜି ତମ ଇଜ୍ଜତ ଗଲା ନା, ଧିରେ ଧିରେ ଦେଖିବ ଆଉ କ'ଣ କ'ଣ ଯାଉଛି। (ଏତିକି କହି ଦୁହେଁ ହସିବାକୁ ଲାଗିଲେ)। ବସନ୍ତ ମୋତିର ଆଖି ଉପରେ ହାତ ରଖି ଗୋଲାପ ଫୁଲଟିକୁ ଦେଲା। ମୋତି ଫୁଲକୁ ହାତକୁ ନେଲା ଏବଂ ପଚାରିଲା ଏ କ'ଣ?

ବସନ୍ତ : ଆରେ, ଗାଡ଼ି ଧିରେ ଧୀରେ ସ୍ଲୋ ହେବ। ଏତେ ତରବର ହେବା ଠିକ୍ ନୁହଁ?

ମୋତି : କେବେ ସ୍ଲୋ ହେବ।

ବସନ୍ତ : ବହୁତ୍ ଶୀଘ୍ର, ହଉ ଶୁଣ ଆଜି ସୋମେଶ ଟେଲିଫୋନ କରିଥିଲା ।

ମୋତି : କେତେବେଳେ?

ବସନ୍ତ : ସକାଳ ୮ ଟାରେ, ସୋମେଶ ଏବଂ ଭାଉଜ ସହିତ କଥା ହେଲି।

ମୋତି : ମୁଁ ଦିନେ ଟେଲିଫୋନ କରିଥିଲି କିନ୍ତୁ ସେଦିନ ଅଳ୍ପ କଥା ହୋଇ ରଖିଦେଲେ କହିଲେ ବହୁତ ଲୋକ ଲାଇନ୍ ରେ ଠିଆ ହୋଇଛନ୍ତି।

ବସନ୍ତ : ଆଜି ବହୁତ୍ ସମୟ କଥା ହେଲା, ତମ କଥା ମଧ୍ୟ କହିଲି ! ସୋମେଶ ଖୁସି ହୋଇଗଲା, ଭାଉଜ କହିଲେ, ସେ ଚଣ୍ଟୀ ତମକୁ କେମିତି ପସନ୍ଦ କରିଲା? ବିଶ୍ୱାସ ହେଉନି ଏବଂ କହିଲେ ଯଦି କିଛି ଅସୁବିଧା ହୁଏ ତେବେ ସେମାନେ ସାହାଯ୍ୟ କରିବେ ବୋଲି କହିଲେ। ମୁଁ କହିଲି ନା.. ନା.. ସବୁ ଠିକ୍ ଠାକ୍ ହୋଇଗଲା।

ମୋତି : ସୁରଭି ମୋ ବିଷୟରେ ଆଉ କ'ଣ ପଚାରିଲା?

ବସନ୍ତ : ତୁମେ ଆମ ଘରକୁ ଆସିଥିଲ? ଆମ ଘରେ ଖାଇଲ? ଏବଂ ବଗିଚା ବୁଲିବା କଥା ସବୁ କହିଲି।

ମୋତି : ଆମ କଥା କାହିଁକି କହୁଥିଲ?

ବସନ୍ତ : କ'ଣ ଈର୍ଷା ହେଉଛି କି?

ମୋତି : ଈର୍ଷା ନାହିଁ ଯେ, ସବୁ କଥା କହୁ ନଥିବ, କିଛି କିଛି କଥା ଗୁପ୍ତ ରହିବା ଦରକାର।

ବସନ୍ତ : ଓଃ ଗୁପ୍ତ ! ହଉ ଠିକ୍ ଅଛି ଏବଂ ଆଜି ତାଙ୍କ ଘରକୁ ଯିବି ବୋଲି କହିଲି, ସେ ଖୁସି ହେଲେ ! ଭାଉଜଙ୍କ ଇଚ୍ଛା ଥିଲା କି ସେ ମୋ ଫୁଲ ବଗିଚା ବୁଲିବାକୁ? ମାତ୍ର ସମୟ ମିଳିଲା ନାହିଁ।

ମୋତି : ଭଲ ହେଲା, ନହେଲେ ସେ ଚଣ୍ଟୀ ମୋ ଫୁଲ ଗଛ ଉପରେ ନଜର ପକେଇ ଥା'ନ୍ତା।

ବସନ୍ତ : ତୁମେ ଝିଅ ମାନେ, ଆଉ ଜଣେ ଝିଅ ଉପରେ ଏତେ ଈର୍ଷା କାହିଁକି କରୁଛ, ମୁଁ କିଛି ଜାଣି ପାରୁନି?

ମୋତି : ତୁମେ ଜାଣିବା ଦରକାର ନାହିଁ! ଏମିତିରେ ସୁରଭିର ମୋର ସବୁବେଳେ ଏମିତି ଚାଲିଥାଏ। ସେଇଟା ତୁମେ ବୁଝିବ ନାହିଁ।

ବସନ୍ତ : ହଉ, ମୁଁ ବୁଝିବାକୁ ଚାହୁଁନି ମଧ? ଭାଉଜ କହିଛନ୍ତି ଯେ, ତୁମେ ଗୋଲାପ ଫୁଲକୁ ବେଶୀ ଭଲ ପାଅ ତମ ପାଇଁ ପ୍ରତିଦିନ ଗୋଟିଏ ସୁନ୍ଦର ଗୋଲାପ ଆଣିବାକୁ କହିଛନ୍ତି।

ମୋତି : ଓଃ ତେବେ ତା କଥାରେ ଆଣିଛ? (ରାଗରେ)

ବସନ୍ତ : ଆରେ ଭାଉଜ ତମକୁ ଏତେ ଭଲ କହିଛନ୍ତି ଆଉ ତୁମେ ଯେ ରାଗୁଛ?

ମୋତି : ମୁଁ ରାଗୁନି, ସେ ମୋ ବିଷୟର ଭଲ କହିବ ବୋଲି ମୁଁ ଜାଣିଛି? ମୁଁ କେବଳ ଏତିକି ଜାଣିବାକୁ ଚାହୁଁଥିଲି ତମ ଚଣ୍ଡୀ ଭାଉଜ ମୋ ବିଷୟରେ ତମକୁ କ'ଣ କ'ଣ କହିଛି।

ବସନ୍ତ : ଓଃ, ମୋ ମୋତି ତ, ବହୁତ୍ ଚାଲାକ୍?

ମୋତି : ହଉ ସେ କଥା ଛାଡ, ଆଉ କ'ଣ କୁହ? ହଁ ତୁମେ କହୁଥିଲ, ତମକୁ କିସ୍ ଆସୁନି ପରା?, ଆଉ ମୁଁ କ'ଣ ଆଗରୁ ଟ୍ରେନିଂ ନେଇ ଆସିଛି?

ବସନ୍ତ : ମୁଁ କେମିତି ଜାଣିବି? ମୋତି ବସନ୍ତକୁ ପିଟିବାକୁ ଲାଗିଲା ଏବଂ କହିବାକୁ ଲାଗିଲା ତୁମେ ହେଉଛ ଦୁଷ୍ଟ, ତୁମେ କ'ଣ ଡାଙ୍ଗରେ ମହୁ ଖାଉଛ? ହଉ ମୁଁ ଅପେକ୍ଷା କରିଛି ସେ ସମୟ କେବେ ଆସିବ। ଚାଲ ଖାଇବ?

ବସନ୍ତ : ଆରେ ମୁଁ କହିବାକୁ ଭୁଲି ଯାଇଛି ମୋତେ ୨ଟାରେ ଅଫିସ୍ ଯିବାକୁ ହେବ?

ମୋତି : ମୁଁ କିଛି ଜାଣିନି, ଆଜି ତୁମେ ୪ଟା ପର୍ଯ୍ୟନ୍ତ ରହିବ?

ବସନ୍ତ : ୪ଟା ପର୍ଯ୍ୟନ୍ତ କାହିଁକି?

ମୋତି : ୪ଟାରେ ତୁମେ ଚାଲିଯିବ କାରଣ ବଡ ବାପା ଆସିଯିବେ ନା? ତୁମେ ଛୁଟି ନିଅ ନହେଲେ ଯାହା କରୁଛ କର? ମୁଁ କିଛି ଜାଣିନି?

ବସନ୍ତ : ଓଃ, ତୁମେ ତ ପୁରା ସମୟ ସେଟ୍ କରିକି ରଖୁଛ? ହଉ ମୋ ପ୍ଲାନ୍ ଶୁଣ, ୨ଟା ବେଳେ ଅଫିସ ଯିବି ଅଧ ଘଣ୍ଟାର କାମ ଅଛି, କରି ଆସିବି, ଠିକ୍ ୨.୩୦ରେ ବୁଲିବାକୁ ଯିବା ଏବଂ ୪ଟା ପୂର୍ବରୁ ଆସିଯିବା।

ମୋତି : ବାଃ, ମୋ ହିରୋ ତ ମୋ ଠାରୁ ମଧ ବହୁତ୍ ଚାଲାକ୍? ମୋତି ବସନ୍ତର କଥାରେ ରାଜି ହୋଇଗଲା। ତା'ପରେ ଦୁହେଁ ଖାଇଲେ।

ବସନ୍ତ : ମାଉସୀ !   ମୁଁ ଏବଂ ମୋତି ମିଶି ବଜାର ଯିବୁ ଏବଂ ଶୀଘ୍ର ଆସିଯିବୁ।

ନିତା ଦେବୀ : ସେ ରାସ୍ତାରେ ତୋ ମଉସାଙ୍କ ସ୍କୁଲ ପଡୁଛି ଯଦି ସେ ଦେଖା ହୋଇଯିବେ ନା? ତମର ସବୁ ପ୍ରେମ ଛଡେଇ ଦେବେ।

ବସନ୍ତ : ଆମେ ୪ଟା ପୂର୍ବରୁ ଆସିଯିବୁ। ବୁଲି ଯିବା ପାଇଁ ନିତା ଦେବୀଙ୍କ ଠାରୁ ଅନୁମତି ମଧ ମିଳିଗଲା।

ପ୍ରପୋଜ୍

ବସନ୍ତ ଅଫିସ କାମ ସାରି ଠିକ୍ ୨.୪୦ରେ ମୋତି ପାଖରେ ପହଞ୍ଚିଲା, ମୋତି ଜିନ୍ସକୁ ଟପ୍ ପିନ୍ଧି ବସିଥାଏ।

ବସନ୍ତ : ଏ କ'ଣ?

ମୋତି : ଭଲ ଲାଗୁନି କି? ଯଦି ଭଲ ଲାଗୁନି ତେବେ ସଙ୍ଗେ ସଙ୍ଗେ ବଦଲେଇ ଡ୍ରେସ୍ ପିନ୍ଧି ଆସିବି।

ବସନ୍ତ : ଭଲ କ'ଣ ଲାଗୁନି, ଭଲ ଲାଗୁଛି ମାନେ ପୁରା ସହରୀ ସ୍ଟାଇଲ, ଭଲ ଲାଗୁଛ, କିନ୍ତୁ...

ମୋତି : କିନ୍ତୁ କ'ଣ କୁହ?

ବସନ୍ତ : ତୁମେ ହଟ୍ ଲାଗୁଚ।

ମୋତି : ଛି, ମୋତେ ହଟ୍ ଦରକାର ନାହିଁ। କୁହ ଭଲ ଲାଗୁଛି କି, ନାହିଁ ତ ବଦଲେଇ ଆସିବି।

ବସନ୍ତ : ଚାଲ, ବଦଲେଇବା ପାଇଁ ପୁଣି ଅପେକ୍ଷା କରିବାକୁ ପଡ଼ିବ।

ମୋତି : ତାହା ହେଲେ ପସନ୍ଦ ନାହିଁ।

ବସନ୍ତ : ଆରେ ସେକଥା ନାହିଁ।

ମୋତି : ମୁଁ ସେଥିପାଇଁ, ପ୍ରଶ୍ନ କରୁଥିଲି। ଆଉ ଉତ୍ତର ପାଇଗଲି।

ବସନ୍ତ : ରାଗ ନାହିଁ, ରାଗିବ ତେବେ ସମୟ ନଷ୍ଟ ହେବ।

ମୋତି : ଯିବା ତ?

ବସନ୍ତ : ଚାଲ।

ତାପରେ ଦୁହେଁ ବୁଲିବାକୁ ବାହାରିଲେ।

ମୋତି : ବଜାରକୁ ଯିବା? ନା ଆଉ କୁଆଡେ?

ବସନ୍ତ : ସେଠି ଗଲେ ଜାଣିପାରିବ। କିଛି ସମୟ ପରେ ଗୋଟିଏ ପାହାଡ ପାଖରେ ପହଞ୍ଚିଲେ। ସେଠି ବାଇକ୍ ରଖି କିଛି ଦୂର ଚାଲି ଚାଲି ଗଲେ। ଯୋଉଠି ସୋମେଶ ସୁରଭିର ପ୍ରପୋଜ ଦିନ ନେଇ ଯାଇଥିଲା କିନ୍ତୁ ଏଠି ସେ ମୋତିକୁ କହିଲା ନାହିଁ କାରଣ କାଲେ ସୁରଭି କଥା ଶୁଣିବ ସେ ପୁଣି ଥରେ ରାଗି ଗଲେ ସବୁ ପ୍ଲାନ୍ ପାଣି ଫାଟି ଯିବ, ଦୁହେଁ ଉପରକୁ ଗଲେ ସେତେବେଳେ ସୂର୍ଯ୍ୟ ଦେବତାଙ୍କ କିରଣ ହାଲୁକା ହୋଇ ଆସିଲାଣି। ସେଠି ପହଞ୍ଚିଲା ପରେ, ମୋତି ପ୍ରଶ୍ନ କରିଲା ଆଜି କିଛି ଖାଇବା ପାଇଁ ଆଣିଛ ତ?

ବସନ୍ତ : ନା ନା, ଏବେ ତ ଖାଇ ଆସିଲେ, ଆଉ କ'ଣ ଖାଇବା। ଦୁହେଁ ଦୁଇଟି ପଥର ଉପରେ ବସିଲେ। ସେଠୁ ଛୋଟ ଛୋଟ ଗାଁ ଗୁଡ଼ିକ ବହୁତ୍ ସୁନ୍ଦର ଦେଖା ଯାଉଥିଲା। ମୋତି ସେଠୁ ଗାଁର ଦୃଶ୍ୟ ଦେଖି ବହୁତ୍ ଖୁସି ହେଲା।

ବସନ୍ତ : ଆଖି ବନ୍ଦ କର?

ମୋତି : ପୁଣି କ'ଣ?

ବସନ୍ତ : ଆଖି ବନ୍ଦ କର, ବେଶୀ ପ୍ରଶ୍ନ କରୁଛ? ମୋତି ଆଖି ବନ୍ଦ କରିବା ବାହାନାରେ ଅଳ୍ପ ଅଳ୍ପ ଆଙ୍ଗୁଠି କୋଣରୁ ଦେଖୁଥିଲା।

ବସନ୍ତ : ନା ନା, ବନ୍ଦ ମାନେ! ପୁରାପୁରି ବନ୍ଦ। ତାପରେ ମୋତି ଆଖି ବନ୍ଦ କରି ରହିଲା। ବସନ୍ତ ପୁଣି ଆଖି ଖୋଲିବାକୁ କହିଲା। ମୋତି ଦେଖିଲା ଯେ

ବସନ୍ତ ତା' ଆଗରେ ଆଣ୍ଠୁରେ ଭରା ଦେଇ ଗୋଟିଏ ଗୋଲାପ ଫୁଲକୁ ଧରି ରହିଛି ଏବଂ ମିଠା ସ୍ୱରରେ ମୋତିକୁ କହିଲା, ଆଇ ଲଭ ୟୁ ମୋତି।

ମୋତି : (ବହୁତ୍ ଖୁସି ହୋଇ) ଆଇ ଲଭ୍ ୟୁ ବସନ୍ତ ! ତାପରେ ବସନ୍ତ ପକେଟ୍ ରୁ ଗୋଟିଏ ସୁନା ମୁଦି ବାହାର କରି ମୋତି ଆଗରେ ରଖି କହିଲା, ଉଇଲ୍ ୟୁ ମେରୀ ମି? ମୋତିର ଖୁସି ଆକାଶ ଛୁଇଁବାକୁ ଲାଗିଲା ତା'ପରେ ବସନ୍ତ ମୋତିକୁ ମୁଦିଟିକୁ ପିନ୍ଧେଇଲା। ମୋତି ଏତେ ଖୁସି ହୋଇଗଲା ଯେ ତା' ମୁହଁରୁ କିଛି ଶବ୍ଦ ବାହାରୁ ନଥିଲା। ମୋତି ର ଆଖିରୁ ଖୁସିର ଲୁହ ବାହାରିଗଲା। ବସନ୍ତ ମୋତିକୁ କିସ୍ କରିବାକୁ ଲାଗିଲା। ଦୁହେଁ କିସ୍ କରିବାକୁ ଲାଗିଲେ। କିଛି ସମୟ ପରେ।

ମୋତି : ବସନ୍ତ ! ମୁଁ ଆଜି ବହୁତ୍ ଖୁସି, ମୁଁ କେବେ ଭାବି ନଥିଲି, ମୋ ଜୀବନରେ ମଧ ଏମିତି ଦିନ ଆସିବ। ସତରେ ମୋ ଖୁସିକୁ ମୁଁ ବ୍ୟକ୍ତ କରିପାରୁନି। ମୋତି ପୁଣି ହଗ୍ କରିବାକୁ ଲାଗିଲା। ଦୁହେଁ କିଛି ସମୟ ସେଠି ବସି କଥା ହେଲେ।

ବସନ୍ତ : ମୋ ଚାକିରୀର ପ୍ରଥମ ବେତନ ଆଜି ମିଲିଲା। ମା' ପାଇଁ ଗୋଟିଏ ଶାଢ଼ୀ ଏବଂ ତମ ପାଇଁ ମୁଦି ନେଇ ଆସିଲି। ମୋତି ମୁଦିକୁ ଦେଖି, ଖୁସି ହୋଇ କହିଲା...।

ମୋତି : ସତରେ ମୁଁ ଆଜି ଏତେ ଖୁସି ଯେ କେମିତି ଜଣେଇବି, ଇଚ୍ଛା ହେଉଛି ସାରା ଦୁନିଆକୁ ବୁଲି ବୁଲି କହିବି, ଆଜି ମୋ ସ୍ୱପ୍ନର ରାଜକୁମାର ମୋତେ ମିଲିଯାଇଛି। ସତରେ ସବୁ ଝିଅ ଚାହାନ୍ତି ଯେ ତାଙ୍କୁ କିଏ ଏମିତି ଖୋଲା ଆକାଶ ତଲେ ପ୍ରପୋଜ୍ କରୁ, ଏବଂ ତାହା ମୋର ସତରେ ପରିଣତ ହୋଇଛି। ମୁଁ ବହୁତ୍ ଲକି।

ବସନ୍ତ : ଆରେ ବସ।

ମୋତି : ମୋତେ ଖୁସିରେ ନାଚିବାକୁ ଇଚ୍ଛା ହେଉଛି ।

ବସନ୍ତ : ତାହା ହେଲେ ନାଚ, ମୋତେ ନାଚ ଦେଖ଼ିବା ବହୁତ୍ ପସନ୍ଦ।

ମୋତି ବସନ୍ତକୁ ପିଟିବାକୁ ଲାଗିଲା, ମୋର ମୁଢ଼ କୁ ପୁରା ଅଫ କରିଦେଲା।

ବସନ୍ତ : ଆରେ ନାଚିବ ତ? ଆମେ ଦୁହେଁ ନାଚିବା, କ'ଣ କହୁଛ?

ମୋତି : ତମକୁ ଡ଼ାନ୍ସ ଆସେ?

ବସନ୍ତ : ନା, କିନ୍ତୁ ଚେଷ୍ଟା କରିବି।

ମୋତି : ନା, ନାଚିବା ଦରକାର ନାହିଁ, ତୁମେ ମୋତେ କେବଳ ଗୋଟିଏ ଟାଇଟ୍ ହଗ୍ ଟେ ଦେଇଦିଅ। ମୋର ସବୁ ଖୁସି ୧୦୦ ଗୁଣରେ ପରିଣତ ହୋଇଯିବ।

ତାପରେ ବସନ୍ତ ମୋତିକୁ ଗୋଟିଏ ଟାଇଟ୍ ହଗ୍ କରିଲା। ଦୁହେଁ ଦେଢ଼ ଘଣ୍ଟା କେବଳ କଥା ବାର୍ତ୍ତାରେ ବିତେଇ ଦେଲେ।

ଦୁହେଁ ଫେରିଲେ । ବାଇକ୍ ରେ ବସି କଥା ହେଲେ।

ମୋତି : ମୋତେ ଆଜି ତମ ଘରକୁ ଯିବା ପାଇଁ ଇଚ୍ଛା ହେଲାଣି, ଆଉ ବଡ଼ ମା' ଘରକୁ ଯିବାକୁ ଇଚ୍ଛା ନାହିଁ। ବସନ୍ତ ହସି ହସି, ଆରେ ପ୍ରେମ ଗାଡ଼ି ଆଉ କେତେଦିନ ଚାଲି ବାକୁ ଦିଅ, ଏତେ ଶୀଘ୍ର ଆମ ଘରକୁ ଆସିଗଲେ କେମିତି ହେବ। ବାହାଘର ହୋଇଗଲେ ଭଲ ଲାଗିବନି, ଆଉ କିଛିଦିନ ବୁଲିବାର ମଜା ନିଅ।

ଘରେ ପହଞ୍ଚିଲା ବେଳକୁ ସନ୍ଧ୍ୟା ପାଞ୍ଚଟା ହେଲାଣି। ଘରେ ରମେଶ ବାବୁ ଉପସ୍ଥିତ ଥିଲେ। ମୋତି ଘରକୁ ଯାଉ ନଥାଏ କାଲେ ବଡ ବାପା କିଛି କହିବେ କିନ୍ତୁ ବସନ୍ତ ମଧ ଘରକୁ ଆସିଲା। ରମେଶ ବାବୁ ବସନ୍ତକୁ ଦେଖ଼ି ଖୁସି ହେଲେ। ବସନ୍ତ ଏବଂ ରମେଶ ବାବୁ କିଛି ସମୟ କଥା ହେଲେ।

ରମେଶ ବାବୁ : ମୋତିର ବାପା ଘରକୁ ଆସିଥିଲେ, କ'ଣ କହିଲେ?

ବସନ୍ତ : ହଁ, ସେ ଜାଣିବାକୁ ଚାହୁଁଥିଲେ ମୋର ପସନ୍ଦ ଅଛି କି ନାହିଁ ଏବଂ ଜାତି ପାଇଁ କିଛି ସମସ୍ୟା ହେବ ନା ନାହିଁ ସେ ବିଷୟରେ ପଚାରିଲେ। ମୁଁ ଯେତେବେଳେ କହିଲି ଜାତି ପାଇଁ ମୋର କିଛି ସମସ୍ୟା ନାହିଁ ତାପରେ ସେ ଖୁସି ହୋଇ ଗଲେ ଏବଂ ବାହାଘର ପାଇଁ ରାଜି ହୋଇଗଲେ।

ରମେଶ ବାବୁ : ମୁଁ ଆଜି ସକାଳେ ଜାଣିବାକୁ ପାଇଲି, ଯେ ତମ ସହିତ ମୋତି ର ବାହାଘର ହେଉଛି, ଶୁଣି ଖୁସି ଲାଗିଲା।

ବସନ୍ତ : ମଉସା ମୁଁ ଆସୁଛି ! ଘରେ ମା' ଖୋଜୁଥିବେ।

ରମେଶ ବାବୁ : କୁଆଡେ ଯାଇଥିଲ?

ବସନ୍ତ : ମୋତିର କିଛି କପଡା କିଣିବା ପାଇଁ ବଜାର ଯାଇଥିଲୁ କିନ୍ତୁ ପସନ୍ଦ ଆସିଲାନି ସେଥିପାଇଁ ଆସିଗଲୁ।

ରମେଶ ବାବୁ : ହଉ, ଯାଅ ଘରେ ମା' ଅପେକ୍ଷା କରିଥିବେ।

ଆଳୁ ପରଠା

ପର ଦିନ ଦିନ ୧୦ଟାରେ ମୋତି ପୁଣି ପୋଷ୍ଟ ଅଫିସରେ ପହଞ୍ଚିଲା।
ସେଠି ଦେଖିଲା। ବସନ୍ତ କାନ୍ଧ ଆଡ଼କୁ ମୁହଁ କରି କିଛି ଚିଠି ତା' ଉପରେ ଷ୍ଟାମ୍ପ
ଲଗାଉଥିଲା। ବସନ୍ତ ନିଜ କାମରେ ବ୍ୟସ୍ତ ଥିଲା। ପୋଷ୍ଟ ଅଫିସ୍‌ର ଅନ୍ୟ ଜଣେ
କର୍ମଚାରୀ ମୋତିକୁ ଦେଖି ପଚାରିଲା। ଝିଅ କ'ଣ ହେଲା?

ମୋତି : କିଛି ଅନ୍ତର୍ଦେଶୀୟ ପତ୍ର ଦରକାର?

କର୍ମଚାରୀ : କେତେଟା ଦରକାର?

ମୋତି : ୨ଟି ଦରକାର? ଏହି ଶବ୍ଦ ବସନ୍ତ କାନରେ ପଡ଼ିଲା। ପରେ ସେ
ପଛକୁ ବୁଲି ଦେଖିଲା ବେଳକୁ ମୋତି ଠିଆ ହୋଇଛି। ମୋତି ବସନ୍ତ କୁ ଦେଖି
ମୁରୁକି ହସିଲା। ତାପରେ ମୋତି ପତ୍ରକୁ ନେଇ ବାହାରକୁ ଗଲା। ପଛେ ପଛେ
ବସନ୍ତ ଆସିଲା। ପୋଷ୍ଟ ଅଫିସ୍‌ ଠାରୁ ୧୦ ମିଟର ଆଗରେ।

ବସନ୍ତ : ତୁମେ ଏଠି? ମୁଁ କାଲି ପଚାରିଲି କିନ୍ତୁ ତୁମେ କହିଲ ଯେ, କୁଆଡେ
ଯିବିନି ପୁଣି ଏବେ ଅଫିସ୍‌ ରେ? ଆରେ ମୋତେ କହିଥାନ୍ତ ମୁଁ ଅନ୍ତର୍ଦେଶୀୟ
ପତ୍ର ଆଣି ଦେଇଥାନ୍ତି।

ମୋତି : ଟିକେ ବ୍ରେକ ଦିଅ ! ଏତେ ଶୀଘ୍ର ଶୀଘ୍ର କହୁଛ ଯେ, ବେଳେବେଳେ
ମୁଁ ମଧ୍ୟ ଦ୍ୱନ୍ଦରେ ପଡ଼ିଯାଉଛି। ପ୍ରକୃତରେ ମୁଁ ମୋ ହିରୋକୁ ଦେଖିବାକୁ ଆସିଥିଲି।
ସେ କେମିତି କାମ କରୁଛନ୍ତି।

ବସନ୍ତ : ତମ ଶବ୍ଦ ଶୁଣି ମୁଁ ଖୁସି ହୋଇଗଲି।

ମୋତି : ଖାଲି ଖୁସି ହେଲ?

ବସନ୍ତ : ବହୁତ୍ ଖୁସି ୟାର୍, ଆଉ କ'ଣ କାମ ଥିଲା ନା କେବଳ ମୋତେ ଦେଖିବାକୁ ଆସିଥିଲ?

ମୋତି : ୟେ ତ ମୋର ବଡ କାମ ଏବଂ ସୁରଭି ସାଙ୍ଗରେ କଥା ହେବାକୁ ଇଚ୍ଛା ଥିଲା? କଥା ହୋଇଗଲି। ଗତ କାଲି ବିଷୟରେ ସବୁ କହିଲି। ସେ ମଧ ଖୁସି ହେଲା।

ବସନ୍ତ : ଭଲ କଥା, ଏ ଚିଠି କାହାକୁ ଲେଖିବ?

ମୋତି : ତମକୁ?

ବସନ୍ତ : ମୋତେ, କାହିଁକି?

ମୋତି : ଆରେ କାହାକୁ ନୁହଁ ! କେବଳ ତମକୁ ଦେଖିବାକୁ ଇଚ୍ଛା ଥିଲା, ସେତେବେଳେ ସେ ଲୋକଟି ପଚାରିଲା ତ, ସେଥିପାଇଁ ମୋତେ କିଣିବାକୁ ପଡ଼ିଲା।

ବସନ୍ତ : ଆଉ କ'ଣ କୁହ?

ମୋତି : ହଉ, ତୁମେ କାମ କର, ତମକୁ ଦେଖିବାର ଥିଲା ଦେଖିଲି ଏବେ ମୁଁ ଆସୁଛି। ମୁଁ ଆସି ତମକୁ ଡିଷ୍ଟର୍ବ କରିନି ତ? ତମ କାମ ଅଧାରେ ଛାଡ଼ି ଆସିଛ।

ବସନ୍ତ : ନା, ସେ କାମ ପ୍ରତିଦିନ କରେ, କିଛି ସମୟ ପରେ କରିଲେ ଚଳିବ।

ମୋତି : ତେବେ ମୁଁ ଆସୁଛି।

ବସନ୍ତ : କ'ଣ ୟେ, କଥା ହେବାକୁ ଆସିଛି ଆଉ ତୁମେ ୟେ ଆସୁଛି ଆସୁଛି ଲାଗେଇଛ !

ମୋତି : ହଉ କ'ଣ କୁହ।

ବସନ୍ତ : ଆଜି ତୁମେ ବହୁତ୍ ସୁନ୍ଦର ଲାଗୁଛ ଏବଂ ଗୋଟିଏ କଥା କହିବି?

ମୋତି : କୁହ?

ବସନ୍ତ : ତୁମେ ଏମିତି ବାହାରେ ବୁଲାବୁଲି କର ନାହିଁ? କଲ୍ଯ ପଡ଼ିଯିବ ଏବଂ ଅନ୍ୟ କୋଉ ପୁଅ ମୋ ମୋତି କୁ ଦେଖ୍ ପସନ୍ଦ କରି ନେବ ଯଦି?

ମୋତି : ମୁଁ ଜାଣିଛି, ତମ ମୋତିକୁ ଯଦି କିଏ ଦେଖିବ ତେବେ ତାର ବେଳା ଖରାପ ଥିବ।

ବସନ୍ତ : ମାନେ, ମୁଁ କ'ଣ ଏତେ ଖରାପ?

ମୋତି : ନା ନା, ତମ ସାଙ୍ଗ ଠାରୁ ଶୁଣିଛି? ଯେ ତୁମେ ତମ ସାଙ୍ଗର ବଡିଗାର୍ଡ ଥିଲ! (ବସନ୍ତ ଅଳ୍ପ ହସରେ)

ବସନ୍ତ : ମୁଁ ଏତେ ଖରାପ ନୁହଁ?

ମୋତି : ମୁଁ ଜାଣିଛି, ମୋ ହିରୋ ବହୁତ୍ ଭଲ। ଏବେ ମୁଁ ଆସୁଛି। କହି ସାଇକେଲ ଉପରେ ବସିଲା, ହଠାତ୍ ମୋତି ର ମନେ ପଡ଼ିଗଲା।

ମୋତି : ହେତ୍ ମୁଁ ବାରମ୍ବାର ଭୁଲିଯାଉଛି, ତମ ପାଇଁ କିଛି ଆଣିଛି। ସଙ୍ଗେ ସଙ୍ଗେ ବ୍ୟାଗ୍ ରୁ ଗୋଟିଏ ଟିଫିନ୍ ବାହାର କରି ବସନ୍ତ ହାତରେ ଦେଲା ଏବଂ କହିବାକୁ ଲାଗିଲା। ଶୀଘ୍ର ଖାଇନେବ ଥଣ୍ଡା ହୋଇଗଲେ ଭଲ ଲାଗିବନି। କହି ଚାଲିଗଲା। ବସନ୍ତ ସେଠି ଟିଫିନ୍ ଖୋଲି ଦେଖିଲା ସେଥିରେ ଆଳୁ ପରଟା ଥିଲା। ବସନ୍ତ ଖୁସିରେ ପୋଷ୍ଟ ଅଫିସ ଭିତରକୁ ଆସିଲା।

(ଅଫିସ୍ ଭିତରେ)

ବଡ କର୍ମଚାରୀ : କ'ଣ ବସନ୍ତ? ଝିଅଟି ବହୁତ୍ ସୁନ୍ଦର, କ'ଣ ହେବ ତୋର?

ବସନ୍ତ : ହଁ, ସାର୍ , ବହୁତ୍ ଶୀଘ୍ର ମୋ ଘରଣୀ ହେବାକୁ ଯାଉଛି।

ବଡ କର୍ମଚାରୀ : ବାଃ ଭଲ କଥା? ଆପଣଙ୍କ ଘରଣୀଙ୍କୁ ପ୍ରଥମ ଥର ଦେଖିଲି, କୋଉ ଗାଁର?

ବସନ୍ତ : ସେ ସହର ରେ ରୁହନ୍ତି। ରମେଶ ବାବୁଙ୍କ ସମ୍ପର୍କୀୟା ହେବେ।

ବଡ କର୍ମଚାରୀ : ତେବେ କ'ଣ ନେଇ ଆସିଥିଲେ।

ବସନ୍ତ : ପରଟା ଆଣିଦେଇଥିଲେ।

ହଉ ଠିକ୍ ଅଛି, ପରଠା ଏକା ଖାଇବ ନାହିଁ। ଆମକୁ ମଧ ଦେବ, କହି ସେ ଅଫିସର୍ ବାହାରିଗଲେ ଅନ୍ୟ କାମରେ। ତା'ପରେ ବାକି କର୍ମଚାରୀ ବସନ୍ତକୁ ଅଭିନନ୍ଦନ ଜଣାଇଲେ।

ମୁଣ୍ଡ ଦୋଷ

ଦୁଇ ଦିନ ପରେ ମୋତି ପୁଣିଥରେ ୧୦ଟା ପୂର୍ବରୁ ବସନ୍ତର ଗ୍ରାମ ଆଡ଼କୁ ସାଇକେଲ ନେଇ ଚାଲିଲା। ଠିକ୍ ପୂର୍ବ ଭଳି ରାସ୍ତାରେ ମୋତି ଅପେକ୍ଷା କରିଥିଲା। ବସନ୍ତ ମୋତି କୁ ଦେଖ୍ ବାଇକ୍ ରଖ୍ ପଚାରିଲା, ବାଃ ମୋତି ଆଜି ପୁଣି ଥରେ?

ମୋତି : ରାଗରେ, ତମେ ହେଉଛ ଏକ ନମ୍ବର ସ୍ୱାର୍ଥପର ମଣିଷ। ମୁଁ ଭାବିଲି ତମେ କାଲି ଘର ଆଡେ ଆସିବ କିନ୍ତୁ ତମର ଦେଖା ନାହିଁ। ଆଜି ମୁଁ ସିଧା ତମ ଘରକୁ ଯିବି ଆଉ ସେଠୀ ରହିଯିବି। ତା'ପରେ ତମକୁ ଆଉ ଖୋଜିବାକୁ ପଡ଼ିବ ନାହିଁ। ସକାଳେ ସନ୍ଧ୍ୟା ତମକୁ ଦେଖ୍ ପାରିବି ତ?

ବସନ୍ତ : ନା ସେମିତି କିଛି ନାହିଁ? ମାସ ଆରମ୍ଭରେ କିଛି କାମ ଅଧିକା କରିବାକୁ ପଡେ।

ମୋତି : ତେବେ ତମେ ଏବେ ଅଫିସ୍ ଯିବ?

ବସନ୍ତ : ଟିକେ ଭାବି? ଅଫିସ୍ ତ ଯାହା ହେଲେ ଯିବାକୁ ପଡ଼ିବ।

ମୋତି : ହଉ ତମେ ଯାଅ, ମୁଁ ସିଧା ମା ପାଖକୁ ଯାଉଛି।

ବସନ୍ତ : ତମ ପାଇଁ ଆଜି କିଛି ସରପ୍ରାଇଜ୍ ଥିଲା କିନ୍ତୁ ମୋତେ ଯଦି ସମୟ ଦେବ ତେବେ ଆଜିର କାମଟି ମୋର ଭଲରେ ହୋଇଯିବ।

ମୋତି : କ'ଣ କରିବି?

ବସନ୍ତ : ତମକୁ , ୧୦-୨୦ ମିନିଟ୍ ଅପେକ୍ଷା କରିବାକୁ ପଡ଼ିବ।

ମୋତି : ନା, ଏତେ ସମୟ ଅପେକ୍ଷା କରିପାରିବି ନାହିଁ।

ବସନ୍ତ : ପ୍ଲିଜ୍ ପ୍ଲିଜ୍, ମୋ କଥା ରଖ?

ମୋତି : ମାତ୍ର ମୁଁ ଏବେ ବଡ ମା ଘରକୁ ଯିବି ନାହିଁ? ମୁଁ ବୁଲିବାକୁ ଆସିଛି।

ବସନ୍ତ : ହଉ ମୋ କଥା ଶୁଣ?

ମୋତି : କୁହ?

ବସନ୍ତ : ମୋ ସାଙ୍ଗ ଜିତୁର ଘର ଏଇ ପାଖରେ। ତା'ର ଘରେ ତମେ ୧୦ ମିନିଟ୍ ଅପେକ୍ଷା କରିବା। ମୁଁ ଅଫିସ୍ ଯାଇ ତୁରନ୍ତ ଆସିବି ଏବଂ ତା'ପରେ ଆମେ ମିଶି ବଜାର ଯିବା।

ମୋତି : ଅଫିସ୍ ଯିବ, ତୁରନ୍ତ ଆସିବ, ୧୦ ମିନିଟ୍ କ'ଣ ପାଇଁ? ୫ ମିନିଟ୍ ରେ ଆସିବ। ଆଉ ମୁଁ ବଜାର କାହିଁକି ଯିବି, ମୁଁ ତମ ଘରକୁ ଯିବି।

ବସନ୍ତ : ଯଦି ବଜାର ଯିବ ନାହିଁ, ତେବେ ତମକୁ ୨୦-୪୦ ମିନିଟ୍ ଅପେକ୍ଷା କରିବାକୁ ପଡ଼ିବ।

ମୋତି : ନା ନା, ମୁଁ ତମ ସାଙ୍ଗରେ ବଜାର ଯିବି। ତମେ ଶୀଘ୍ର ଆସ। ତାପରେ ଦୁହେଁ ଜିତୁ ଘରକୁ ଗଲେ। ସେଠୀ ଜିତୁ ଏବଂ ତାଙ୍କ ମା' ମନ୍ଦିର ଯାଇଥିଲେ। କେବଳ ଜିତୁର ଭଉଣୀ ଟୀନା ଥାଏ।

ବସନ୍ତ ତାକୁ ମଜାରେ ଟିଣ ବୋଲି ଡାକେ। ଟୀନା ବସନ୍ତ ଏବଂ ମୋତିକୁ ଦେଖି ରାଗରେ ପଚାରିଲା, କଣ ଆଉ କୁଆଡ଼େ?

ବସନ୍ତ : ଏ ଟିଣ, କୁଣିଆକୁ ଏମିତି କ'ଣ ବ୍ୟବହାର କରୁଛୁ? (ମୋତି ବସନ୍ତକୁ ରାଗରେ ଚାହିଁ ରହିଲା) ବସନ୍ତ ମୋତିକୁ ଲୁଚେଇକି ଇସାରାରେ

କହିଲା ଏ ଟୀନା ହେଉଛି ଗୋଟେ ମେଣ୍ଢାଲ ଏବଂ ବସନ୍ତ ମୋତିକୁ ଇଶାରା କରୁଥିବା ସମୟରେ ଟୀନା ଦେଖିଦେଲା। ଟୀନା ଆସି ବସନ୍ତର ଚୁଟିକୁ ଜୋର୍ ରେ ଧରି କହିଲା କ'ଣ କହିଲୁ ମୁଁ ମେଣ୍ଢାଲ୍।

ବସନ୍ତ : ଆବେ ଛାଡ଼ ମୋତେ, ତୁ ମେଣ୍ଢାଲ ନୁହଁ ତ ଆଉ କ'ଣ, ଆରେ ସବୁବେଳେ ତୋର ପିଲାଳିଆ ବୁଦ୍ଧି ଗଲା ନାହିଁ। ଟୀନା ଟିକେ ଦୁଃଖରେ ରହିଲା।

ବସନ୍ତ : ଏ ତୁ ନାଟକ କରେ ନାହିଁ। ଶୁଣ ମୋର ଅଳ୍ପ କାମ ଅଛି ମୁଁ ଅଫିସ୍ ଯାଇ ଆସୁଛି ଏବଂ ତମେ ଦୁଇ ଜଣ କଥା ହେଉଥାଅ। ଏତିକି କହି ବସନ୍ତ ଚାଲିଗଲା। ଟୀନାର ଏମିତି ବ୍ୟବହାର ଯୋଗୁ ମୋତିର ରାଗ ପ୍ରଚଣ୍ଡ।

ଟୀନା : ତମ ନାଁ କ'ଣ? ଉତ୍ତର ରେ କହିଲା "ମୋତି.."

ଟୀନା : ଏତେ ଫୁଲେଇ ହୋଇ କ'ଣ ପାଇଁ କହୁଛ? ମୋତିର ରାଗ ବଢ଼ିବାକୁ ଲାଗିଥିଲା। ତାକୁ ଇଚ୍ଛା ହେଉଥିଲା ଟିଣ କୁ ଦୁଇ ଚାପୁଡ଼ା ଦେବା ପାଇଁ କିନ୍ତୁ ସେ ଶାନ୍ତ ରହିଗଲା। ଟୀନା ପାଣି ଗ୍ଲାସ୍ ନେଇ ଆସିଲା ଏବଂ ଦେବା ସମୟରେ ପଚାରିଲା ତମେ ବସନ୍ତ ର କଣ ହେବ?

ମୋତି : (ଗାଢ଼ କଣ୍ଠରେ) ମୁଁ ତାଙ୍କ ସ୍ତ୍ରୀ ହେବି। ଏତିକି ଶୁଣି ଟୀନା ପାଣି ଗ୍ଲାସ୍ ନ ଦେଇ ଫେରେଇ ଆଣିଲା। ମୋତି ଆଉ ରହି ପାରିଲା ନାହିଁ।

ମୋତି : (ରାଗରେ) ଏମିତି ଗର୍ବ ଝିଅ, ପ୍ରଥମ ଥର ଦେଖିଲି। ଏତିକି କହି ସେ ସେଠୁ ବାହାରି ଯିବାକୁ ବାହାରିଲା। ମୋତି ବାହାରି ଯିବାର ଦେଖି ଟୀନା ପଛେ ପଛେ ଆସିଲା ଏବଂ ହାତକୁ ଧରି କହିଲା ତମେ କୁଆଡେ ଯିବ ନାହିଁ ବସନ୍ତ ଆସିଲେ ଯିବ।

ମୋତି : (ରାଗରେ) କ'ଣ ଭାବୁଛ ନିଜକୁ?

ଟୀନା : ହଉ ତମେ ମୋ ଭାଉଜ ହେବ ନା? ହଉ ଭାଉଜ "ସରି" ମୋର ଭୁଲ ହୋଇଗଲା। ବସନ୍ତ ଭାଇକୁ କହିବନି ସେ ମା'କୁ କହିଦେବ ଏବଂ ମା' ମୋ

ଉପରେ ରାଗିବେ। ଘରକୁ ଆସ ପ୍ଲିଜ୍, ଯଦି ରାଗରେ ମୋତେ ମାରିବାକୁ ଅବା ପିଟିବାକୁ ଇଚ୍ଛା ହେଉଛି ତେବେ ମାରି ପାର।

ମୋତି : ନା ମୁଁ ଏଠି ରହିବିନି, ଭୁଲ୍ ହେଇଗଲା ତମ ଘରକୁ ଆସି, ମୋର ଇଚ୍ଛା ନଥିଲା କେବଳ ବସନ୍ତର ଅନୁରୋଧରେ ଆସିଥିଲି।

ଟୀନା : ଭାଉଜ ପ୍ଲିଜ୍ ପ୍ଲିଜ୍, ମୁଁ "ସରି" ମାଗିଲି ନା? ସାନ ଭଉଣୀ ଭାବି ମୋତେ କ୍ଷମା କରିଦିଅ ପ୍ଲିଜ୍? ମୋତି ଟୀନାର କଥା ରଖି ଘରକୁ ଆସିଲା ଏବଂ ଚେୟାର ଉପରେ ଚୁପ୍ ଚାପ୍ ବସି ରହିଲା। ଟୀନା ପୁଣି ଥରେ ପାଣି ନେଇ ଆସିଲା।

ମୋତି : ନା ମୋତେ ଶୋଷ ନାହିଁ।

ଟୀନା : ଭାଉଜ ପ୍ଲିଜ୍ ରାଗ ନାହିଁ। ଏଇଟା ଗୋଟେ ମଜା ଥିଲା ଭାବି ଭୁଲିଯାଅ। ଏତିକି ବେଳେ ବସନ୍ତ ଆସି ପହଞ୍ଚିଲା। ବସନ୍ତକୁ ଦେଖି ମୋତି ଉଠି ସିଧା ବାରଣ୍ଡାରେ ପହଞ୍ଚିଲା।

ମୋତି : ଚାଲ, ଯିବା?

ବସନ୍ତ : କ'ଣ ହେଲା?

ମୋତି : କିଛି ନାହିଁ, ଚାଲ ଯିବା?

ବସନ୍ତ : ଏ ଟିଣ? ତୁ ମୋତିକୁ କ'ଣ କହିଲୁ।

ଟୀନା : (ଦୁଇ କାନକୁ ଧରି) ମୋର ଅଞ୍ଚ ଭୁଲ ହୋଇଗଲା, ମୁଁ ଭାଉଜଙ୍କୁ "ସରି" ମାରି ସାରିଲିଣି କିନ୍ତୁ ତାଙ୍କ ରାଗ ଶାନ୍ତ ହେଉନି। ବସନ୍ତ ଟୀନା ପାଖକୁ ଯାଇ ଟୀନାର କାନକୁ ମୋଡ଼ି, କହିଲା ତୋ କଥା ମୁଁ ପରେ ବୁଝିବି, ଏବେ ମୁଁ ବ୍ୟସ୍ତ ଅଛି, ମୁଁ ଆସୁଛି କହି ଦୁହେଁ ସେଠୁ ବାହାରି ବାକୁ ଲାଗିଲେ।

ମୋତିର ସାଇକେଲକୁ ସେଠୀ ରଖିବାକୁ ଗଲା ବେଳେ ମୋତି କହିଲା ଏଠି ସାଇକେଲ ରଖ ନାହିଁ।

ବସନ୍ତ : ଚିନ୍ତା କରନି, ଜିତୁ ଆସିଯ଼ିବ। ଏ ଟିଣ ସାଇକେଲକୁ କିଛି କରିବ ନାହିଁ। ତାପରେ ଦୁହେଁ ବଜାର ଅଭିମୁଖେ ଚାଲିଲେ। ରାସ୍ତାରେ ମୋତି ବସନ୍ତକୁ ସବୁ କଥା କହିଲା। ବସନ୍ତ ଏକଥା ଶୁଣି ହସି କହିଲା "ସରି" ଡାର୍ଲିଙ୍ଗ ତମେ ରାଗ ନାହିଁ, ମୋର ଭୁଲ ଥିଲା ତମକୁ ସେଠୀ ଛାଡ଼ି ଆସିଥିଲି; ପ୍ରକୃତରେ ଟିନାର ମୋର ଗୋଟିଏ କ୍ଲାସମେଟ। ପିଲା ଦିନୁ ସେ ମୋତେ ପସନ୍ଦ କରି ଆସୁଛି ବର୍ଷେ ତଳେ ତା'ର ପ୍ରସ୍ତାବ ଆସିଥିଲା। ସେ ସିଧା ସିଧା ମନା କରିଦେଲା ଏବଂ ସେ ମୋତେ ବାହା ହେବାକୁ କହିଲା କିନ୍ତୁ ଜିତୁର ବାପା ଜଣେ ରାଜନେତା। ସେ ଚାହୁନାହାଁନ୍ତି କି ତାଙ୍କ ଝିଅର ବାହାଘର ମୋ ସହିତ ହେଉ। କାରଣ ତାଙ୍କ ଜାତି ଏବଂ ତମ ଜାତି ସମାନ। ତମ ବାପା ତ ମାନିଗଲେ କିନ୍ତୁ ତା' ବାପା ମାନିଲେ ନାହିଁ।

ମୋତି : ତେବେ ତମର ଇଚ୍ଛା ଥିଲା ନା ?

ବସନ୍ତ : ଆରେ, ତାକୁ ମୁଁ ପସନ୍ଦ କରେ ନାହିଁ ଏବଂ ତାର ଅଳ୍ପ ମୁଣ୍ଡ ଦୋଷ ଅଛି, ତା'ର ମସ୍ତିଷ୍କରେ କୋଉ ଶିରାରେ ରକ୍ତ ସଞ୍ଚାଳନ ହୁଏ ନାହିଁ। ବେଲେବେଲେ ସେ ମେଡିକାଲ୍ ଯାଏ ଚେକ୍ ଅପ୍ କରିବା ପାଇଁ ଏବଂ ଘରେ ପାଗଳ ଭଳି ବ୍ୟବହାର କରେ। ଏତିକି ଶୁଣି ମୋତି ଏକ ଲମ୍ବା ନିଃଶ୍ୱାସ ନେଲା ଏବଂ କହିଲା "ସରି" ମୁଁ ମଧ ତମ ବିଷୟରେ କେତେ କ'ଣ ଖରାପ ଭାବିଦେଇଥିଲି। ହଉ ଛାଡ଼ ସେ କଥା। ବଜାରରୁ କ'ଣ ଆଣିବ କୁହ?

ବସନ୍ତ : ମୁଡ଼ ପୁରା ଠିକ୍ ହେଲା ନା ଆଉ କିଛି ବାକି ଅଛି ।

ମୋତି : ମୁଁ ପୁରା ଓକେ।

ବସନ୍ତ : ଆଜି ମା' ଯାଉଛନ୍ତି, ତାଙ୍କ ମା'କୁ ଦେଖିବାକୁ ମାନେ ମୋ ମାମୁ ଘରକୁ। ମୋ ଆଇଙ୍କ ଇଚ୍ଛା ଥିଲା ମୁଁ ଯେବେ ଚାକିରି କରେ ସେତେବେଲେ ତା' ପାଇଁ ଭଲ ଲୁଗାଟିଏ ଆଣି ଦେବାକୁ କହିଥିଲା। ମା' ଆଉ ଗୋଟିଏ କଥା କହିଛନ୍ତି ଯେ ମୋତିକୁ ନେଇ ଆସିବୁ ମୁଁ ତାକୁ ଭଲ କରି ଦେଖିବି ଏବଂ ତା'ପରେ ତୋ ମାମୁ ଘରକୁ ଯିବି। ମୁଁ ବଜାର ଯାଇ ଲୁଗା ଆଣିଥାନ୍ତି ତା'ପରେ ତମକୁ ଆଣିବାକୁ ଯାଇଥାନ୍ତି କିନ୍ତୁ ଭଲ ହେଲା ତମେ ଆଗରୁ ଦେଖା ହୋଇଗଲ।

ମୋତି : ବଡ ମା'ଙ୍କୁ କହିବାକୁ ପଡ଼ିବ ନା?

ବସନ୍ତ : ମୁଁ ତମ ବଡ ମା'କୁ ମଧ୍ୟ ଖବର ଦେଇ ଦେଇଛି। ତା'ପରେ ଦୁହେଁ ବଜାର ଗଲେ। ଆଇ ପାଇଁ ଭଲ ଲୁଗାଟିଏ ବାଛି ଆଣିଲେ ।

ଫୁଲ ବଗିଚା

ଘରେ ପହଞ୍ଚିଲା ପରେ ମୋତି ମା'କୁ ମୁଣ୍ଡିଆ ମାରିଲା। ମା' ମୋତିକୁ ଦେଖ୍ ବହୁତ୍ ଖୁସି ହେଲେ।

ମା' : ତୁ କେବେ ମୋ ଘରକୁ ଆସିବୁ କହ?

ମୋତି : ମା', ବହୁତ୍ ଶୀଘ୍ର ଆସିବି।

ମା' : ଶୁଣେ ମୋତି, ଏଇଟା ତୋର ଘର!! କୋଉଠି କ'ଣ ଅଛି, ଭଲ କରି ଦେଖ୍‍ନେ?

ମୋତି : ମା' ମୁଁ କ'ଣ ଦେଖ୍‍ବି ଯେ? ମୋର କାମ ରୋଷେଇ କରିବା ଏବଂ ତୁମ ସେବା କରିବା। ବାକି କିଛି ନ ଜାଣି ପାରିଲେ ତୁମକୁ ପଚାରିବି।

ମା' : ଶୁଣ, ମୁଁ ଏବେ ମୋ ମା' ମାନେ ବସନ୍ତର ଆଈକୁ ଦେଖ୍‍ବାକୁ ଯାଉଛି, ରୋଷେଇ ସରିଛି। ସମୟରେ ଦୁହେଁ ଖାଇ ନେବ।

ବସନ୍ତ : ମା ! ତୋତେ ରାକେଶ ନେଇକି ଛାଡ଼ିଦେବ।

ମା' : ମୋ ପୁଅ ତ ବହୁତ ଚାଲାକ୍, ହଉ ଠିକ୍ ଅଛି ମୁଁ ଚାଲିଯିବି ତୁମେ ଦୁଇଜଣ ବସି କଥା ହୁଅ (ରାକେଶ ବସନ୍ତର ପଡ଼ିଶାଘର ସାଙ୍ଗ) ଠିକ୍ ସେତିକିବେଳେ ରାକେଶ ଆସି ପହଁଚିଲା ଏବଂ ମା'କୁ ନେଇ ମାମୁଁ ଘର ଚାଲି ଗଲେ।

ମୋତି : (ମୁରୁକି ହସି) ଆଜି କ'ଣ ପ୍ଲାନିଂ ବନେଇ ରଖ୍‍ଛ।

ବସନ୍ତ : ଆଜି ତମର ସବୁ ଆଶା ପୂରଣ କରିଦେବି ଆଉ କିଛି ଯଦି ଆଶା ରଖିଛ ସେ ଗୁଡ଼ାକ ମଧ ପୂରଣ ହୋଇଯିବ। ମୋତି ଆଶ୍ଚର୍ଯ୍ୟ ରେ ଚାହିଁ ରହିଲା।

ବସନ୍ତ : ଆରେ ବଡ଼ ବଡ଼ ଆଖିରେ କ'ଣ ଚାହିଁକି ରହିଛ, ଚିନ୍ତା କରନି ମୁଁ କିଛି କରିବିନି। ମୋତି ଲମ୍ବା ନିଃଶ୍ୱାସ ନେଲା।

ବସନ୍ତ : ଆଜି ତମକୁ କିଛି ସ୍ପେଶଲ୍ ଦେଖେଇବି। ଦୁହେଁ ବସନ୍ତର ପଢ଼ା ଘରକୁ ଚାଲିଲେ।

ମୋତି : ହେଇ ଦେଖ କିଛି ଭୁଲ କାମ କରିବନି ତ? ଯଦି କରିବ ବହୁତ୍ ଜୋରରେ ପାଟି କରିବି।

ବସନ୍ତ : ଆଚ୍ଛା, ସେଦିନ ତ, ପ୍ରେମ ଉଛୁଳି ପଡ଼ୁଥିଲା, ଆଜି ଏତେ କାହିଁ ଡର ମାଡ଼ୁଛି?

ମୋତି : ଡର ନାହିଁ ଯେ, ସେମିତି କାମ ବାହାଘର ପରେ କରିବା ଉଚିତ୍।

ବସନ୍ତ : ଏ ପାଗଳୀ, ତୁମେ ବେଶୀ ଭାବି ଦେଉଛ (ବସନ୍ତ ମୋତିର ନାକକୁ ଚିମୁଡ଼ି କହିଲା) ମୁଁ ଜାଣେ କୋଉଟା ଉଚିତ୍ କୋଉଟା ଅନୁଚିତ୍।

ବସନ୍ତ : ଏଠି ବସ (ବସନ୍ତ ଗୋଟିଏ ଛୋଟ ଡାଏରୀ ମୋତି ହାତରେ ଦେଲା)।

ବସନ୍ତ : ଏହି ଡାଏରୀ ରେ କିଛି ସ୍ପେଶିଆଲ୍ ଅଛି, ଘରକୁ ଗଲେ ପଢ଼ିବ କିନ୍ତୁ ଏବେ ମୋ ଆଗରେ ପଢ଼ିବନି ଏବଂ ଏବେ ମୋ ସାଙ୍ଗରେ ଚାଲ। ଦୁହେଁ ଫୁଲ ବଗିଚାରେ ପହଞ୍ଚିଲେ।

ମୋତି : ଜାଣିଛ? ମୁଁ ଏଠ ଆସିଲେ ନା, ସବୁ କିଛି ଭୁଲିଯାଏ ଏବଂ ବହୁତ ଖୁସି ଲାଗେ ମୋର ଇଚ୍ଛା ଯେ ସବୁ ସମୟ ଏହି ବଗିଚାରେ ରହିବାକୁ (ସେତେବେଳେ ବସନ୍ତ ଗୋଟିଏ ଫୁଲ ତୋଲି ଆଣି ମୋତି ଆଗରେ ଆଣ୍ଠୁ

ଭରା ଦେଇ ମୋତି ଆଗରେ ରହି କହିଲା (ଆଇ ଲଭ୍ ୟୁ ମୋତି) ମୋତି ଖୁସିରେ ବସନ୍ତକୁ ଉଠେଇ ଛାତିରେ ମୁଣ୍ଡ ରଖି କହିଲା (ଆଇ ଲଭ୍ ୟୁ ମାଇଁ ସୁପର୍ ହିରୋ) ସତରେ ତୁମେ ବହୁତ୍ ଭଲ, ମୁଁ ବେଳେବେଳେ ଏଣେ ତେଣେ ଭାବି ଦିଏ। ବସନ୍ତ ମଧ ନିଜ ଅନୁଭବକୁ ମୋତି ସହିତ ଶେୟାର କରିଲା। ଦୁହେଁ କିଛି ସମୟ ବଗିଚାରେ ବୁଲିଲେ।

ବସନ୍ତ : ଆଜି ତୁମେ ଯେତେ ସମୟ ଚାହୁଁଛ ସେତେ ସମୟ ଏଠି ବସି ପାରିବ କାରଣ ମା' ନାହାନ୍ତି।

ମୋତି : ତୁମେ କହିଲ ନା? ମୋର ସବୁ ଇଚ୍ଛା ପୂରଣ କରିବ! ତେବେ ମୋର ଇଚ୍ଛା ଯେ, ମୁଁ ତମ ସାଙ୍ଗରେ ଏଠି ତମ ଛାତିରେ ମୁଣ୍ଡ ରଖି ଶୋଇବି।

ବସନ୍ତ : ତୁମେ କ'ଣ କହୁଛ, ଜାଣିପାରୁଛ ତ?

ମୋତି : ମୋର ଇଚ୍ଛା ଅଛି, ପୂରଣ କରିବା ଦାୟିତ୍ଵ ତୁମର, ତୁମର ଯଦି ଇଚ୍ଛା ନାହିଁ ତେବେ ନୋ ପ୍ରୋବ୍ଲେମ୍ !

ବସନ୍ତ : ମୁଁ କହିବାର କାରଣ, କିଏ କାଲେ ଦେଖିବ?

ମୋତି : ହଉ ତେବେ ଚାଲ, ମୋର ଆଉ କିଛି ଇଚ୍ଛା ନାହିଁ।

ବସନ୍ତ : ଇମୋସନାଲ୍ ବ୍ଲାକ ମେଲ୍ କରୁଛ ନା? ଓକେ ମୁଁ କହିଛି ମାନେ, ପୁରା କରିବି। ତା'ପରେ ବସନ୍ତ ଘରକୁ ଦଉଡ଼ି ଗଲା ଏବଂ ଗୋଟିଏ ବିଛଣା ନେଇ ଆସିଲା। ଏହା ଦେଖି ମୋତି କହିଲା ସତରେ କ'ଣ ଏଠି ଶୋଇବା?

ବସନ୍ତ : ହଁ, ତମର ଇଚ୍ଛାକୁ ପୂରଣ କରିବା ମୋର କର୍ତ୍ତବ୍ୟ।

ମୋତି : ଆରେ ବାବା, ମୁଁ ତ ଚେକ୍ କରୁଥିଲି। ତୁମେ ତ ପୁରା ରାଜା ହରିଶ୍ଚନ୍ଦ୍ର! ସତରେ ମୋ ହିରୋ ବହୁତ୍ ଭଲା।

ବସନ୍ତ : ଆଣିଛି ଯେତେବେଳେ କିଛି ସମୟ ବସିବା ତା'ପରେ ଯିବା।

ଦୁହେଁ ବହୁତ ସମୟ ସେଠି ବସିଲେ, ଦେଖୁ ଦେଖୁ ୨ ଘଣ୍ଟା ସମୟ ବଗିଚାରେ କେମିତି ବିତିଗଲା ଜଣା ପଡିଲା ନାହିଁ।

ବସନ୍ତ : ଆଉ କ'ଣ ଇଚ୍ଛା ଅଛି କୁହ?

ମୋତି : ନା, ମୋର ଇଚ୍ଛା ଯେ ସବୁ ସମୟ ତମ ସାଙ୍ଗରେ ରହିବାକୁ। ଆଉ ଗୋଟିଏ କଥା କହିବି?

ବସନ୍ତ : କୁହ?

ମୋତି : ମୋର ବାହା ହେବାକୁ ଇଚ୍ଛା ହେଲାଣି!

ବସନ୍ତ : ବାଃ, ଏଇ କଥାଟା, ମୁଁ ତମ ମୁହଁରୁ ଶୁଣିବାକୁ ଚାହୁଁଥିଲି। ଠିକ୍ ଅଛି ତୁମେ କୁହ କେବେ କରିବା?

ମୋତି : ମୁଁ ଯଦି କହିବି ଆଜି କରିବା ତେବେ କରିବ ନା?

ବସନ୍ତ : ହଁ ନିଶ୍ଚୟ, କାହିଁକି ନୁହେଁ, କମ୍ ଖର୍ଚ୍ଚରେ ସବୁ ହୋଇଯିବ! ମନ୍ଦିର ଯିବା, ଫୁଲ ମାଳ ପକେଇଲେ ବାହାଘର ଶେଷ!

ମୋତି : ନା ନା, ମୁଁ ଚାହେଁ, ପରମ୍ପରା ଅନୁସାରେ ବାହା ହେବା ଉଚିତ୍।

ବସନ୍ତ : ତେବେ, ଆଉ ବର୍ଷକ ପରେ କରିଲେ ଚଳିବ?

ମୋତି : ବର୍ଷେ! ବହୁତ୍ ଦିନ ହୋଇଯିବ, ୬ ମାସ ଭିତରେ ଯଦି ହେବ, ଭଲ ହୁଅନ୍ତା, ଆଉ ତମକୁ ଛାଡ଼ି ରହି ହେଉନି।

ବସନ୍ତ : ହଉ ଠିକ୍ ଅଛି, ୩ ମାସ ପରେ ନିର୍ବନ୍ଧ କରିଦେବା ଆଉ ୩ ମାସ ପରେ ବାହାଘର ହୋଇଯିବା।

ମୋତି : ହଁ ଯେ, ମୁଁ ଏତେ ଦିନ କୋଉଠି ରହିବି?

ବସନ୍ତ : ଗୋଟିଏ କାମ କର, ତୁମେ ଆମ ଗାଁ ରେ ଗୋଟିଏ ଘର ଭଡ଼ା ନେଇଯାଅ, ସବୁ ଦିନେ ଦେଖୁଥିବ, ଠିକ୍ କହିଲି ନା? (ଦୁହେଁ ହସିଲେ)

ମୋତି : କିଛି ଆଇଡିଆ ଦିଅ ନା? ଆଉ କିଛିଦିନ ପରେ ବାପା ଆସି ନେଇଯିବେ।

ବସନ୍ତ : ଆଇଡିଆ କ'ଣ ଦେବି? ତୁମେ ଆଉ କିଛି ଦିନ କହି ରହିଯାଅ।

ମୋତି : କେତେ ଦିନ ରହିବି, ବେଶୀ ହେଲେ ମାସେ ରହିବି, ଆଉ ତା'ପରେ?

ବସନ୍ତ : ହଉ ମାସେ ରୁହ... ତା'ପରେ ଦେଖିବା। ଦୁହେଁ ଘର ଭିତରକୁ ଆସିଲେ। ଘରକୁ ଆସି ଦୁହେଁ ଖାଇଲେ। ଖାଇବା ପରେ ବସନ୍ତ କହିଲା। ଚାଲ ଶୋଇବା! ମୋତି ବଡ ବଡ ଆଖିରେ, କ'ଣ କହିଲ?

ବସନ୍ତ : ଆରେ ମୋର କହିବାର ମାନେ ତୁମେ ଅଲଗା ଶୋଇବ, ମୁଁ ଅଲଗା ଶୋଇବି।

ମୋତି : ଆଛା, ହଉ ଶୋଇବା ନା? ମାତ୍ର କେବଳ ମୁଁ ଶୋଇବି ତୁମେ ନୁହେଁ!

ବସନ୍ତ : କେମିତି?

ମୋତି : ମୁଁ ତମ ଗୋଡ଼ରେ ଶୋଇବି ଏବଂ ମୋତେ ତୁମେ ଗପ କହି ଶୁଣେଇବ କିନ୍ତୁ କିଛି ଦୁଷ୍ଟାମୀ ନାହିଁ।

ବସନ୍ତ : ଠିକ୍ ଅଛି! ଦୁହେଁ ବସନ୍ତର ପଢା ଘରକୁ ଗଲେ। ସେଠି ବସନ୍ତ ବସିଲା ଏବଂ ମୋତି ବସନ୍ତର ଗୋଡ଼ରେ ମୁଣ୍ଡ ରଖି କହିଲା ଆଉ ଗୋଟିଏ ଇଚ୍ଛା ଅଛି କହିବି।

ବସନ୍ତ : କୁହ?

ମୋତି : ମୁଁ, ଏମିତି ଅବସ୍ଥାରେ ରହି, ସେ ଡାଏରୀକୁ ପଢ଼ିବି କି?

ବସନ୍ତ : (ଅନ୍ୟ ଭାବି) ଘରେ ପଢ଼ିଥିଲେ ଭଲ ହୁଅନ୍ତା, ହଉ ଠିକ୍ ଅଛି। ବସନ୍ତ ଗୋଡ଼ରେ ମୋତି ଶୋଇ ଶୋଇ ପଢ଼ିବାକୁ ଲାଗିଲା, ପ୍ରାୟ ଅଧ ଘଣ୍ଟା ପରେ, ହଠାତ୍ ମୋତି ଆଖିରୁ ଲୁହ ବାହାରି ଗଲା। ସଙ୍ଗେ ସଙ୍ଗେ ମୋତି ଉଠି ବସନ୍ତକୁ ହଗ୍ କରି କହିଲା। ତମର ପ୍ରତ୍ୟେକଟି କବିତାରେ କେବଳ ମୋ ବିଷୟରେ ଲେଖା ହୋଇଛି। ସତରେ ତୁମେ ମୋତେ ଏତେ ଭଲ ପାଉଛ ତାହା ପୁଣି ପ୍ରଥମ ଦେଖାରୁ! ମୋତେ କାହିଁକି କହିଲନି। ବସନ୍ତ କିଛି ନ କହି ଚୁପ୍ ରହିଲା।

ମୋତି : ଯଦି ମୁଁ ତମ ଜୀବନରେ ଆସି ନଥାନ୍ତି ତେବେ ତୁମେ କ'ଣ କରିଥାନ୍ତ? ବସନ୍ତ ପୁଣି ଚୁପ୍ ରହିଲା।

ମୋତି : ମୋତେ ଭଲ ପାଇବା କଥା ଆଉ କିଏ ଜାଣିଛି?

ବସନ୍ତ : କିଏ ନାହିଁ।

ମୋତିର ଆଖିରୁ ଲୁହ ବହି ଯାଉଥାଏ। ବସନ୍ତ ମୋତିର ଲୁହ ପୋଛି ଦେଲା ଏବଂ କହିଲା। ବେଶୀ କାନ୍ଦ ନାହିଁ ମୋତେ କଷ୍ଟ ହେବ। ଦୁହେଁ ପରସ୍ପରକୁ ପୁଣି ଥରେ ହଗ୍ କରିଲେ। ଏତିକି ବେଳେ କବାଟ ଠକ୍ ଠକ୍ କରିବାର ଶବ୍ଦ ଶୁଣା ଗଲା। ମୋତି ଯାଇ କବାଟ ଖୋଲି ଦେଖିଲା ବେଳକୁ ବସନ୍ତର ମା' ପହଞ୍ଚି ଗଲେ।

ଜମିଦାର ପୁଅ

ମା' ଘର ଭିତରକୁ ଆସିଲେ। କବାଟ ବନ୍ଦ କରିବା ସମୟରେ ହଠାତ୍ ମୋତିର ନଜର ପଡ଼ିଲା ରାସ୍ତାରେ ଠିଆ ହୋଇଥିବା ଗୋଟିଏ ଯୁବକ ଉପରେ। ସେ ଯୁବକ ଜଣକ ହେଉଛି ସୁମନ୍ତ। ସୁମନ୍ତ ହେଉଛି ସେ ଗ୍ରାମର ଜମିଦାରଙ୍କ ପୁଅ, ସହରରେ ମୋତିର କଲେଜ୍ ରେ ପାଠ ପଢ଼ା ସାରି ଏବେ କିଛି ଦିନ ପୂର୍ବରୁ ତା'ର ବାହାଘର ସରିଛି। ସୁମନ୍ତର ନଜର ଯେତେବେଳେ ମୋତି ଉପରେ ପଡ଼ିଲା ସେ ମୁରୁକି ହସ ଦେଇ କିଛି ସମୟ ଠିଆ ହୋଇ ରହିଲା କିନ୍ତୁ ମୋତି ସଙ୍ଗେ ସଙ୍ଗେ କବାଟ ବନ୍ଦ କରି ଘର ଭିତରକୁ ଆସିଗଲା। ମୋତିର ମନରେ ଯେମିତି ଭୟ ସୃଷ୍ଟି ହୋଇଗଲା। ସେ ଯେମିତି କିଛି ସମୟ ପାଇଁ ଅଜଣା ରାଇଜକୁ ଗଲା ଭଳି ମନେ ହେଲା, ଧିର ଧିର ପାଦ ଦେଇ ସେ ବସନ୍ତ ପାଖକୁ ଆସିଲା।

ବସନ୍ତ : କ'ଣ ହେଲା, କବାଟ ବନ୍ଦ କରିବାକୁ ଏତେ ସମୟ ଲାଗିଲା? (ମୋତି କିଛି ଉତ୍ତର ନ ଦେଇ ଠିଆ ହୋଇ ରହିଲା)

ବସନ୍ତ ମୋତିର ହାତକୁ ଧରି ହଲେଇ ପଚାରିଲା ଆରେ କ'ଣ ହେଲା କୋଉ ଦୁନିଆକୁ ଚାଲିଗଲ?

ମୋତି : ତମକୁ କିଛି କଥା କହିବି।

ମା' : ଆରେ ତମର ଏବେ ପର୍ଯ୍ୟନ୍ତ କଥାବାର୍ତ୍ତା ସରିନି।

ବସନ୍ତ : ସବୁ କଥା ହୋଇଗଲୁ। ମୋତି ଅଛ ଦ୍ୱନ୍ଦରେ ରହିଲା ଏବଂ ମା'କୁ କହିଲା, ମୁଁ ଏବେ ଆସୁଛି ମା', ବହୁତ୍ ସମୟ ହେଲାଣି।

ବସନ୍ତ : ହଁ ମା', ମୁଁ ମୋତିକୁ ମଉସାଙ୍କ ଘରେ ଛାଡ଼ି ଆସୁଛି। କିଛି ସମୟ ପରେ ଦୁହେଁ ବାହାରିଲେ। ଯେତେବେଳେ ଘରୁ ବାହାରିଲେ ସେ ସମୟରେ ବାହାରେ ସୁମନ୍ତ କିଛି ଦୂରରେ ଠିଆ ହୋଇ ଦେଖୁଥିଲା। ବାଇକ୍ ରେ ବସିବା ପରେ ମୋତିର ନଜର ପୁଣି ଥରେ ସୁମନ୍ତ ପାଖରେ ପହଞ୍ଚିଲା। ପୁଣି ଥରେ ସେ ନିଜକୁ ଭୟଭୀତ ମନେ କରିଲା। ସେ ସୁମନ୍ତକୁ ବୁଲି ବୁଲି ଦେଖୁଥିଲା। ସୁମନ୍ତ ମୁରୁକି ହସ ଦେଉଥିଲା କିନ୍ତୁ ମୋତି ମନରେ ଏକ ଅବାନ୍ତର ଭୟ ବଢ଼ି ବାରେ ଲାଗିଥିଲା।

କିଛି ଦୂର ଗଲା ପରେ ବସନ୍ତ ପଚାରିଲା, କ'ଣ କହିବ ବୋଲି କହୁଥିଲ କୁହ?

ମୋତି : ଏମିତି ଗୋଟିଏ ଯାଗାକୁ ଚାଲ, ସେଠି କିଛି ସମୟ ବସି କଥା ହେବା। ବସନ୍ତ କିଛି ଦୂର ଗଲା ପରେ ଗୋଟିଏ ଆମ୍ବ ଗଛ ତଳେ ରଖ୍ କହିଲା ଏଠି ବସିବା।

ମୋତି : ନା, ରାସ୍ତା କଡ଼ରେ ନୁହେଁ, କିଛି ଅଲଗା ସ୍ଥାନ, ଯେଉଁଠି କେହି ଆସୁ ନଥିବେ।

କିଛି ଦୂର ଗଲା ପରେ ଜଙ୍ଗଲ ପାଖ ଗୋଟିଏ ଘାସ ପଡିଆ ପାଖରେ ରଖିଲା।

ବସନ୍ତ : କ'ଣ କଥା ଅଛି?

ମୋତି : ତମ ଘର ଆଗରେ ଗୋଟିଏ ଯୁବକ ଛିଡ଼ା ହୋଇଥିଲା ତାକୁ ଜାଣିଛ?

ବସନ୍ତ : ହଁ, ସେ ଯୁବକଟି ହେଉଛି ସୁମନ୍ତ।

ମୋତି : ମୁଁ ତାଙ୍କୁ ଜାଣେ।

ବସନ୍ତ : ମାନେ?

ମୋତି : ମୁଁ କିଛି କଥା କହିବାକୁ ଚାହୁଁଛି, ପରେ କହିଥାନ୍ତି କିନ୍ତୁ ଆଜି କହି ଦେଉଛି। ତୁମେ ଯଦି ରାଗିବ, ତେବେ ତୁମେ ମୋତେ ଗାଳି ଦେଇପାର।

ବସନ୍ତ : ପ୍ରଥମେ କଥାଟା କୁହ?

ମୋତି : ସେ ସୁମନ୍ତ ହେଉଛି ମୋ କ୍ଲାସମେଟ୍, ଆମ କଲେଜରେ ପଢ଼ୁଥିଲା।

ବସନ୍ତ : ହଁ ଜାଣିଛି।

ମୋତି : କେମିତି ଜାଣିଲ?

ବସନ୍ତ : ସେ ଦିନେ ତା ସାଙ୍ଗକୁ କହୁଥିଲା ଯେ ମୁଁ ସେ କଲେଜ୍ ରେ ପଢ଼ୁଥିଲି ବୋଲି ଏବଂ ତମ ମୁହଁରୁ ସେଦିନ ବୁଲିବା ସମୟରେ କଲେଜ୍ ନାମଟା ଶୁଣି ଜାଣିଦେଲି ଯେ ତୁମେ ମଧ୍ୟ ସେଠି ପଢ଼ୁଥିଲା।

ମୋତି : ଆଉ କିଛି କହିଛି କି?

ବସନ୍ତ : ନା, ବାସ୍ ଏତିକି।

ମୋତି : ହଉ ଶୁଣ? କଲେଜ୍ ରେ ସେ ବେଳେବେଳେ ମୋତେ କମେଣ୍ଟ କରୁଥିଲା। ଦିନେ କ୍ଲାସ୍ ରୁମ୍ ରେ ମୋ ନାମ ସାଙ୍ଗରେ ତା' ନାମ ବ୍ଲାକ୍ ବୋର୍ଡରେ ଲେଖ଼ ଥିଲା। ମୁଁ କ୍ଲାସ୍ କୁ ଆସିଲା ପରେ ମୋ ନାମ ଦେଖ଼ ସମସ୍ତେ ମତେ ଚିଡ଼େଇଲେ, ମୁଁ ତାକୁ କହିଲି, କାହିଁକି ମୋ ନାମ ଲେଖ଼ିଛୁ? ସେ ମୋତେ ଉଉର ଦେଲା, ଆଜି ନହେଲେ କାଲି ତୁ ମୋର ହେବୁ। ସେ ଦିନ ମୁଁ କିଛି ନ କହି ଚୁପ୍ ରହିଗଲି କାରଣ ଲେକ୍ଚର ଆସିଗଲେ।

ପର ଦିନ କ୍ଲାସ୍ ରୁମ୍ ରୁ ଫେରିଲା ବେଳେ ଦେଖ଼ଲି ମୋ ସାଇକେଲ ଉପରେ ସେ ବସିଥିଲା। ମୁଁ ଉଠିବାକୁ କହିଲା ପରେ ମୋତେ କହିଲା ମୋତେ ମଧ୍ୟ ବେଳେବେଳେ ଲିଫ୍ଟ ଦିଅ। ମୁଁ ତାକୁ ଓହ୍ଲାଇବାକୁ କହି ଠେଲିବାରୁ ସେ

ମୋ ହାତକୁ ଧରି ପକାଇଲା। ରାଗରେ ମୁଁ ତାକୁ ଗୋଟିଏ ଚାପୁଡ଼ା ଦେଲି। ସେ ମୋତେ ଚେତାବନୀ ଦେଇ କହିଲା, ମୋତେ ଚାପୁଡ଼ା ମାରିଛ ନା, ମନେ ରଖ ଏ ଚାପୁଡ଼ାର ସୁଧ ମୂଳ ନିଶ୍ଚୟ ହିସାବ ହେବ। ସେ ଦିନ ମୁଁ ପ୍ରିନ୍ସିପାଲ୍ କୁ କହିବାରୁ, ପ୍ରିନ୍ସିପାଲ ତାକୁ କଲେଜ୍ ରୁ ବାହାର କରିବାକୁ ଧମକ ଦେଇଥିଲେ। ସେ ଦିନ ଠାରୁ ମୋତେ ସେ ଡିଷ୍ଟର୍ବ କରିନି ମାତ୍ର ଆଜି ତାକୁ ଦେଖି ମୋତେ କାହିଁକି ଡର ଡର ଲାଗୁଛି।

ବସନ୍ତ : ଆଚ୍ଛା, ତାହା ହେଲେ ତାକୁ ପାନେ ଦେବାକୁ ହେବ।

ମୋତି : କାହିଁକି? ସେ ଏବେ ତ କିଛି କରିନି।

ବସନ୍ତ : ସେ ମୋର ମଧ ଶତ୍ରୁ, ସେ ପିଲାଦିନେ ଆମ ସ୍କୁଲ୍ ରେ ମଧ ସେମିତି କରୁଥିଲା, ଝିଅ ମାନଙ୍କୁ ଖରାପ ଆଖିରେ ଦେଖୁଥାଏ। ସେ ମେଣ୍ଢାଲ ଟିନା ପାଇଁ ତା' ସାଙ୍ଗରେ ୨-୩ ଥର ଝଗଡ଼ା ହୋଇଥିବ। ଟିନା ଆଉ ଜିତୁ ଦୁଇ ଜଣ ଯାକ ମୋ କ୍ଲାସମେଟ୍। ଦିନେ ଟିନା କୁ କିଛି କମେଣ୍ଟ କରିଥିଲା। ଜିତୁ ଆସି କହିବାରୁ ତାକୁ ଦୁହେଁ ପିଟିଥିଲୁ। ତା' ପର ବର୍ଷ ତା' ଭାଇ ସାଙ୍ଗରେ ସହରରେ ରହି ପଢ଼ିବାକୁ ଚାଲିଗଲା। ଆଉ ସେଠି ସେ ତମ ସାଙ୍ଗରେ ମଧ ସେ ଏମିତି ଖରାପ ବ୍ୟବହାର କରିଥିଲା।

ମୋତି : ସେ ବର୍ତ୍ତମାନ କ'ଣ କରୁଛି?

ବସନ୍ତ : ତା'ର ଏବେ କିଛି ଦିନ ହେଲା ବାହାଘର ହୋଇଛି। ଆଜି ତମକୁ ଦେଖିବାକୁ ସେ ସେଠି ଠିଆ ହୋଇ ରହିଥିଲା ବୋଧେ ।

ମୋତି : ସେ କିଛି ଅସୁବିଧା କରିବନି ତ?

ବସନ୍ତ : ସେ କିଛି କରିବା ପୂର୍ବରୁ, ମୁଁ ତା କାମ କରିବାକୁ ପଡ଼ିବ।

ମୋତି : ସେମିତି କିଛି କରିବନି, ଯାହା ଫଳରେ ଆମକୁ ଆଗକୁ ଅସୁବିଧା ହେବ।

ବସନ୍ତ : ହଉ ଚାଲ, ବେଶୀ ଲେଟ୍ ହେଲେ ତମ ବଡ଼ ମା' ଏବଂ ବଡ଼ ବାପା ମୋର କ୍ଲାସ୍ ନେବେ। ଦୁହେଁ ବାହାରିଗଲେ ବଡ଼ ମା' ଘର ଅଭିମୁଖେ।

ହଠାତ୍ ଦିନେ ସୁମନ୍ତ ଆଉ ବସନ୍ତର ବଜାର ରେ ଭେଟ ହେଲା। ସୁମନ୍ତ ତା'ର ସାଙ୍ଗକୁ ଦେଖୁ ବସନ୍ତକୁ କମେଣ୍ଟ କରି କହିଲା।

ସୁମନ୍ତ : କ'ଣ କରିବା? ଲୋକେ ଆମ ମାଲ୍ କୁ ଛଡେଇ ନେଇଗଲେ। ଏତିକି ଶୁଣି ବସନ୍ତ ସୁମନ୍ତକୁ ଚାହିଁ ରହିଲା। ସୁମନ୍ତ ପୁଣି ଥରେ କମେଣ୍ଟ କରି କହିଲା।

ସୁମନ୍ତ : ମୋର କିଛି ହିସାବ ବାକି ରହିଯାଇଛି। କେବେ ସମୟ ଦେଖୁ ସୁଧ ମୂଳ ନେବାକୁ ହେବ। ଏତିକି ଶୁଣି ରାଗରେ ବସନ୍ତ ସୁମନ୍ତର କଲର ଧରି କହିଲା।

ବସନ୍ତ : ତୋର ସବୁ ସୁଧ ମୂଳ ଏବେ ତୋତେ ଫେରେଇ ଦେବି। ଏତିକି ବେଳେ ପାଖରେ ଥିବା ସୁମନ୍ତର ସାଙ୍ଗ ଆସି ବସନ୍ତ ଏବଂ ସୁମନ୍ତକୁ ଅଲଗା କରିଲେ।

ସୁମନ୍ତ : ଆବେ, ମୁଁ ତ ମୋ ସାଙ୍ଗକୁ କହୁଛି, ତୋତେ କ'ଣ ପାଇଁ ବାଧୁଛି?

ବସନ୍ତ : ତୁ ଯାହାକୁ ନେଇ କହୁଛୁ, ସେ ଏବେ ମୋ ସ୍ତ୍ରୀ ହେବାକୁ ଯାଉଛି, ନିଜ ମୁହଁ ସମ୍ଭାଳି କଥାବାର୍ତ୍ତା କରେ ନହେଲେ ମୋର ପୁରୁଣା ରୂପ ଦେଖୁବୁ।

ସୁମନ୍ତ : ଆବେ ଯା ଯା, ବେଶୀ ଦେଖୁଲା ବାଲା।

ବସନ୍ତ : ଦେଖ, ଆଗରୁ କ'ଣ ହୋଇଛି, ସେ ସବୁ ମୁଁ ଜାଣିଛି, ଆଉ ଯଦି ମୋତିକୁ ନେଇ କିଛି କହିବୁ ତେବେ ତୋତେ ଭଲ ଭାବରେ ଜଣେଇ ଦେବୀ ମୁଁ କିଏ ଏବଂ କ'ଣ? ବସନ୍ତ ସେଠି ସୁମନ୍ତକୁ କିଛି ନ କହି ସିଧା ଗାଁକୁ ଫେରି ଜମିଦାର ବାବୁ ପାଖକୁ ଗଲା ମାନେ ସୁମନ୍ତର ବାପା ପାଖକୁ।

ବସନ୍ତ : ଦେଖ ଆଜ୍ଞା, ତମ ପୁଅକୁ ବୁଝେଇ ଦିଅ। ସେ ଝିଅ ମାନଙ୍କ ସହିତ ଅଭଦ୍ରଙ୍କ ଭଲି ବ୍ୟବହାର କରୁଛି। ଯଦି ସେ ବୁଝୁନି ତେବେ ମୁଁ ତାକୁ ଭଲରେ ବୁଝେଇ ଦେବି। ଏତିକି କହି ସେ ଘରକୁ ଫେରିଗଲା। ସଂଧ୍ୟାରେ ସୁମନ୍ତ ଘରକୁ ଆସିଲା ପରେ ତା' ବାପା ତାକୁ ଗାଳି ଦେଲେ। ସୁମନ୍ତ ନିଜ ଭୁଲ ବୁଝି, ଆଉ ସେମିତି କାମ କରିବି ନାହିଁ ବୋଲି ବାପାଙ୍କୁ କହିଲା

ପୁରୁଣା ରାଗ

ସେ କଥା ବାର୍ତ୍ତାର ଠିକ୍ ୨୫ ଦିନ ପରେ ବସନ୍ତର ଗ୍ରାମରେ ୨୪ ପ୍ରହର ନାମ ଯଜ୍ଞ ହେଉଥାଏ। ନାମ ଯଜ୍ଞ ସଂଧାରେ ଯାତ୍ରା ମଧ ଲାଗି ଥାଏ। ସମସ୍ତେ ବୁଲିବା ସହିତ ଭଗବାନ ଦର୍ଶନ ପାଇଁ ଯାଉଥିଲେ। ସେ ଯଜ୍ଞ ଦେଖିବାକୁ ରମେଶ ବାବୁ ସମେତ ନୀତା ଦେବୀ ଏବଂ ମୋତି ବୁଲିବାକୁ ଆସିଥିଲୋ। ବସନ୍ତ ସମସ୍ତଙ୍କୁ ଦେଖା କରି ପ୍ରଣାମ କରିଲା ଏବଂ ରମେଶ ବାବୁ କହିଲେ ମୋତି ଆମ ସହିତ ବୁଲିବୁ ନା ବସନ୍ତ ସହିତ? ମୋତି ମୁରୁକି ହସ ଦେଇ ଚୁପ୍ ରହିଲା। ନିତା ଦେବୀ ଯା' ଯା', ବସନ୍ତ ଅପେକ୍ଷା କରିଛି।

ମୋତି : ଥେଙ୍କ୍ ୟୁ ବଡ଼ ମା'।

ମୋତି ବସନ୍ତ ପାଖକୁ ଆସିଲା।

ବସନ୍ତ : (ମୋତିକୁ ଦେଖି) ଆଚ୍ଛା, ପିଲାର କେତେ ଖୁସି?

ମୋତି : ଖୁସି ହେବିନି କି, ଘର ଲୋକ ଯଦି ଅନୁମତି ଦେଉଛନ୍ତି ଯେ, ଯା' ମା' ତୋର ବଏଫ୍ରେଣ୍ଡ ସହ ବୁଲିବାକୁ ଯା', ତା' ଠାରୁ ଅଧିକା ଖୁସି ଆଉ କ'ଣ?

ବସନ୍ତ : ଶୁଣ ପ୍ରଥମେ, ଭଗବାନ ଦର୍ଶନ କରିବା ତା' ପରେ ବୁଲିବା।

ମୋତି : ଆଜି ତୁମେ ଯୋଉଠି ନେବ ସେଇଠି ଯିବି।

ତାପରେ ଦୁହେଁ ଭଗବାନ ଦର୍ଶନ ସାରି ରାମ ଦୋଲି ରେ ବସିବାକୁ ଗଲୋ ଅନ୍ୟ ଖେଳ ମଧ ଖେଳିଲୋ। ବୁଲୁ ବୁଲୁ ରାତି ୧୦ଟା ବାଜିଲାଣି।

ବସନ୍ତ : ଆଚ୍ଛା ତୁମେ ସମସ୍ତେ ଅଟୋ ରେ ଆସିଛ ନା?

ମୋତି : ହଁ !

ବସନ୍ତ : ମୁଁ ମଉସାଙ୍କୁ କହିଦେବି ସେମାନେ ଚାଲିଯିବେ ଏବଂ ତୁମେ ମୋ ବାଇକ୍ ରେ ଯିବା।

ମୋତି : ମୋ ମନ କଥା ମୋ ହିରୋ ଜାଣି ପାରୁଛନ୍ତି। ଜାଣିଛ ସତରେ ମୋର ସେମିତି ହିଁ ଇଚ୍ଛା ଥିଲା।

ବସନ୍ତ : ଚାଲ ଯିବା କହି ଆସିବା।

ମୋତି : ତୁମେ ଯାଇ ତାଙ୍କୁ ଖୋଜ ଏବଂ କହି ଆସ ମୋର ଗୋଡ଼ ବ୍ୟଥା ହେଲାଣି। ଏମିତିରେ ବଡ ବାପା ମୋତେ ଯଦି ଦେଖିବେ ତେବେ ମୋତେ ତାଙ୍କ ସହିତ ଯିବା ପାଇଁ ବାଧ୍ୟ କରିବେ। ତୁମେ ତମ ଆଇଡିଆରେ ଯାହା କହୁଛ କୁହ। ମାତ୍ର ମୁଁ ତମ ବାଇକ୍ ରେ ଯିବି।

ବସନ୍ତ : ତେବେ ଗୋଟିଏ କାମ କର, ତୁମେ ଚାଟ୍ ଖାଇବ?

ମୋତି : ହଁ, କିନ୍ତୁ ଗୋଟିଏ ପ୍ଲେଟ୍ ରେ।

ବସନ୍ତ : ଆରେ ପଗଲି, ତୁମେ ଚାଟ୍ ଖାଅ ମୁଁ ତାଙ୍କୁ କହି ଆସୁଛି। ଆସିଲେ ମୁଁ ତୁମ ସହିତ ପୁଣି ଖାଇବି।

ମୋତି ହଁ କରିବା ପରେ ବସନ୍ତ ଚାଲିଗଲା।

ଠିକ୍ ସେତିକି ବେଳେ ଏପଟେ ସୁମନ୍ତ ଆସି ହାଜର।

ସୁମନ୍ତ : କ'ଣ, ମୋତି ଆମକୁ ଟିକେ ଚାଟ୍ ଖୁଆଇ ଦିଅ।

ମୋତି : ଦେଖ, ଏବେ ଡିଷ୍ଟର୍ବ କରି ମୋ ମୁଡ୍ ଖରାପ୍ କର ନାହିଁ। ଏତିକି

ବେଲେ ସୁମନ୍ତ ମୋତିର ପ୍ଲେଟ୍ ରୁ ଚାମଚରେ ଅଳ୍ପ ଚାଟ୍ ନେଇ ନିଜେ ଖାଇ ଗଲା। ମୋତି ଚୁପ୍ ରହିଲା। ତାର ରାଗ ବଢ଼ି ବଢ଼ି ଯାଉ ଥାଏ। ସୁମନ୍ତ ପୁଣି ଥରେ ଚାମଚରେ ଚାଟ୍ ନେଇ ମୋତି କୁ ଖୁଆଇବା ବେଲେ ମୋତି ଚାମଚକୁ ଫିଙ୍ଗାଡ଼ି ଦେଲା।

ସୁମନ୍ତ : ଦେଖ୍ ଏବେ ଏଠି କିଏ ନାହିଁ। ଯଦି ମୁଁ ଅନ୍ଧାରକୁ ଟାଣି ନେଇ ତୋର ଇଜ୍ଜତ ନେଲେ ମଧ କେହି ବଞ୍ଚାଇବାକୁ ଆସିବେ ନାହିଁ। ପାଖରେ ଥିବା ଲୋକମାନେ ଶୁଣୁଥିଲେ କିନ୍ତୁ କେହି କିଛି କହୁ ନଥିଲେ। କାରଣ ଜମିଦାରଙ୍କ ପୁଅ ବୋଲି ସମସ୍ତେ ଚୁପ୍ ରହିଲେ।

ହଠାତ୍ ଗୋଟିଏ ଚାପୁଡା ଆସି ସୁମନ୍ତର ଗାଲରେ ପଡ଼ିଲା। ସୁମନ୍ତ ରାଗରେ ପ୍ଲେଟ୍ ଫିଙ୍ଗାଡି ଦେଖିଲା ବେଳକୁ ଚିନା ଠିଆ ହୋଇଛି।

ସୁମନ୍ତ : ଆବେ ତୁ ମୋତେ କାହିଁକି ମାରିଲୁ।

ଚିନା : ଆବେ, ମୋତେ ସମସ୍ତେ କ'ଣ କହନ୍ତି କହ? ଜାଣିଛୁ? 'ଚିଣ' ଆଉ କ'ଣ କହନ୍ତି 'ମେଣ୍ଟାଲ୍' ଆଉ ଆଜି ତୋତେ ଦେଖ୍ ମୋ ମେଣ୍ଟାଲ୍ ମାଇଣ୍ଡ ର ଏକ୍ସପେରିମେଣ୍ଟ କରୁଥିଲି। କେମିତି ଲାଗିଲା ଚାପୁଡାଟା ?

ମୋତି ଚିନାକୁ ଦେଖି ଅଳ୍ପ ସାହାସ ଆସିଲା।

ସୁମନ୍ତ : ତୋତେ ମଧ ଦେଖିବାକୁ ପଡ଼ିବ।

ଚିନା : କ'ଣ ଦେଖିବୁ, ସବୁ ଦେଖେଇ ଦେବୀ? ଏଇଟା ଥିଲା ମୋର ଦୁର୍ଗା ରୂପ, କାଳୀ ରୂପଟା ଦେଖିବୁ କି?

ଏତିକି ଶୁଣି ସୁମନ୍ତ ଚିନା ଉପରକୁ ହାତ ଉଠେଇବା ବେଳେ ମୋତି ସୁମନ୍ତର ହାତକୁ ଧରି ନେଲା ଏବଂ ତାକୁ କାମୁଡି ଦେଲା। ସଙ୍ଗେ ସଙ୍ଗେ ଚିନା ଚାଟ୍ ବାଲାର ଚାଟ୍ ବାଣ୍ଟୁ ଥିବା ବଡ ଚାମଚରେ ସୁମନ୍ତକୁ ଗୋଟିଏ ମାଡ ଦେଲା। ସୁମନ୍ତ ଏବେ ନିରୁପାୟ। ପୁଣି ମୋତି ସୁମନ୍ତର ପେଟକୁ ଗୋଟିଏ

ଲାତ ମାରିଲା। ସୁମନ୍ତ ତଳେ ପଡ଼ିବା ପରେ ଟିନା ଏବଂ ମୋତି ଲାତ ଗୋଇଠା
ମାରିବା ଆରମ୍ଭ କରିଦେଲେ। ପାଖରେ ଥିବା ସୁମନ୍ତର ସାଙ୍ଗ ମାନେ ଜାଣିଶୁଣି
ସାଇଡ଼ ହୋଇଗଲେ କାରଣ ଲୋକ ରୁଷ୍ଟ ହେବାକୁ ଲାଗିଲେ। ଏପଟେ ମୋତି
ଏବଂ ଟିନାର ମାଡ଼ ଗୋଇଠାରେ ସୁମନ୍ତର ଅବସ୍ଥା ଖରାପ ହେବାକୁ ଲାଗିଲା।
ସେ ଅଳ୍ପ ମଦ ପିଇ ଥିଲା। ମାଡ଼ ଖାଇ ସବୁ ନିଶା ଛାଡ଼ି ଗଲା। ସବୁ ବାନ୍ତି
କରିବାକୁ ଲାଗିଲା। ସେଦିନ ମୋତି ଏବଂ ଟିନା ନିଜ ପୁରୁଣା ରାଗ ସୁଝେଇବାରେ
ଲାଗିଥିଲେ। ଲୋକ ଗହଳି ବଢ଼ିବାକୁ ଲାଗିଲା।

ବସନ୍ତ ଦଉଡ଼ି ଆସି ଦେଖିଲା ବେଳକୁ ଜଣେ କାଳୀ ରୂପକୁ ଆଉ ଜଣେ
ଚଣ୍ଡୀ ରୂପ ଧାରଣ କରି ସୁମନ୍ତକୁ ମାଡ଼ ମାରିବାରେ ଲାଗିଛନ୍ତି। ବସନ୍ତ ଆସି ସେ
ଦୁଇ ଜଣଙ୍କୁ ଟାଣିବା ଭିତରେ ପୋଲିସ୍ ଆସି ପହଞ୍ଚିଲା। ପୋଲିସ ସୁମନ୍ତକୁ
ଅଲଗା କରି ପଚାରିବାକୁ ଲାଗିଲା ଯେ ପ୍ରକୃତ ଭୁଲ କ'ଣ?

ଚାଟ୍ ବାଲା : ଆଜ୍ଞା ଏ ଦୁଇ ଝିଅ ଚାଟ୍ ଖାଉଥିଲେ, ସେ ସୁମନ୍ତ ଆସି
ସେମାନଙ୍କ ସହ ଖରାପ ବ୍ୟବହାର କରିବାକୁ ଲାଗିଲା। ବିରୋଧ କରିବା
ଫଳରେ ସୁମନ୍ତ ଏମାନଙ୍କ ଉପରକୁ ହାତ ଉଠେଇଲା। ଯାହା ଫଳରେ ଏ
ଦୁହେଁ ତାକୁ ମାଡ଼ ମାରିବାକୁ ଲାଗିଲେ ।

ଚାଟ୍ ବାଲାର କଥା ଶୁଣି ଦୁହେଁ ହଁ କରିବାକୁ ଲାଗିଲେ। ପାଖରେ ଥିବା ସ୍ତ୍ରୀ
ଲୋକମାନେ ମଧ କହିଲେ, ହଁ ଆଜ୍ଞା ସେ ଏମିତି ଖରାପ ବ୍ୟବହାର କରୁଥିଲା
ଆମେ ଦେଖିଛୁ। ପୋଲିସ ସମସ୍ତଙ୍କ କଥା ଶୁଣି ସୁମନ୍ତକୁ ସେଠୁ ଟାଣି ନେଇ
ପୋଲିସ ଗାଡ଼ିରେ ବସାଇବାକୁ ନେବା ବେଳେ ଜମିଦାର ବାବୁ ଆସି ପହଁଚି
ଗଲେ।

ଘଟଣା ବିଷୟରେ ଜାଣି ସେ ପୋଲିସ୍ କୁ ଅନୁରୋଧ କରିଲେ କି ସୁମନ୍ତକୁ
ଛାଡ଼ି ଦିଅନ୍ତୁ। ପୋଲିସ କହିଲେ ଏଠି ସମସ୍ତେ ଆପଣଙ୍କ ପୁଅ ବିରୁଦ୍ଧରେ
ଅଭିଯୋଗ କରିଛନ୍ତି ଏବଂ ଏ ଦୁଇ ଝିଅକୁ ସେ ଦୁର୍ବ୍ୟବହୋର କରିଛି। ଆପଣ
ଯାହା କହିବେ ପୋଲିସ୍ ଷ୍ଟେସନ୍ ରେ ଆସି କହିବେ। ଏତିକି କହି ପୋଲିସ
ତାଙ୍କୁ ଟାଣି ଟାଣି ନେଇଗଲା ।

ଜମିଦାର ବାବୁ ଟିନା ଏବଂ ମୋତିକୁ ଅନୁରୋଧ କରି କହିଲେ ସେ ଭୁଲ କରିଥିବା ଯୋଗୁଁ ମୁଁ ତୁମ ଦୁହିଁଙ୍କୁ କ୍ଷମା ମାଗୁଛି।

ବସନ୍ତ : ଆପଣ କ'ଣ ପାଇଁ କ୍ଷମା ମାଗୁଛନ୍ତି। ସେ ତ ଜାଣିଶୁଣି ସମସ୍ତଙ୍କୁ ସେମିତି ବ୍ୟବହାର କରୁଛି।

ଜମିଦାର ବାବୁ : ମୁଁ ଜାଣିଛି ସେ ବହୁତ ଖରାପ କିନ୍ତୁ ମୁଁ ନିରୁପାୟ, ତା'ର ସ୍ତ୍ରୀ ଏବେ ଗର୍ଭବତୀ ଏବଂ ସୁମନ୍ତକୁ କ୍ୟାନ୍ସର ହୋଇଗଲାଣି। ସେ ପ୍ରତିଦିନ ମଦ ପିଇ ତାର କିଡନୀ ଖରାପ ହେବାକୁ ଲାଗିଲାଣି। ଡାକ୍ତର ବାବୁ କହିଲେ ସେ ଆଉ କିଛି ଦିନର ବନ୍ଧୁ। ତା' ପରେ ସେ କ୍ୟାନ୍ସର ଯୋଗୁଁ ମୃତ୍ୟୁ ବରଣ କରିବ। ସେ ମୋ କଥା କେବେ ଶୁଣେନି, ସବୁବେଳେ ମଦ ପିଏ। ଆପଣ ଯଦି କ୍ଷମା କରିଦେବେ। ତେବେ ତାକୁ ପୋଲିସ ଜେଲକୁ ପଠେଇବେ ନାହିଁ। ମୋତି, ଟିନାକୁ ଦେଖିଲା "କ'ଣ କରିବା?"

ମୋତି : ଚାଲ୍, ମାଫ୍ କରିଦେବା।

ତାପରେ ପୋଲିସ ଗାଡ଼ି ଷ୍ଟାର୍ଟ କରିବାକୁ ଯାଉଥିଲେ। ଟିନା ଯାଇ ପହଁଚିଲା ଅଫିସର୍ ପାଖରେ।

ଟିନା : ସାର୍, ସୁମନ୍ତକୁ ଛାଡ଼ି ଦିଅନ୍ତୁ।

ଅଫିସର୍ : ନା, ସେମିତି ହେବ ନାହିଁ, ଆପଣ ପୋଲିସ ଷ୍ଟେସନ ଆସନ୍ତୁ ସେଠି କଥା ହେବା।

ଏତିକି ବେଳେ ଟିନାର ବାପା ଆସି ପହଁଚିଲେ କହିଲେ ମୋ ଝିଅ ଯଦି ଅନୁରୋଧ କରୁଛି ତେବେ ଆପଣ ତାଙ୍କୁ କାହିଁକି ଛାଡ଼ିବେ ନାହିଁ ପୋଲିସ ଅଫିସର ଟିନାର ବାପାଙ୍କୁ ଦେଖି ଚିହ୍ନି କହିଲେ, ସାର୍ ଏ ଝିଅ ଆପଣଙ୍କର? ହଉ ଠିକ୍ ଅଛି ମୁଁ ଛାଡ଼ି ଦେଉଛି।

ଟିନା ଆଶ୍ଚର୍ଯ୍ୟରେ ବାପାଙ୍କୁ ଚାହିଁ ରହିଲା। ପୋଲିସ ସୁମନ୍ତକୁ ଛାଡ଼ି ଦେଲା।

ଜମିଦାର ବାବୁ ମୋତି ଏବଂ ଟିନାକୁ ଧନ୍ୟବାଦ୍ ଦେଇ ସୁମନ୍ତକୁ ଘରକୁ ନେଇ ଚାଲିଗଲେ।

ଟିନା : ବାପା, ଆମେ ଅନୁରୋଧ କରିଲୁ, ସେ ପୋଲିସ୍ ବାଲା ଶୁଣିଲେ ନାହିଁ ଆଉ ତୁମେ ଥରେ କହିବା ପରେ ସେ ମାନିଗଲେ।

ଟିନା ର ବାପା : ଚାଲ୍ ଘରକୁ ଯିବା, ଏ ହେଉଛି, ରାଜନୀତି କଥା ! ତୁ ବୁଝିବୁ ନାହିଁ।

ଟିନା : ତୁମେ କୋଉଠି ଥିଲ?

ଟିନାର ବାପା : ତୁ ମାଡ ମାରିବାର ଆରମ୍ଭ ଠାରୁ ଶେଷ ପର୍ଯ୍ୟନ୍ତ ମୁଁ ସବୁ ଦେଖୁଥିଲି। (ଦୁହେଁ ହସିଲେ)

ଟିନା : କେମିତି ଲାଗିଲା ମୋ ଫାଇଟ୍?

ଟିନାର ବାପା : ବହୁତ୍ ବଢ଼ିଆ, ସ୍କୁଲ୍ ର ସେଲ୍ଫ ଡିଫେନ୍ସ ଏବେ କାମରେ ଆସିଗଲା ବୋଧେ।

ତାପରେ ଟିନା ଏବଂ ମୋତି ହାତ ମିଶେଇ କହିଲେ, ମଜା ଲାଗିଲା, ମୋର ସବୁ ରାଗ ଶୁଝିଗଲା।

ମୋତି : ମୋର ମଧ୍ୟ ସବୁ ରାଗ ଶୁଝିଗଲା।

ମୋତି ଏବଂ ଟିନା ଦୁହେଁ କୁଣ୍ଡେଇ ହୋଇ ହସିବାକୁ ଲାଗିଲେ।

ମୋତି : ତମକୁ ଦେଖ୍ ବହୁତ୍ ଖୁସି ଲାଗିଲା ଏବଂ ତୁମେ କେତେବେଲେ ଆସିଲ?

ଟିନା : ତମ ଅଟୋ ପଛରେ ଆମେ ବାଇକ୍ ରେ ଆସୁଥିଲୁ ଏବଂ ଯଜ୍ଞରେ ବସନ୍ତ ଏବଂ ତମର ସବୁ ମଜା ମସ୍ତି ମୁଁ ଦେଖୁଥିଲି। ଯେତେବେଲେ ବସନ୍ତ

ତମକୁ ଛାଡି ଚାଲିଗଲା। ମୁଁ ମଧ୍ୟ ଚାଟ୍ ଖାଇବାକୁ ଭାବିଲି। ଏତିକିବେଳେ ସୁମନ୍ତ ଆସି ତମ ଚାଟ୍ ଖାଇବା ମୁଡ୍ କୁ ଖରାପ କରିଦେଲା ଏବଂ ମୋର ରାଗ ମଧ୍ୟ ଆକାଶ ଛୁଇଁବାକୁ ଲାଗିଲା।

ମୋତି : ଆଉ ସେ ଚାଟ୍ ବାଲା, ଆମେ ଯାହା କରିଛେ, ତାହା ନ କହି ଆମ ସପକ୍ଷରେ ମିଶେଇ କହିବାକୁ ଲାଗିଲା।

ଟିନା : ଭଲ ହେଲା ନା? (ଦୁହେଁ ହସିଲେ)

ବସନ୍ତ : ତୁମେ ଦୁଇ ଜଣ ଭିତରୁ ଜଣେ ଚଣ୍ଡୀକୁ ଆଉ ଜଣେ କାଳୀ। ବସନ୍ତ ଟିନାକୁ ଧନ୍ୟବାଦ ଦେଇ କହିଲା ଚାଲ ରାତି ହେଲାଣି ଆଉ କୋଉ ଦିନ କଥା ହେବା।

ଦୁହେଁ ଟିନାକୁ ବାଏ କହି ଫେରିବାକୁ ଲାଗିଲେ।

ବସନ୍ତ : ଆଚ୍ଛା, ତୁମେ ଏ ସବୁ ଫାଇଟ ଗୁଡ଼ିକ କୋଉଠି ଶିଖିଥିଲ?

ମୋତି : କଲେଜ୍ ରେ?

ବସନ୍ତ : ତୁମେ ଏମିତି ଫାଇଟ କରୁଥିଲ ଯେ, ମୁଁ ତମ ଫାଇଟ ଦେଖି ପୁରା ଖୁସି ହୋଇଗଲି।

ମୋତି : ମୁଁ, ମାଡ଼ ଦେଲା ପରେ ଭାବିଲି କିଛି ଦିନ ପରେ ଏ ଗାଁକୁ ମୁଁ ବିବାହ ହୋଇ ଆସିବି !

ବସନ୍ତ : ହଁ, ଭଲ ହେଲା ନା? ସମସ୍ତେ ଷ୍ଟ୍ରଙ୍ଗ୍ ହେବା ଦରକାର, ଏ ଗାଁର ଝିଅ ହେଉ ଅବା ବୋହୂ। ନିଜକୁ ସୁରକ୍ଷା କରିବାରେ ଲାଜ କ'ଣ ! ମୋତେ କହିଲ ପୁରା ଘଟଣାଟା କ'ଣ? ମୋତି, ବସନ୍ତକୁ ସବୁ କଥା କହିଲା। ଦୁହେଁ ହସି ହସି ପହଞ୍ଚିଲେ ବଡ଼ ମା' ଘରେ ଏବଂ ମୋତିକୁ ଛାଡ଼ି ବସନ୍ତ ସଙ୍ଗେ ସଙ୍ଗେ ଫେରିଗଲା।

ରାତିରେ ମୋତି ବଡ ବାପା ଏବଂ ବଡ଼ ମା'ଙ୍କୁ ଘଟଣା ବିଷୟରେ ସବୁ କଥା କହିଲା। ଦୁହେଁ ଖୁସି ହେଲେ ।

(ଏଠି ସତ ଟିଏ ଲୁଚି ରହିଗଲା ତାହା ଥିଲା ଜମିଦାର ବାବୁ ସେଠି ମିଛ କହିଥିଲେ ଯେ ସୁମନ୍ତକୁ କ୍ୟାନ୍ସର ହୋଇଛି ଏବଂ ତା'ର ସ୍ତ୍ରୀ ଗର୍ଭବତୀ ଅଛି ବୋଲି କିନ୍ତୁ ସୁମନ୍ତକୁ କିଛି ହୋଇ ନଥିଲା କି ତାହାର ସ୍ତ୍ରୀ ଗର୍ଭବତୀ ନଥିଲା ତାହା କେବଳ ବଞ୍ଚାଇବାର ଗୋଟିଏ ଉପାୟ ଥିଲା ଏବଂ ସୁମନ୍ତର ବିବାହ ପରେ ଘରେ ଝଗଡା ଯୋଗୁଁ ତା'ର ସ୍ତ୍ରୀ ତାକୁ ଛାଡ଼ି ନିଜ ଗାଁକୁ ଫେରି ଯାଇଥିଲା |)

ବିବାହ

ବେଳେବେଳେ ବସନ୍ତ ମୋତିକୁ ଦେଖ୍ବାକୁ ଯାଉଥାଏ। କିଛି ଦିନ ପରେ ମୋତି ନିଜ ଗାଁକୁ ଫେରିଗଲା। ତିଥ୍ ଅନୁସାରେ ମୋତି ଆଉ ବସନ୍ତର ନିର୍ବନ୍ଧ ତାରିଖ ଧାର୍ଯ୍ୟ କରାଗଲା କିନ୍ତୁ ଏଠି ବସନ୍ତର ଗାଁ ଲୋକେ ଏହି ବାହାଘର ପାଇଁ ରାଜି ହେଲେ ନାହିଁ। ବସନ୍ତକୁ କିଛି ଜୋରିମାନା ସହ ଗାଁର ନିଆଁ ପାଣି ବନ୍ଦ କରିଦେଲେ। ବସନ୍ତ ସମସ୍ତଙ୍କୁ ବୁଝେଇ କହିଲା ଯଦି କେହି କାହାକୁ ପସନ୍ଦ କରେ ତେବେ କ'ଣ ତାଙ୍କର ଅଧିକାର ନାହିଁ କି ସେମାନେ ବାହାଘର ହୁଅନ୍ତୁ? କିନ୍ତୁ ଗ୍ରାମର କିଛି ଲୋକ ଏହି କଥାକୁ ବଡ ସମସ୍ୟା ଭାବେ ନେଇ ବସନ୍ତର ଘରକୁ ଗ୍ରାମର କୌଣସି ଅନୁଷ୍ଠାନ କିମ୍ବା କୌଣସି ଉତ୍ସବରେ ଉପସ୍ଥିତ ହେବାକୁ ମନା କରିଦେଲେ। ଏତେ ସବୁ ହେଲା ପରେ ବସନ୍ତ ପଛକୁ ନ ଫେରି ସେ ମୋତି ସାଙ୍ଗରେ ବିବାହ କରିବ ବୋଲି ସମସ୍ତଙ୍କୁ କହିଲା ଏବଂ ଯାହା ଜୋରିମାନା ଦେବାକୁ ହେବ ସେ ସବୁ ଦେବ କିନ୍ତୁ ମୋତିକୁ ହିଁ ବାହା ହେବ।

ବହୁତ ସମସ୍ୟା ପରେ ବସନ୍ତ ଓ ମୋତିର ନିର୍ବନ୍ଧ ହେଲା, କିନ୍ତୁ ସେଠରେ କେବଳ ବସନ୍ତର ସାଙ୍ଗମାନେ ଏବଂ ବସନ୍ତର ସମ୍ପର୍କୀୟମାନେ ହିଁ ଉପସ୍ଥିତ ହେଲେ। ମୋତିର ଗ୍ରାମରେ ମଧ ସେମିତି ସମସ୍ୟା ଉପୁଜି ଥିଲା କିନ୍ତୁ ମୋତିର ବାପା ସବୁ ସର୍ତ ମାନି ବସନ୍ତ ସାଙ୍ଗରେ ନିର୍ବନ୍ଧ କରିଲେ।

ପରେ ବସନ୍ତ ଏବଂ ମୋତିର ଦେଖା ସାକ୍ଷାତ ଚାଲୁ ରହିଲା। ନିର୍ବନ୍ଧର ୩ ମାସ ପରେ ବାହାଘର ଦିନ ଧାର୍ଯ୍ୟ କରାଗଲା ଏବେ ବସନ୍ତର ଗାଁ ଲୋକେ ବାହାଘରରେ ଉପସ୍ଥିତ ହେବା ପାଇଁ ରାଜି ହେଲେ। ବାହାଘରରେ ସୋମେଶ ଏବଂ ସୁରଭି ମଧ ଆସିଲୋ। ମୋତି ପାଇଁ ବସନ୍ତ ଯେମିତି ଉପହାର ସଦୃଶ୍ୟ ଥିଲା। ବାହାଘର ଦିନ ପାଖେଇ ଆସୁଥାଏ। ମୋତି ଆସି ସୁରଭି ଘରେ ରହୁଥାଏ। ମୋତିର ପସନ୍ଦର ଶାଢ଼ୀ ଏବଂ ବାହାଘର ବେଦୀ କୋଉଠି ପଡ଼ିବ? ଏମିତି

ବହୁତ୍‌ କିଛି ମାନେ ପ୍ରତ୍ୟେକଟି ଯୋଜନା ବସନ୍ତ ଏବଂ ମୋତି ମିଶି କରୁଥିଲେ। ସାଙ୍ଗରେ ନାରାୟଣ, ଜିତୁ ଏବଂ ଚୀନୁ ସାହାଯ୍ୟ କରୁଥିଲେ। ବାହାଘରରେ ସବୁ ଜାଗାରେ ଫୁଲ ସୁସଜ୍ଜିତ ଥିଲା। ବାହାଘର ବେଦୀ ବସନ୍ତର ବଗିଚାରେ ଲାଗିବ ବୋଲି ଯୋଜନା ହେଲା।

ବାହାଘର ଦିନ ଆସି ପହଞ୍ଚିଲା। ବାରାତ୍‌ ରେ ବ୍ୟାଣ୍ଡ ବାଜା ସହିତ ବାଘ ନାଚର ଆୟୋଜନରେ ସମସ୍ତ ଅତିଥି ଯେମିତି ଝୁମି ଉଠିଲେ। ବାହାଘର ବହୁତ୍‌ ଧୁମ୍‌ ଧାମରେ ସମ୍ପନ୍ନ ହେଲା। ଭୋଜିରେ ସମସ୍ତେ ସାହାଯ୍ୟ କରିଲେ। ମୋତି ଏବଂ ବସନ୍ତର ପ୍ରଥମ ରାତି ପାଇଁ ଆୟୋଜନରେ ସୋମେଶ, ସୁରଭି ଏବଂ ଚିନା ଲାଗିପଡ଼ିଥିଲେ। ବାହାଘର ପରେ ଘରେ ପୂଜା ହେଲା ସବୁ କାମ ସରୁ ସରୁ ରାତି ୩ଟା ବାଜିଲାଣି।

ପୁରା ଦିନ ଭୋକ ଉପାସରେ ବସନ୍ତ ଏବଂ ମୋତିର ଅବସ୍ଥା ଶୋଚନୀୟ ହେବାକୁ ଲାଗିଥିଲା କିନ୍ତୁ ପ୍ରଥମ ରାତି ପାଇଁ ରୁମ୍‌ ର ସଜବାଜ ଦେଖି ଦୁହେଁ ବହୁତ୍‌ ଖୁସି ହୋଇଗଲେ। ପୁରା ରୁମ୍‌ ଫୁଲରେ ସଜା ହୋଇଥିଲା। ରୁମ୍‌ ର ପ୍ରତିଟି ଜାଗାରେ କେବଳ ଗୋଲାପ ଫୁଲ ହିଁ ଥିଲା। ସୁରଭି, ମୋତିକୁ ରୁମ୍‌ ଭିତରେ ନେଇ ଛାଡ଼ି ଆସିଲା। ସୁରଭି ମୋତିକୁ ବୁଝେଇ କହିଲା। ଯେତେ ପାରିବୁ ଟିକେ ନଖରାମୀ କରିବୁ ଦେଖିବୁ ବସନ୍ତ ତୋତେ ବହୁତ୍‌ ଭଲ ପାଇବେ।

ମୋତି : ହଉ ହଉ ଯା', ବେଶୀ ଭାଷଣ ଦେଉଛୁ। ତୋ ଦିଅରକୁ ଜଲ୍‌ଦୀ ପଠା (ମୁରୁକି ହସ ଦେଇ)।

ସୁରଭି : ଆଛା ଏତେ ଉଚ୍ଛନ୍ନ ମୋ ଧନ, ହଉ ଭଲ କଥା, ଅପେକ୍ଷା କରେ ବସନ୍ତ ଆସିଯିବ। ଏତିକିବେଳେ ସୋମେଶ ସୁରଭିକୁ ଡାକିଲା କହିଲା ବେଶୀ କୁହନି ମୋତି ସବୁ ଜାଣିଛି, ଏପଟେ ବସନ୍ତ ତରବର ହେଲାଣି (ସମସ୍ତେ ହସିଲେ)।

ତାପରେ ବସନ୍ତ ରୁମ୍‌ ଭିତରକୁ ପ୍ରବେଶ କରିଲା। ମୋତି ଚୁପ୍‌ କରି ଛିଡ଼ା ହୋଇଥାଏ। ବସନ୍ତ ଗୋଟିଏ ଗୋଲାପ ଫୁଲ ଆଣି ପାଖରେ ଠିଆ ହେଲା। ମୋତି ବସନ୍ତକୁ ମୁଣ୍ଡିଆ ମାରିଲା। ଉପହାରରେ ବସନ୍ତ ଦୁଇଟି ସୁନା ଚୁଡ଼ି

ପିନ୍ଧେଇଲା। ମୋତି ଖୁସି ହୋଇ ବସନ୍ତକୁ ହଗ୍ କରିଲା। ବସନ୍ତର ଦେହ ପୁଣି ଥରେ ଥରିବାକୁ ଲାଗିଲା।

ମୋତି : ଆଜି ମଧ ଲାଜ?

ବସନ୍ତ : ଲାଜ ନାହିଁ ଯେ, ମୋତେ କ'ଣ ହେଉଛି ମୁଁ ଜାଣିନି।

ମୋତି : ସବୁ ଜାଗାରେ ପୁଅମାନେ ଇଚ୍ଛା ରଖନ୍ତି କିନ୍ତୁ ମୋତେ ଲାଗୁଛି ମୋତେ ହିଁ ଷ୍ଟାର୍ଟ କରିବାକୁ ପଡ଼ିବ।

ବସନ୍ତ : କ'ଣ ଷ୍ଟାର୍ଟ କରିବ?

ମୋତି : ବେଶୀ ଓଲୁ ହୁଅ ନାହିଁ। ତୁମେ ହେଉଛ ଛୁପା ରୁଷ୍ଟମ୍ ! ସବୁ ଜାଣି ଓଲୁ ହେଉଛ।

ବସନ୍ତ : ଷ୍ଟାର୍ଟ କରିବ ଯେ, ବସ ଟିକେ କଥା ହେବା।

ମୋତି : ହଉ ଆଜି ତୁମେ କହିବ ଏବଂ ମୁଁ ଶୁଣିବି।

ବସନ୍ତ : ପ୍ରଥମେ କୁହ, ତମ ଆଇଡିଆରେ ସବୁ ହୋଇଛି ନା?

ମୋତି : ହଁ ସବୁ ହେଲା ଆଉ ବହୁତ୍ ଭଲରେ ହେଲା , ବହୁତ୍ ଖୁସି ମଧ ଲାଗିଲା। ଏତିକି କହି ମୋତି ବସନ୍ତ ଗାଲରେ ଗୋଟିଏ କିସ୍ କରିଲା।

ବସନ୍ତ : ଏତେ ସବୁ କରିଲି, କେବଳ ଗୋଟିଏ କିସ୍ ରେ ସବୁ ହୋଇଗଲା?

ମୋତି : ଏ ଦୁଷ୍ଟ, ତୁମେ କିଛି ଜାଣିନଥିଲ ପରା? ହଉ ତମ ଦୁଷ୍ଟାମୀ ଆଉ କିଛି ସମୟ ପରେ ଜଣା ପଡ଼ିବ। ବସନ୍ତ ମୁରୁକି ହସୁଥାଏ। ଜାଣିଛ ମୁଁ ଏତେ ଖୁସି ଯେ, ମୋ ଇଚ୍ଛା ମୁତାବକ ତୁମେ ସବୁ କରିଲ, ଯାହା କରିବାକୁ କହିଛି ସବୁ ଯାଗାରେ କିଛି ଅଧିକା ହିଁ ହୋଇଛି ସତେ ଆଜି ମୁଁ ବହୁତ ଖୁସି। ନିଅ କ୍ଷୀର ଗ୍ଲାସ ଟିଏ ପିଅ ଦିଅ ତା'ପରେ କଥା ହେବା ।

ବସନ୍ତ : କ୍ଷୀର ଗ୍ଲାସ୍ ତା ଆମ ଯୋଜନା ମୁତାବକ ନଥିଲା। ଏଇ ଗ୍ଲାସ୍ ଟା ଆସିଲା କୋଉଠୁ?

ମୋତି : ସବୁ କ'ଣ ଯୋଜନାରେ ହୁଏ କି, କିଛି କିଛି ଅଟୋମେଟିକ୍ ହୋଇଯାଏ।

ବସନ୍ତ : ଅଟୋମେଟିକ ତ ହୁଏନି, କିଏ ତ ରଖିଥିବା।

ମୋତି : ବେଶୀ କଥା କହୁଛ, ଜଲ୍ଦୀ ପିଅ ହେ !

ବସନ୍ତ : ଆରେ ଏତେ ତରବର କାହିଁକି ହେଉଛ କୁହ ତ?

ମୋତି : ସବୁ କ'ଣ କୁହାଯାଏ ! ଯଦି ଷ୍ଟାର୍ଟ ଭଲ କରିଛ ତେବେ ଏଣ୍ଡ ମଧ ଭଲରେ କର। ବସନ୍ତ କିଛି କରିବାର ନାହିଁ, ମୁଁ ଯାଉଛି ଶୋଇବି। ତା'ପରେ ମୋତି ଟିକେ ନଖରାମି କରି ବେଡରୁ ଉଠି ଚାଲି ଯାଉଥିଲା। ବସନ୍ତ ଟାଣି ଆଣିଲା ଏବଂ ମୋତି ଆସି ବସନ୍ତର ବାହୁରେ ପଡ଼ିଲା।

ବସନ୍ତ : ତମ ଝିଅ ମାନେ ନଖରାମି କରିବା କୋଉଠୁ ଶିଖ୍ କରି ଆସୁଛ ନା କ'ଣ?

ମୋତି : ହଁ ଜାଣିନ କି?

ବସନ୍ତ : ରୁହ ତମ ପାଇଁ ଆଜିର ଲାଷ୍ଟ (ସରପ୍ରାଇଜ, ବସନ୍ତ ମୋତିକୁ ଠିଆ କରି କହିଲା |) ଆଖି ବନ୍ଦ କର। ମୋତି ଠିଆ ହେଲା ପରେ ବସନ୍ତ ଫେନ୍ ସ୍ୱିଚ ଅନ୍ କରିବା ପରେ ପୁରା ରୁମ୍ ରେ ଫୁଲର ବର୍ଷା ହେଲା ଏବଂ ବେଡ ତଳୁ ଥିବା ବେଲୁନ ବାହାରି ଆସି ଉଡିବାକୁ ଲାଗିଲା।

ମୋତି : ଆଇ ଲଭ୍ ୟୁ ମାଇଁ ସୁପର୍ ହିରୋ। ତା'ପରେ   ଦୁହେଁ କିସ୍ କରିବାକୁ ଲାଗିଲେ। ବସନ୍ତ ଏବଂ ମୋତିର ପ୍ରଥମ ମିଳନ ବହୁତ୍ ମଜାଦାର ଥିଲା ଏବଂ ପ୍ରଥମ ରାତିର ଭରପୁର ମଜା ନେଲେ।

ଦେଖୁ ଦେଖୁ ରାତି ପାହି ଗଲା । ମୋତି ସକାଳୁ ଶୀଘ୍ର ଗାଧୋଇ ମା'କୁ ମୁଣ୍ଠିଆ ମାରି ଘର କାମରେ ସାହାଯ୍ୟ କରିବାକୁ ଲାଗିଲା କିନ୍ତୁ ମା' ମୋତିକୁ ମନା କରି କହିଲେ। ନା ମା'.. ତୁ କରିବୁ, ତୋତେ କରିବାକୁ ଦେବୀ କିନ୍ତୁ ଅପେକ୍ଷା କର। ବର୍ତ୍ତମାନ ତୁ ତୋ ବେଡ ରୁମ୍ କୁ ଯା'।

ଏପଟେ ସୁରଭି ଆସି ପହଁଚି ମୋତି ସହିତ ମଜା ମଜା କଥା ହେବାକୁ ଲାଗିଲେ। କ'ଣ ମୋତି ରାତି ଭଲ କଟିଲା ନା ବୋରିଂଙ୍ଗ ଥିଲା।

ମୋତି : ବୋରିଂ କେବେ ହେବ ନାହିଁ, ବହୁତ୍ ମଜା ଲାଗିଲା ।

ଠିକ୍ ସେତିକିବେଳେ ବସନ୍ତ ଏବଂ ସୋମେଶ ଆସି ପହଁଚିଲେ। ସମସ୍ତେ ବସି କଥା ହେଲେ।

କିଛି ଦିନ ଗଲା ପରେ ଦୁହିଁଙ୍କ ପାଇଁ ହନିମୁନ ଟିକେଟ ହୋଇଥିଲା। ବସନ୍ତର ମା'ଙ୍କ ଦେହ ଖରାପ ଯୋଗୁଁ ଦୁହେଁ ହନିମୁନ ଯାଇପାରିଲେ ନାହିଁ, କିନ୍ତୁ ତାହା ସମ୍ଭବ ହେଲା ବାହାଘରର ଠିକ୍ ତିନି ମାସ ପରେ। ଦୁହେଁ ଉଟି ଏବଂ ଗୋଆ ବୁଲି ଆସିଲେ। ୪ ଦିନର ଟୁର୍ ରେ ଦୁହେଁ ବହୁତ୍ ମଜା କରିଲେ। ବହୁତ୍ ଜାଗା ବୁଲି ନିଜ ଜୀବନର ମୂଲ୍ୟବାନ ସମୟକୁ ବିତେଇଲେ। ବସନ୍ତ ମୋତି ତାଙ୍କ ଜୀବନରେ ଯାହା ଯାହା କରନ୍ତି ଦୁହେଁ ପୂର୍ବ ନିର୍ଦ୍ଧାରିତ ଭାବେ କରିଥାନ୍ତି। ଯାହା ଦୁହିଁଙ୍କୁ ସବୁ ସମୟରେ ଖୁସି ଦେଉଥିଲା।

ଜେଲ

ଚାଲନ୍ତୁ ଅନ୍ଧ ପଛକୁ ଫେରିବା, ମୋତିକୁ ନେଇ ବସନ୍ତର ପରିବାର ବହୁତ୍ ଖୁସିରେ ଚାଲିଲା। ସୋମେଶ ମଧ ୨ ମାସ ଛୁଟି ନେଇ ଆସିଥିଲା। ସବୁବେଳେ ଦୁଇ ସାଙ୍ଗ ମିଶି ବୁଲିବାକୁ ଯାଉଥାନ୍ତି। କେତେବେଳେ ପିକନିକ୍ ତ ଆଉ କେତେବେଳେ ମଜା ମସ୍ତି ଚାଲିଥାଏ। କେତେବେଳେ ବସନ୍ତର ଫୁଲ ବଗିଚାରେ ବସି ଗପ କରୁଥାନ୍ତି ତ କେତେବେଳେ ବାଇକ୍ ରେ ଦୂର ଯାଗାକୁ ବୁଲିବାକୁ ଯାଉଥିଲେ। ଏପଟେ ସୁରଭିର ମା'ଙ୍କ ଦେହ ଦିନକୁ ଦିନ ଖରାପ ହେବାରେ ଲାଗିଥାଏ। ସୁରଭି ନିଜ ଗ୍ରାମରେ ରହୁଥାଏ। ମା'ଙ୍କୁ ସେବା ସହ ସୋମେଶ ସାଙ୍ଗରେ ବୁଲାବୁଲି କରୁଥାଏ। ଏବେ ଶାନ୍ତି ଦେବୀ ମଧ ସୁରଭି ସାଙ୍ଗରେ ଭଲ ବ୍ୟବହାର କରୁଥିଲେ। ବେଳେବେଳେ ସୁରଭି ସୋମେଶ ସହିତ ନିଜ ଘରକୁ ଯାଇ ବୁଲି ଆସୁଥିଲେ।

ବାହାଘରର ଦେଢ଼ ମାସ ପରେ ପାଖ ଗ୍ରାମରେ ଠାକୁରାଣୀ ଯାତ୍ରା ଅନୁଷ୍ଟିତ ହେଉଥିଲା। ଯାତ୍ରା ବହୁତ୍ ଦିନ ଧରି ଚାଲିଲା। ଯାତ୍ରା ବୁଲାବୁଲି ପାଇଁ ଦୁଇ ସାଙ୍ଗ ନିଜ ନିଜ ସ୍ତ୍ରୀ ସାଙ୍ଗରେ ଆସିଲେ। ସେଠି ମିନାବଜାର ମଧ ଲାଗିଥାଏ। ଖେଳନା ସହ ଚୁଡ଼ି ଏବଂ ଅନ୍ୟାନ୍ୟ ଯାବତୀୟ ଜିନିଷ ବିକ୍ରି ହେଉଥିଲା। ମୀନା ବଜାରରେ ସର୍ତ ଅନୁଯାୟୀ ସୋମେଶ, ବସନ୍ତ ସହିତ ଏବଂ ସୁରଭି, ମୋତି ସହିତ ସାଙ୍ଗ ହୋଇ ବୁଲୁଥା'ନ୍ତି। କାରଣ ତା' ପୂର୍ବରୁ ଦୁଇ ଥର ସେ ଯାତ୍ରାରେ ସେମାନେ ଯୋଡି ହୋଇ ବୁଲାବୁଲି କରି ସାରିଥିଲେ। ସେଦିନ ନିଜେ ନିଜେ ବୁଲିବେ ଏବଂ ବୁଲା ବୁଲି ସରିବା ପରେ ବାଇକ୍ ରଖା ଯାଉଥିବା ସ୍ଥାନରେ ଆସି ସମସ୍ତେ ମିଶିବା ବୋଲି ସ୍ଥିର ହୋଇଥିଲା।

ସୁରଭି, ମୋତି ଆଗରେ ଆଗରେ ଯାଉଥାନ୍ତି କିଛି ଦୂର, ମାନେ ୧୦-୨୦ ମିଟର ପଛରେ ସୋମେଶ ଏବଂ ବସନ୍ତ ଆସୁଥାନ୍ତି। ହଠାତ୍ ଗୋଟିଏ

ଟୋକା ଆସି ମୋତିର ବେଣୀକୁ ଟାଣି ଗହଳି ରେ ଲୁଚିଗଲା। ପୁଣି କିଛି ସମୟ ପରେ ମୋତିର ଶାଢ଼ୀକୁ ଟାଣି ପୁଣି ଗହଳି ରେ ଲୁଚି ଗଲା। ଦୁହେଁ ପଛକୁ ବୁଲି ଦେଖିଲା ବେଳକୁ ଲୋକ ଗହଳି। ସେ ଜାଣିପାରୁ ନଥିଲେ। ସେ ଦେଖିଲେ କିଛି ଦୂରରେ ବସନ୍ତ ଏବଂ ସୋମେଶ କଥାବାର୍ତ୍ତା ହୋଇ ଆସୁଥିଲେ। ପ୍ରଥମେ ତ ମୋତି ଭାବିଲା କି ବସନ୍ତ କରୁଥିବ କିନ୍ତୁ ସେ ଯେତେବେଳେ ଦେଖିଲେ ଯେ ସେମାନେ ତ ବହୁତ୍ ଦୂରରେ ଅଛନ୍ତି ତେବେ ତା' ଚୁଟି ଏବଂ ଶାଢ଼ୀକୁ କିଏ ଟାଣି ଲୁଚି ଯାଉଛି? ମୋତି ଏବଂ ସୁରଭି ଚିନ୍ତାରେ ପଡ଼ିଲେ କିଏ ହୋଇ ଥାଇପାରେ? ମୋତି ସୁରଭିକୁ କହିଲା ତୁ ମୋ ପଛରେ ଆସୁଥିବା ଲୋକ ଉପରେ ନଜର ରଖ। ତା'ପରେ ଦୁହେଁ ତାକୁ ଧରି ମାଡ ଦେବା। ପୁଣି କିଛି ଦୂର ଗଲା ପରେ ମୋତିର ଚୁଟିକୁ ହାତ ମାରିବା ସମୟରେ ସୁରଭି ଦେଖିଦେଲା ଏବଂ ସେ ଟୋକାକୁ ଧରିବା ପାଇଁ ଦୌଡ଼ିବାରେ ଲାଗିଲୋ। ଭିଡ ଭିତରେ ପଶିଯିବାରୁ ଲୋକମାନେ ମଧ ସେ ଟୋକାକୁ ଧରି ନେଲୋ। ସେତିକିବେଳେ ସୋମେଶ ଏବଂ ବସନ୍ତ ମଧ ପହଞ୍ଚିଗଲେ। ସେ ଟୋକାକୁ ରାସ୍ତା କଡକୁ ନେଇ ୨ ଚାପୁଡ଼ା ମାରିବା ପରେ ସେ ଟୋକା କହିଲା ଯେ ମୋତେ ସୁମନ୍ତ କହିଥିଲା ଏମିତି କରିବାକୁ ବାକି ମୋତେ ମାର ନାହିଁ, ମୋତେ ଛାଡ଼ି ଦିଅ। ବସନ୍ତର ରାଗ ବଢ଼ିଗଲା। ତାକୁ ଧରି ଚାଲିଲେ, କହିଲେ - ସେ ସୁମନ୍ତ କୁଆଡେ ଗଲା। ସେ ଟୋକା କହିଲା ସେ ଆର ଗଲିରେ ଛିଡ଼ା ହୋଇଛି। ସମସ୍ତେ ସେ ଟୋକାକୁ ନେଇ ସୁମନ୍ତ ପାଖରେ ପହଞ୍ଚିଲେ।

ସେତିକିବେଳେ ସୁମନ୍ତ ଗୋଟିଏ ବିଡ଼ି ପିଇ ଦୋକାନୀ ସାଙ୍ଗରେ କଥା ହେଉଥାଏ। ସମସ୍ତେ ସେ ଟୋକା ସହିତ ସୁମନ୍ତ ପାଖରେ ପହଞ୍ଚିଲୋ। ସୁମନ୍ତ ଭାବିଲା ଏଠୁ କେମିତି ଦୌଡ଼ିଯିବି କିନ୍ତୁ ତା' ପାଖରେ କିଛି ରାସ୍ତା ନଥିଲା। ସେ ଟୋକାକୁ ଛାଡ଼ି ଦୁହେଁ ସୁମନ୍ତକୁ ଧରି ଚାପୁଡ଼ା ଉପରେ ଚାପୁଡ଼ା ମାରି ଚାଲିଲୋ।

ବସନ୍ତ : (ମୋତିକୁ କହିଲା) ସେଦିନ ସୁମନ୍ତର ବାପା ମିଛ କହିଥିଲେ ଏବଂ ଏଇ ସୁମନ୍ତକୁ କିଛି ହୋଇନି କି ତା' ସ୍ତ୍ରୀ ଗର୍ଭବତୀ ହୋଇ ନାହିଁ।

ମୋତି : ଆଚ୍ଛା ଏମିତି କଥା। ଏତିକି ଶୁଣି ମୋତି ରାଗରେ ସୁମନ୍ତର ଗୁପ୍ତାଙ୍ଗକୁ ଗୋଟିଏ ଲାତ ମାରିଲା। ସୁମନ୍ତ ନିଜ ଗୁପ୍ତାଙ୍ଗକୁ ଧରି ତଳେ ପଡ଼ି

ଚିତ୍କାର କରିବାକୁ ଲାଗିଲା।

ମୋତି : (ସୁମନ୍ତକୁ ରାଗରେ କହିଲା) ଯଦି ଭାଗ୍ୟରେ ଥିବ ତେବେ ବାପା ହୋଇ ପାରିବୁ ନହେଲେ ଜୀବନସାରା ମୋର ଏହି ସତ୍ ଟା ମନେ ରହିବ।

ବସନ୍ତ : ଆରେ ଚଣ୍ଡୀ କ'ଣ କରିଲ? ତା'ର ଜୀବନ ଚାଲିଯିବ।

ମୋତି : ତମ ସ୍ତ୍ରୀକୁ ସେ ଦୁର୍ବ୍ୟବହାର କରିବାକୁ ଲୋକ ପଠେଇଛି। ମାତ୍ର ତମର ତା' ପ୍ରତି ଦୟା କମ୍ ହେଉନି।

ବସନ୍ତ : ସେକଥା ନାହିଁ ମୋତି, ଏଠି ବାକି ଲୋକ ମଧ ଅଛନ୍ତି।

ଏତିକିବେଳେ ପାଖରେ ଥିବା ଲୋକ ମାନେ ଆସି କହିଲେ। କ'ଣ ହେଲା ଭାଇ? ବସନ୍ତ କହିଲା ଏ ଟୋକା ମୋ ସ୍ତ୍ରୀ ସାଙ୍ଗରେ ଖରାପ ବ୍ୟବହାର କରିଛି। ସେ ଲୋକମାନେ କହିଲେ ଏମିତି ଯଦି, ତେବେ ତାକୁ ଗ୍ରାମର ମଝିରେ ଥିବା ଖୁଣ୍ଟରେ ବନ୍ଧା ଯାଇ ତା'ର ସମାଧାନ କରାଯିବ। ତା'ପରେ ଗ୍ରାମର ଲୋକମାନେ ତାକୁ ଟାଣି ଟାଣି ନେଇ ଖୁଣ୍ଟରେ ବାନ୍ଧି ରଖିଲେ। କିଛି ସମୟ ପରେ ସୁମନ୍ତର ବାପା ଖବର ପାଇ ସେଠି ପହଞ୍ଚିଲେ।

ସୁମନ୍ତର ବାପା ଅନ୍ୟ ଗ୍ରାମର ଜମିଦାର ବୋଲି ଲୋକମାନଙ୍କୁ ନିଜ ପରିଚୟ ଦେଇ କହିଲେ ଏବଂ ଏ ହେଉଛି ମୋ ପୁଅ। ତା'ର ମୁଣ୍ଡ ଦୋଷ ଅଛି ତାକୁ ଛାଡ଼ି ଦିଅ। ଗାଁ ଲୋକେ କହିଲେ, ଆଜି ତା'ର ମୁଣ୍ଡ ଦୋଷ ଅଛି ବୋଲି ଆମେ ଛାଡ଼ିଦେବୁ କିନ୍ତୁ କାଲି ଆମ ସ୍ତ୍ରୀ ଝିଅ ବୋହୂକୁ ସେ ପୁଣି ଦୁର୍ବ୍ୟବହାର କରିବ ତେବେ?

ବସନ୍ତ : ନା, ଭାଇମାନେ ତାଙ୍କ ବାପା ମିଛ କହୁଛନ୍ତି।

ଗତ ନାମ ଯଜ୍ଞରେ ସେ ଏମିତି ଦୁର୍ବ୍ୟବହାର କରିଥିଲା। ସେଦିନ ତାଙ୍କ ବାପା କହିଲେ ଯେ, "ମୋ ପୁଅକୁ କ୍ୟାନ୍ସର ହୋଇଛି"। ତେଣୁ ଆମେ ଛାଡ଼ି ଦେଇଥିଲୁ, କିନ୍ତୁ ଆଜି ଛାଡ଼ନ୍ତୁ ନାହିଁ। ଏତିକିବେଳେ ଯାତ୍ରା କମିଟି ଲୋକ

ପୋଲିସ୍ ନେଇ ପହଞ୍ଚିଗଲେ। ମୋତି ପୋଲିସ ପାଖକୁ ଯାଇ କହିଲା, ସାର୍ ଏ ମୋ ସହିତ ଖରାପ ବ୍ୟବହାର କରିଛି। ତାକୁ ଜେଲ କୁ ନିଅନ୍ତୁ ଏବଂ ଆମେ ଏ ସୁମନ୍ତ ବିରୁଦ୍ଧରେ ଆଜି ରିପୋର୍ଟ ଲେଖିବୁ। ସୁମନ୍ତର ବାପା ପୁଣି ଅନୁରୋଧ କରିବାକୁ ଆସିଲେ କିନ୍ତୁ ପୋଲିସ ଶୁଣିଲେ ନାହିଁ। ଗ୍ରାମ କମିଟି ଏବଂ ଅନ୍ୟ କିଛି ଲୋକ କହିଲେ, ତାକୁ ଜେଲ ନେବା ପୂର୍ବରୁ ତାକୁ କିଛି ଦଣ୍ଡ ନିୟମ ପାଳନ କରିବାକୁ ହେବ। ତା'ପରେ ସେଠି ଲୋକମାନେ କହିଲେ ପ୍ରଥମେ ସେ ଟୋକା ଏ ଦୁଇ ଝିଅକୁ କ୍ଷମା ମାଗିବ। ଯଦି ଏମାନେ ତାକୁ କ୍ଷମା କରିବେ ତେବେ ଭଲ କଥା ଅନ୍ୟଥା ତା' ମୁହଁରେ କଳା ବୋଲି ତା' ଚୁଟି କାଟି ତାକୁ ଗାଁ ସାରା ବୁଲା ଯିବ। ତାପରେ ଆମେ ତାକୁ ପୋଲିସରେ ଦେବୁ।

ସୁମନ୍ତର ବାପା କହିଲେ ଠିକ୍ ଅଛି, ମୁଁ ବୁଝେଇ କହୁଛି। ସୁମନ୍ତର ବାପା ସୁମନ୍ତ ପାଖକୁ ଯାଇ କହିଲେ, ଏମିତି କାମ କାହିଁକି କରୁଛୁ। ଗାଁରେ ମୋର ଯୋଉ ଇଜ୍ଜତ ଅଛି ସେତକ ମଧ ସାରିଲୁଣି ଆଉ ଏବେ ତୋ ମୁହଁରେ କଳା ବୋଲି ତୋତେ ଗାଁ ସାରା ବୁଲେଇବେ ତା' ଠାରୁ ଭଲ ତୁ ସେ ଦୁଇ ଜଣଙ୍କୁ କ୍ଷମା ମାଗିଦେ। ସୁମନ୍ତ ଲୋକମାନଙ୍କ ଭିଡ଼ ଆଉ ରାଗ ଦେଖି ସେ ଦୁହିଁଙ୍କୁ କ୍ଷମା ମାଗିବା ପାଇଁ ରାଜି ହୋଇଗଲା କିନ୍ତୁ ମୋତିର ମନ ବୁଝିଲା ନାହିଁ। ସେ ଗ୍ରାମ କମିଟିକୁ ଅନୁରୋଧ କରି କହିଲେ ଆପଣ ତାକୁ ପୋଲିସରେ ଦିଅନ୍ତୁ। ଗ୍ରାମ କମିଟି ବିଚାର କରି ଶେଷରେ ସମସ୍ତ ସାକ୍ଷୀ ଦେଲେ ଏବଂ ସୁମନ୍ତକୁ ଜେଲ ପଠା ଗଲା।

ଦୁଃଖ

ରମେଶ ବାବୁ ସୋମେଶକୁ ଯେମିତି ନିଜ ପୁଅ ରୂପରେ ପାଇଥିଲେ। ଦିନେ ସନ୍ଧ୍ୟାରେ ରମେଶ ବାବୁଙ୍କ ଘରେ ସୋମେଶ ଏବଂ ସୁରଭି ଉପସ୍ଥିତ ଥିଲେ। ରମେଶ ବାବୁ ସମସ୍ତେ ଉପସ୍ଥିତ ଥିବା ସମୟରେ କହିଲେ,

ରମେଶ ବାବୁ : ଶୁଣ ନିତା ମୋ ଘରେ ୩ ଜଣ ସଦସ୍ୟରୁ ଏବେ ୪ ଜଣ ହୋଇ ଯାଇଛି, ଏବେ ମୋର ସବୁ କିଛିରେ ସୋମେଶର ମଧ ସେତିକି ଅଧିକାର ରହିବ ଏବେ ସୋମେଶ ମୋର ନିଜ ପୁଅ, କ'ଣ ସୁରଭି ଠିକ୍ କହିଲି ନା?" ସୁରଭି ହଁ କରିଲା।

ସୋମେଶ : ବାପା ଆପଣଙ୍କ କଥା ଅନୁସାରେ ଆପଣ ଯଦି ମୋତେ ପୁଅ କରୁଛନ୍ତି ତେବେ ମୁଁ ଏହି ଘରର.. ଘର ଜୋଇଁଆ ହେଲି (ସମସ୍ତେ ହସିଲେ)।

ରମେଶ ବାବୁ : ସେମିତି କଥା ନାହିଁ, ତୁମେ ମୋର ପୁଅ ବୋଲି ଆମେ ତୁମ ଠାରୁ କିଛି ଆଶା ରଖିଛୁ। ତାହା ହେଉଛି। ଆମ ଦୁଇଜଣଙ୍କ ଶେଷ ସମୟରେ ତୁମେ ଯଦି ଉପସ୍ଥିତ ରୁହ ତେବେ ଆମକୁ ସ୍ୱର୍ଗ ପ୍ରାପ୍ତି ହେବ ବୋଲି ଆଶା କରୁଛୁ।

ସୋମେଶ : ବାପା ସେମିତି କଥା କୁହନ୍ତୁ ନାହିଁ, ମୁଁ ରାଗିଯିବି !

ସୁରଭି : ବାପା ଏମିତି କଥା କୁହନ୍ତୁ ନାହିଁ ମୋତେ ମଧ ରାଗ ଲାଗୁଛି। ଦୁହେଁ ଏମିତି କହିବା ପରେ ରମେଶ ବାବୁ ଏବଂ ନିତା ଦେବୀଙ୍କ ଆଖିରେ ଲୁହ ଆସିଗଲା।

ନିତା ଦେବୀ : ତମ ଦୁଇ ଜଣଙ୍କ ଭଲ ପାଇବା ଦେଖି ଆମର ଆୟୁଷ ଅଧିକା ବଢ଼ିଯିବ ଲାଗୁଛି।

ସୋମେଶ : ଏହି ବିଷୟକୁ ବନ୍ଦ କରନ୍ତୁ, ଚାଲ ଖାଇବା। ତା'ପରେ ସମସ୍ତେ ରାତ୍ରି ଭୋଜନ ପରେ ବିଶ୍ରାମ କରିଲେ।

ଛୁଟି ସରିବାକୁ ଆସିଲା କିନ୍ତୁ ନିତା ଦେବୀଙ୍କ ଦେହ ଖରାପ ଯୋଗୁଁ ନିତା ଦେବୀଙ୍କ ଅନୁରୋଧ ପରେ ସୁରଭିକୁ ଛାଡ଼ି ସୋମେଶ ନିଜ ୟୁନିଟ୍‌କୁ ଫେରିଗଲା। ଇତି ମଧ୍ୟରେ ଲ୍ୟାଣ୍ଡ ଫୋନ୍ ର ବ୍ୟବସ୍ଥା ଆରମ୍ଭ ହୋଇ ଯାଇଥିଲା। ସମସ୍ତଙ୍କ ଘରେ ନୂଆ ଫୋନ୍ ଆସିଥିଲା। ଏବେ ଗ୍ରାମରେ ଥିବା ଟେଲିଫୋନ ପାଇଁ ଅପେକ୍ଷା କରିବାକୁ ପଡୁ ନଥିଲା। ଯେତେବେଳେ ଇଚ୍ଛା ସେତେବେଳେ କଥା ହେଉଥିଲେ। ଦିନକୁ ଦିନ ନିତା ଦେବୀଙ୍କୁ ଔଷଧର ପ୍ରଭାବ କମ୍ ହେବାକୁ ଲାଗିଥିଲା। ସୋମେଶ ୟୁନିଟ୍ ଆସିବାର ୨୦ ଦିନ ପରେ ହଠାତ୍ ରାତି ୩ଟାରେ ନିତା ଦେବୀଙ୍କ ନିଃଶ୍ୱାସ ବଢ଼ିବାରେ ଲାଗିଲା। ପାଖରେ ସୁରଭି ଥାଏ, ବାପାଙ୍କୁ କହିବା ପରେ ହସ୍ପିଟାଲ ଯିବା ପାଇଁ ବାପା ଗାଡ଼ି ବୁଝିଲେ। କିନ୍ତୁ ଯାହାକୁ ଯେତେବେଳେ ଯିବାର ଅଛି ତାକୁ କେହି ରଖି ପାରିବେ ନାହିଁ। ଗାଡ଼ିରେ ବସି ୫ କିମି ଗଲା ପରେ ନିତା ଦେବୀ ସବୁ ଦିନ ପାଇଁ ସମସ୍ତଙ୍କୁ ଛାଡ଼ି ଆର ପାରିକୁ ଚାଲିଗଲେ।

ରମେଶ ବାବୁ ଭାବିଲେ ହସ୍ପିଟାଲ୍ ନେଇ ତ ମୋ ସ୍ତ୍ରୀକୁ ବଞ୍ଚେଇ ପାରିବି ନାହିଁ ସେଥିପାଇଁ ସେ ସେଠୁ ଫେରାଇ ଆଣିଲେ। ସଙ୍ଗେ ସଙ୍ଗେ ରମେଶ ବାବୁ ସୋମେଶକୁ ଖବର ଦେଲେ କିନ୍ତୁ ସେତେବେଳେ ସେ ଖବର ପାଇ ପାରିଲା ନାହିଁ। ସକାଳ ହେବା ପରେ ସୋମେଶ ଫୋନ୍ କରି ଜାଣିଲା ଯେ ନିତା ଦେବୀ ଆର ପାରିକୁ ଚାଲି ଗଲେଣି। ସୋମେଶ ସଙ୍ଗେ ସଙ୍ଗେ ଛୁଟି ପାଇଁ ଆବେଦନ କରିଲା କିନ୍ତୁ ସେ ଦୂରରେ ଥିବା ଯୋଗୁଁ ଆସିବାକୁ ଦୁଇ ଦିନ ଲାଗିଗଲା। ରମେଶ ବାବୁଙ୍କ ଘରେ ଶୋକାକୁଳ ପରିବେଶ ଖେଳିଗଲା। ରମେଶ ବାବୁଙ୍କ ଆଶା ଆଶାରେ ରହିଗଲା। ଅନ୍ତିମ ସମୟରେ ସୋମେଶ ଯଦି ପାଖରେ ରହି ଥାଆନ୍ତା ତେବେ ଏ ଦୁଃଖ ସମୟଟା ଅଧିକ କଷ୍ଟ ଦେଇ ନଥାଆନ୍ତା।

ଶେଷ କୃତ୍ୟ ପ୍ରଥା ଅନୁଯାୟୀ କରାଗଲା। ଏବେ ରମେଶ ବାବୁ ନିଜକୁ

ବହୁତ୍ ଏକା ମନେ କରିଲେ। ଦୁଇ ଦିନ ପରେ ସୋମେଶ ଘରେ ଆସି ପହଁଚିଲା। ସୋମେଶ ସବୁବେଳେ ରମେଶ ବାବୁ ପାଖରେ ରହୁଥାନ୍ତି ଏପଟେ ରମୋତି, ବସନ୍ତ ମଧ ରମେଶ ବାବୁଙ୍କୁ ବୁଝାଇବାକୁ ଚେଷ୍ଟା କରୁଥିଲେ କିନ୍ତୁ ନିତା ଦେବୀଙ୍କ ମୃତ୍ୟୁ ତାଙ୍କୁ ବହୁତ୍ କଷ୍ଟ ଦେଇଥିଲା। ସେ ଆଖ୍ ଲୁହରେ ଦିନ କାଟୁଥିଲେ। ନିତା ଦେବୀଙ୍କ ମୃତ୍ୟୁ ପରେ ରମେଶ ବାବୁ ଯେମିତି ଭାଙ୍ଗି ପଡ଼ିଥିଲେ। ସେ ଠିକ୍ ସମୟରେ ଖାଇବା ପିଇବା କରୁନଥିଲେ। ଦେହ ଖରାପ ରହୁଥିଲା। ସୁରଭି ଏବଂ ସୋମେଶର ଅନୁରୋଧ ପରେ ରମେଶ ବାବୁ କିଛି ଦିନ ସ୍କୁଲ୍ ରୁ ଛୁଟି ନେଇ ବିଶ୍ରାମ କରିଲେ।

ଏପଟେ ରମେଶ ବାବୁଙ୍କ ଦେହ ଭଲ ରହୁନଥିବା ଦେଖ୍ ସୋମେଶ କହୁଥାଏ ବାପା ଆପଣ ଚାକିରୀ ଛାଡ଼ି ଦିଅନ୍ତୁ ଏବଂ ଆପଣ ମୋ ସହିତ ମୋ କ୍ୱାର୍ଟର୍ ରେ ରହିବେ। ମୋତେ ମଧ ଭଲ ଲାଗିବ ଏବଂ ଆପଣଙ୍କ ମନ ଠିକ୍ ହୋଇଯିବା। ସୋମେଶ ବାରମ୍ବାର ବୁଝାଇବା ପରେ ରମେଶ ବାବୁଙ୍କ ମନ ଦୃଢ଼ ହେବାକୁ ଲାଗିଲା ଏବଂ କିଛି ଦିନ ପରେ ସ୍କୁଲ୍ ରେ ଜଏନ କରିଲେ।

ରମେଶ ବାବୁ କିଛି ଦିନ ସ୍କୁଲ୍ ରେ ଡିଉଟି କରିବା ପରେ ତାଙ୍କ ମନ ଲାଗିଲା ନାହିଁ। ସୋମେଶର ଅନୁରୋଧ ପରେ ରମେଶ ବାବୁ ଗୋଟିଏ ମାସରୁ ଅଧିକ ପୁଣି ଛୁଟି ନେଲେ। କିଛି ଦିନ ପରେ ସୋମେଶ ରମେଶ ବାବୁ ଏବଂ ସୁରଭିକୁ ନେଇ ନିଜ ୟୁନିଟ୍ କୁ ଚାଲିଗଲା। ସେଠି ରମେଶ ବାବୁ ଗୋଟିଏ ମାସ ରହିବା ପରେ, ରମେଶ ବାବୁ କହିଲେ। ଏବେ ମୋତେ ଗାଁକୁ ଯିବାକୁ ହେବ। ଆଉ ତିନି ବର୍ଷ ଚାକିରୀ ଅଛି, ସେତକ ଖୁସିରେ କାଟି ଦେବି।

ରମେଶ ବାବୁଙ୍କ ମନରେ ଉତ୍ତମ ପରିବର୍ତ୍ତନ ଦେଖ୍ବା ପରେ ମଧ ସୋମେଶ ମନା କରୁଥାଏ କିନ୍ତୁ ରମେଶ ବାବୁ କହିଲେ ତୁମେ ଦୁଇ ଜଣ ଖୁସିରେ ରୁହ। ମୋର ଯେତେବେଳେ ଇଚ୍ଛା ହେବ ମୁଁ ଏଠି ବୁଲିବାକୁ ଆସିଯିବି। ସୋମେଶ, ରମେଶ ବାବୁଙ୍କ ପାଇଁ ଟିକେଟ କରିଦେଲେ ଏବଂ ରମେଶ ବାବୁ ଗାଁରେ ପହଁଛି ସ୍କୁଲ୍ ରେ ଜଏନ କରିଲେ। ରମେଶ ବାବୁ ନିଜେ ରୋଷେଇ କରି ଖାଆନ୍ତି। ବେଳେବେଳେ ମୋତିର ବାପା ମା' ଆସି କିଛି ଦିନ ରୁହନ୍ତି ଆଉ କେତେବେଳେ ରାଧା ବାବୁ ଏବଂ ଶାନ୍ତି ଦେବୀ ବୁଲିବାକୁ ଆସୁଥିଲେ

ବେଳେବେଳେ ମୋତି ମଧ ଆସି ରୁହେ ଏବଂ ପ୍ରାୟ ସମୟ ମୋତି ରୋଷେଇ କରି ବସନ୍ତ ହାତରେ ଦେଉଥାଏ ଏବଂ ବସନ୍ତ ରମେଶ ବାବୁ ପାଇଁ ଖାଇବା ଆଣି ଦେଉଥାଏ।

ପାଗଳ

ଏମିତି କିଛି ଦିନ ବିତିଗଲା। ସୁରଭି ସୋମେଶ ସାଙ୍ଗରେ ବହୁତ୍ ଖୁସିରେ ଥିଲା। ୟୁନିଟ୍ ରେ କିଛି ମାସ ପରେ, ଦିନେ କପଡା ଧୋଇ ଛାତ ଉପରକୁ ସୁଖେଇବାକୁ ଗଲା। ସେଠି ଦେଖିଲା ଦୁଇଟି କ୍ୱାର୍ଟର୍ ଆର ପଟେ ଗୋଟିଏ ଲୋକ ଯିଏ କି ସୋମେଶ ସାଙ୍ଗରେ ଚାକିରୀ କରୁଥାଏ ସେ ସୁରଭିକୁ ଚାହିଁ ରହିଥାଏ। ସୁରଭି ଅଣଦେଖା କରି ଚାଲି ଆସିଲା। ଦ୍ୱିତୀୟ ଦିନ ମଧ ସେମିତି ଛାତ ଉପରେ ଅପେକ୍ଷା କରିଥାଏ। ଏମିତି ସୁରଭି ସାଙ୍ଗରେ ସବୁଦିନ ଘଟୁଥିଲା। ସେ ପ୍ରତିଦିନ ସୁରଭିକୁ ଛାତରେ ଅପେକ୍ଷା କରୁଥାଏ। ଏମିତି କିଛି ଦିନ ଚାଲିଲା ପରେ ଦିନେ ସୁରଭି ସୋମେଶକୁ ଛାତରେ ଦେଖୁଥିବା ସେ ଲୋକ ବିଷୟରେ ସୋମେଶକୁ କହିଲା। ସୋମେଶ ରାଗିଯାଇ କହିଲେ ହଉ, ତୁମେ ଯେତେବେଳେ ଛାତକୁ ଯିବ... ତମ ପଛେ.. ପଛେ.. ମୁଁ ମଧ ଯିବି। ତା' ପର ଦିନ ଦୁହେଁ ସେମିତି କରିଲୋ। ଯେତେବେଳେ ସୁରଭି ଛାତ ଉପରକୁ ଗଲା ସେତେବେଳେ ସେ ଲୋକଟି ସୁରଭିକୁ ଚାହିଁ ରହିଲା।

ଠିକ୍ ସେତିକି ବେଳେ ସୋମେଶ ଆସିଗଲା। ସୋମେଶ ଆସିବାର ଦେଖି ସେ ଲୋକଟି ତଳକୁ ଚାଲିଗଲା। ସୋମେଶ ସଙ୍ଗେ ସଙ୍ଗେ ସେହି ଲୋକର ଘରକୁ ଯାଇ ଏହି ବିଷୟରେ ପଚାରିଲା, ସେହି ଲୋକର ସ୍ତ୍ରୀ ଏହି ବିଷୟ ଜାଣି ତା'ର ସ୍ୱାମୀକୁ ଗାଲି ଦେଲା ଏବଂ ସୋମେଶକୁ କ୍ଷମା ମାଗିଲା ଏବଂ ଆଗକୁ ଏମିତି ହେବ ନାହିଁ ବୋଲି କହିଲା। ଏତିକି କଥା ଶୁଣି ସୋମେଶ ଘରକୁ ଆସି ନିଜ ଡିଉଟିକୁ ଚାଲିଗଲା। ସୋମେଶ ଡିଉଟି ଗଲା ପରେ ସେହି ଲୋକଟି ସୁରଭି ଘରକୁ ଆସି କବାଟ ଠକ୍ ଠକ୍ କରିଲା। ସୁରଭି କବାଟ ଖୋଲି ଦେଖିଲା ବେଳକୁ ସେହି ଲୋକ ଯିଏ ଛାତ ଉପରେ ପ୍ରତିଦିନ ତାକୁ ଦେଖୁଥାଏ। ସୁରଭି ଡରିଯାଇ କବାଟ ବନ୍ଦ କରିଦେଲା। ସେହି ଲୋକ କହିଲା, ମାଡମ୍ ଶୁଣନ୍ତୁ, କବାଟ ଖୋଲନ୍ତୁ ଏବଂ ମୁଁ ସେମିତି କିଛି ଖରାପ ଉଦ୍ଦେଶ୍ୟରେ ଆସିନି, ଦୟାକରି

କବାଟ ଖୋଲନ୍ତୁ ।

ସୁରଭି ଧର୍ଯ୍ୟ ଧରି କବାଟ ଖୋଲିଲା। ସେହି ଲୋକ ସୁରଭିକୁ କ୍ଷମା ମାଗିଲା। କହିଲା, ଆଜି ଆପଣଙ୍କ ସ୍ୱାମୀ ଆମ ଘରକୁ ଆସିଥିଲେ ଏବଂ ମୋତେ ଗାଳି ଦେଲେ। ପ୍ରକୃତରେ ମୁଁ ଆପଣଙ୍କୁ ଖରାପ ନଜରରେ ଦେଖୁ ନଥିଲି।

ମୋର ବାହାଘର ପୂର୍ବରୁ ମୁଁ ଗୋଟିଏ ଝିଅକୁ ଭଲ ପାଉଥିଲି କିନ୍ତୁ ଆମ ଭାଗ୍ୟ ଖରାପ ଯେ ଆମେ ଦିନେ ବୁଲିବାକୁ ଯାଇଥିଲୁ ହଠାତ୍ ରୋଡ ଉପରେ ଗୋଟିଏ ଗାଈ ଆସିବା ଯୋଗୁଁ ଆମେ ନିୟନ୍ତ୍ରଣ ହରେଇ ପଡିଗଲୁ ଦୁହିଁଙ୍କର ମୁଣ୍ଡ ମାଡ ହୋଇଯାଇଥିଲା। ମୁଁ ହେଲମେଟ ପିନ୍ଧିଥିବା ଯୋଗୁଁ ମୁଁ ବଞ୍ଚିଗଲି କିନ୍ତୁ ମୋ ଗାର୍ଲଫ୍ରେଣ୍ଡ ସେଠି ସେହି ସମୟରେ ମୋତେ ଛାଡ଼ି ଚାଲିଯାଇଥିଲା। ଏତିକି କହି ସେ ଲୋକଟି କାନ୍ଦିବାକୁ ଲାଗିଲା। ସୁରଭି ଏ ସବୁ ଦେଖି କ'ଣ କରିବ ଭାବି ଲୋକଟିକୁ ଘରକୁ ଡାକି ଆଣିଲା ଏବଂ ଚେୟାର ଦେଇ ବସିବାକୁ କହି ପାଣି ଗ୍ଲାସ ଟିଏ ଦେଲା ଏବଂ କହିଲା ମୋ ଗଲଫ୍ରେଣ୍ଡ ଠିକ୍ ଆପଣ ଭଳି ସୁନ୍ଦରୀ ଥିଲା ସେଥିପାଇଁ ଆପଣଙ୍କୁ ଦେଖିବା ପାଇଁ ଛାତ ଉପରକୁ ପ୍ରତିଦିନ ଯାଉଥିଲି। ଆପଣ ଖରାପ ଭାବୁଥିବେ ସେଥିପାଇଁ ଅସଲ ସତ କଥାକୁ କହିବାକୁ ଆସିଛି। ତାପରେ ଲୋକଟି ନିଜ କ୍ୱାର୍ଟର୍ କୁ ଫେରିଗଲା। ସୁରଭି ମଧ କିଛି ନ କହି ତାଙ୍କୁ ବିଦାୟ ଦେଲା। ସୁରଭି ମନ ଭିତରେ ବହୁତ ପ୍ରଶ୍ନ ସୃଷ୍ଟି ହେଉଥିଲା କିନ୍ତୁ ସେ ସ୍ଥିର କରିଲା ଯେ ନା ମୁଁ ମୋ ଗାଧୋଇବା ସମୟକୁ ବଦଲେଇବାକୁ ପଡ଼ିବ।

ତା'ପର ଦିନ ଠାରୁ ସେ ପାହାନ୍ତିଆ ଉଠି ଗାଧୋଇ କପଡ଼ା ଶୁଖେଇ ଆସିଯାଉଥାଏ। ଠିକ୍ ୫ ଦିନ ପରେ ଦିନେ ଖରାବେଳେ ସୋମେଶ ନଥିବା ସମୟରେ କବାଟ ଠକ୍ ଠକ୍ ହେଲା। ସୁରଭି ଭାବିଲା ସୋମେଶ ଆଜି ଶୀଘ୍ର ଆସି ଯାଇଛନ୍ତି ଭାବି କବାଟ ଖୋଲି ଦେଖିଲା ବେଳକୁ ସେହି ଲୋକ ଯିଏ ଛାତ ଉପରେ ତାକୁ ଦେଖୁଥିଲା। ସେ ଲୋକଟି ଜବରଦସ୍ତ ଭିତରେ ପଶି ଆସି ସୁରଭିର ଦୁଇ ହାତକୁ ଧରି ରାଗରେ କହିଲା ତୁମେ ଛାତ ଉପରକୁ କାହିଁକି ଆସୁନ? ମୁଁ ପାଗଲ ହୋଇ ଗଲିଣି। ତୁମେ କ'ଣ ଚାହୁଁଛ? ମୁଁ ଜିଅନ୍ତା ମରିଯିବି? ତମକୁ ଛାଡ଼ି ମୁଁ ରହିପାରୁଛି ନା ରହିପାରିବି ! ତୁମେ କାହିଁକି ଆସୁନ କୁହ? ଏତିକି ଶୁଣି ସୁରଭି ଡରରେ ଥରିବାକୁ ଲାଗିଲା। ସେ ନିଜ ହାତକୁ ଛଡେଇବାକୁ

ଚେଷ୍ଟା କଲେ ମଧ୍ୟ ଛେଡ଼ଇ ପାରୁନଥାଏ। ସେ କ'ଣ କରିବ ଭାବି ପାରୁନଥିଲା। ଘରେ ଫୋନ୍ ଥିଲେ ମଧ୍ୟ ସୋମେଶକୁ କେମିତି କଲ୍ କରିବ, ସେ ଉପାୟ ଶୂନ୍ୟା। ହଠାତ୍ ସେ କିଛି ନ ବୁଝି ସେ ଲୋକଟିର ହାତକୁ କାମୁଡ଼ି ଦେଲା। ଲୋକଟି ହାତ ଛାଡ଼ିଲା ପରେ ସୁରଭି ଦଉଡ଼ି ଯାଇ ଅନ୍ୟ ଏକ ରୁମ୍ ରେ ଭିତର ପଟୁ ଲକ୍ କରି ରହିଗଲା। ସେ ଲୋକଟି ପାଗଳ ଭଳି କବାଟ ପିଟୁଥାଏ ଏମିତି ବହୁତ୍ କିଛି ରାଗରେ କହିଯାଉଥାଏ। ଏପଟେ ସୁରଭି ତା'ର କଥା ଶୁଣି ଡରରେ ଝାଳ ବୋହିଯାଉଥାଏ। କାନ୍ଦିବାକୁ ଚାହୁଁଥିଲା ମାତ୍ର ଡରରେ କାନ୍ଦି ପାରୁ ନଥାଏ। ପ୍ରାୟ ଦେଢ଼ ଘଣ୍ଟା ପରେ ସେ ଲୋକଟି ଚୁପ୍ ହୋଇ ନିଜ ଘରକୁ ଫେରି ଗଲା।

ଅଲଗା ରୁମ୍ ରେ ସୁରଭି ରହି ଡରରେ ଥରୁଥାଏ। ଡରରେ ସେଇ ରୁମ୍ ଭିତରେ ରହି କାନ୍ଦ କାନ୍ଦ ହୋଇ ସୋମେଶକୁ ଡାକିବା ପାଇଁ ଚେଷ୍ଟା କରୁଥାଏ କିନ୍ତୁ ସେ ଏତେ ଡରି ଯାଇଥିଲା ଯେ ତା' ପାଟିରୁ ସ୍ୱର ଟିକେ ମଧ୍ୟ ବାହାରୁ ନଥିଲା। ଅନ୍ୟ ରୁମ୍ ରେ ଟେଲିଫୋନ ଥିଲା। ସେ ଡରରେ କବାଟ ଖୋଲିବାକୁ ସାହାସ କରି ପାରୁ ନଥିଲା।

ସେ ଲୋକଟି ଯିବାର ଠିକ୍ ୨୦ ମିନିଟ୍ ପରେ ସୋମେଶ ଘରକୁ ଖାଇବାକୁ ଆସିଲା। କବାଟ ଖୋଲା ପଡ଼ିଛି। ଘରର ସବୁ ସାମାନ ଏପଟ ସେପଟ ହୋଇ ପଡ଼ିଛି। ସୋମେଶର ଚିନ୍ତା ବଢ଼ିଲା, ସୁରଭି ନାହିଁ, ଦଉଡ଼ି ଦଉଡ଼ି ଅନ୍ୟ ଏକ ରୁମ୍ କୁ ଗଲା ବେଳେ କବାଟ ବନ୍ଦ ପଡ଼ିଛି। କବାଟକୁ ଜୋରରେ ପିଟିବାକୁ ଲାଗିଲା। ସୁରଭି କାନ୍ଦି କାନ୍ଦି ଅନ୍ଧ ଅଚେତ ହୋଇ ପଡ଼ିଥିଲା। ୮-୯ ଥର କବାଟ ପିଟିବା ପରେ ସୁରଭିର ଚେତା ଫେରିଲା। ସେ ଯେତେବେଳେ ସୋମେଶର ସ୍ୱର ଶୁଣିଲା ତାକୁ ସାହାସ ମିଳିଲା। ସେ କବାଟ ଖୋଲିଲା ଏବଂ ଛଳ ଛଳ ଆଖିରେ କବାଟ ଖୋଲି ପୁଣି ସୋମେଶ ଛାତିରେ ଆସି ବେହୋସ ହୋଇଗଲା। ସୋମେଶ ସୁରଭିକୁ ଉଠେଇ ଖଟ ଉପରକୁ ଆଣିଲା। ମୁହଁରେ ପାଣି ଚିଞ୍ଚି ସୁରଭିକୁ ଉଠେଇଲା ଏବଂ ପାଣି ଗ୍ଲାସ ଟିଏ ପିଇ ସାରିଲା ପରେ ସୁରଭି ସୋମେଶକୁ କୁଣ୍ଢେଇ କାନ୍ଦିବାକୁ ଲାଗିଲା।

ସୋମେଶ : କ'ଣ ହେଲା, ସୁରଭି କୁହ ମୋତେ ବହୁତ୍ ଚିନ୍ତା ହେଉଛି କ'ଣ ହୋଇଛି କୁହ?

ସୁରଭି ସେ କଥା ଭାବି ଭାବି ବାରମ୍ବାର ଚମକି ପଡୁଥାଏ। ସୋମେଶ ପୁଣି ପଚାରିଲା କ'ଣ ହେଲା କୁହ? ସୁରଭି ଚମକି ପଡ଼ିଲା ଏବଂ କୁଣ୍ଢେଇ ହୋଇ ପୁଣି କାନ୍ଦିବାକୁ ଲାଗିଲା। ସୋମେଶ ବୁଝେଇଲା। ଆରେ କାନ୍ଦ ନାହିଁ? କ'ଣ ହୋଇଛି ମୋତେ କୁହ? ପ୍ରାୟ ୫ ମିନିଟ୍ ପରେ ସୁରଭି ସାଧାରଣ ଅବସ୍ଥାକୁ ଫେରିଲା। ସେ ଘଟଣା ବିଷୟରେ ସବୁ କଥା କହିଲା। ସୋମେଶ ମୁଣ୍ଡରେ ହାତ ଦେଇ କହିଲା ସବୁ ଭୁଲ ମୋର, ତମକୁ କହିବାର ଥିଲା ଆରେ ସେ ଗୋଟିଏ ପାଗଳଟିଏ।

ସେ କେତେବେଳେ କାହାକୁ କ'ଣ କହିଛି ସେ ନିଜେ ମଧ୍ୟ ଜାଣିନି। ସେ କିଛି ଖରାପ ବ୍ୟବହାର କରି ନାହିଁ ତ?

ସୁରଭି : ନା ସେ କେବଳ ମୋ ହାତ ଧରି ପଚାରୁଥିଲା କିନ୍ତୁ ମୁଁ ତା' ହାତକୁ କାମୁଡ଼ି ରୁମ୍ ଭିତରକୁ ପଶି ଆସିଲି।

ସୋମେଶ : ଚାଲ ପ୍ରଥମେ ଖାଇବା ତା'ପରେ ସେ ପାଗଳର ବ୍ୟବସ୍ଥା ମୁଁ କରିବି।

ସୁରଭି : ମୋତେ କାହିଁକି ଡର ଡର ମାଡୁଛି। ତୁମେ ଆଉ ଯାଅ ନାହିଁ ! ପ୍ଲିଜ୍ ମୋତେ ଛାଡ଼ି ତୁମେ ଯାଅ ନାହିଁ ! ଚାଲ ଆମେ ଫେରିଯିବା ଆମ ଗାଁକୁ।

ସୋମେଶ : ଆରେ ବାବା କିଛି ହେବ ନାହିଁ। ଚିନ୍ତା କର ନାହିଁ। ସେ ଆଉ ଆସିବ ନାହିଁ, ସେ ତମକୁ ଯାହା ଯାହା କହୁଛି ସବୁ ମିଛ।

ସୁରଭି : ନା ନା, ଚାଲ ଆମେ ଆମ ଗାଁକୁ ଚାଲିଯିବା।

ସୋମେଶ : ହଉ ଠିକ୍ ଅଛି, ଚାଲି ଯିବା, କିନ୍ତୁ ଏହି ଘଟଣାଟି ଶୁଣ ଏବଂ ତା'ର ସମାଧାନ ମୁଁ କରିବି। ତା' ପରେ ତୁମେ ଯଦି କହିବ, ତେବେ ଆମେ ଗାଁକୁ ଫେରିଯିବା ।

ଘଟଣାଟି ହେଲା ସେ ଲୋକଟିର ବର୍ଷେ ତଳେ ଏହି ୟୁନିଟ୍ ରେ ଗାଡ଼ି

ଚଳାଉଥିବା ସମୟରେ ମୁଣ୍ଡ ମାଡ ଯୋଗୁଁ ତାର ବେଳେ ବେଳେ ପାଗଳାମି ଆରମ୍ଭ ହୋଇଯାଏ। ସେ କିଛି ଡିଉଟି କରେ ନାହିଁ କେବଳ ଗଛରେ ପାଣି ଦିଏ ଏବଂ ସାମାନ ନେବା ଆଣିବା କରେ। ସୁରଭିକୁ ବୁଝେଇଲା ପରେ ସୁରଭି ବୁଝିଲା। ଦୁହେଁ ଖାଇଲୋ। ସୋମେଶ ନିଜ ଅଫିସରକୁ ଘରେ ଘଟିଥିବା ସବୁ ଘଟଣା କହିଲା। ଅଫିସର ସୋମେଶକୁ କିଛି ଦିନ ଛୁଟି ଦେଲେ ସେ ସୁରଭି ସାଙ୍ଗରେ ୟୁନିଟ୍ ରେ ରହିଲା। ଦୁହେଁ କଲୋନୀରେ ବୁଲାବୁଲି କରୁଥାନ୍ତି। କିଛି ଦିନ ପରେ ସୁରଭିର ମନ ଠିକ୍ ହୋଇଗଲା ଏବଂ ପୂର୍ବ ଭଳି ସବୁ ଠିକ୍ ଠାକ୍ ରେ ଚାଲିଲା। ସୋମେଶ ଦିନେ ପଚାରିଲା କ'ଣ କହୁଛ ? ଚାକିରୀ ଛାଡ଼ି ଚାଲିଯିବା?

ସୁରଭି : ନା ନା, ସେ ସମୟରେ ମୁଁ ବହୁତ୍ ଡରି ଯାଇଥିଲି। ସେଥିପାଇଁ ଏମିତି କହି ଦେଇଥିଲି ।

ଏହି ଭିତରେ ସୋମେଶ ସେହି ପାଗଳ ଲୋକ ବିରୁଦ୍ଧରେ କେସ କରିବା ଯୋଗୁଁ ଗୋଟିଏ ମାସ ଭିତରେ ସେହି ପାଗଳର ଅନ୍ୟ ଏକ ୟୁନିଟ୍ କୁ ପୋଷ୍ଟିଙ୍ ହୋଇଗଲା।

ଖୁସି ଖବର

ପ୍ରାୟ ୫ ମାସ ପରେ ସୁରଭି ବେଳେବେଳେ ବାନ୍ତି କରେ। ସୋମେଶ ଡାକ୍ତର ପାଖକୁ ଯାଇ ଚେକ୍ କରିଲା ପରେ ଜାଣିଲେ ଯେ ସୁରଭି ମା' ହେବାକୁ ଯାଉଛି। ସମସ୍ତଙ୍କୁ ଏହି ଖୁସି ଖବର କହିଲେ। ଗାଁକୁ ଫୋନ୍ କରି ମଧ ଜଣାଇଲେ। ସମସ୍ତେ ଖୁସି ହେଲେ। ସୋମେଶ ଏଥର ନିଷ୍ପତି ନେଲା ଯେ ସୁରଭିକୁ ମୋ ପାଖରେ ରଖିବି ତାକୁ ଗାଁକୁ ଛାଡ଼ିବି ନାହିଁ।

ମୁଁ ବାପା ହିସାବରେ ତା'ର ସବୁ ଯତ୍ନ ନେବି। କିଛି ମାସ ପରେ ଶାନ୍ତି ଦେବୀ ସୋମେଶ ପାଖକୁ ଆସି ସୁରଭିର ଯତ୍ନ ନେବା ପାଇଁ କହିଲେ, କିନ୍ତୁ ସୋମେଶ ରୋକ୍ ଠୋକ୍ ମନା କରିଦେଲା। ସୋମେଶ କହିଲା ଯେତିକି ହେବ ମୁଁ ସେତିକି ଯତ୍ନ ନେବି। ସୋମେଶ ତା' ମା' ଉପରେ ଏବେ ପର୍ଯ୍ୟନ୍ତ ରାଗିଥିଲା। ସୋମେଶ ସୁରଭିର ବହୁତ୍ ଯତ୍ନ ନେଉଥିଲା। ସେ କାହା କଥା ନ ଶୁଣି ସେ ନିଜକୁ ଯାହା ଠିକ୍ ଲାଗୁଥିଲା ତାହା କରୁଥିଲା। ସମୟ ସମୟରେ ମେଡ଼ିସିନ୍ ଦେବା, ଠିକ୍ ସମୟରେ ଖାଇବା, ଛୁଆ ପାଇଁ ବିଶ୍ରାମ ନେବା ଉପରେ ମଧ ବହୁତ୍ ଧ୍ୟାନ ଦେଲା। ଠିକ୍ ୧୦ ମାସ ପରେ ପରିବାରରେ ନୂଆ ସଦସ୍ୟର ପ୍ରବେଶ ହେଲା। ଦେଖିବାକୁ ଯେତିକି ସୁନ୍ଦର ତାର ନାଆଁଟି ମଧ ସେତେ ସୁନ୍ଦର। ନାଆଁଟି ତା'ର ଆଲୋକ। ଦୁହେଁ ଆଲୋକର ସେବା ଯତ୍ନରେ କେବେ ଅବହେଳା କରିଲେ ନାହିଁ। ଆଲୋକ ଜନ୍ମ ହେବାର ୬ ମାସ ପରେ ଦୁହେଁ ପ୍ରଥମ କରି ଆଲୋକକୁ ନେଇ ଗାଁକୁ ଫେରିଲେ। ପରିବାର ଲୋକେ ଶ୍ରଦ୍ଧାର ସହକାରେ ଆଲୋକ, ସୋମେଶ ଏବଂ ସୁରଭିକୁ ସ୍ୱାଗତ ଜଣେଇଲେ। ସୋମେଶ ଘରେ ଆଜି ନୂଆ ଜନ୍ମ ଆସିବା ଖୁସିରେ ରାଧା ବାବୁ ଗାଁରେ ସମସ୍ତଙ୍କୁ ମିଠା ବାଣ୍ଟିଲେ। ବସନ୍ତ ଏବଂ ମୋତି ସୋମେଶ ଘରକୁ ବୁଲିବାକୁ ଆସିଲେ। ସୋମେଶ ଗ୍ରାମରେ କିଛି ଦିନ ରହି ଏବଂ ସୁରଭିକୁ ଗ୍ରାମରେ ଛାଡ଼ି ଚାଲିଗଲା। ସୁରଭି ସୋମେଶ ଘରେ କିଛି ଦିନ ରହିବା ପରେ ନିଜ ଗାଁକୁ ଗଲା। ସେଠି ମୋତି ମଧ ସାଙ୍ଗରେ

ରହୁଥାଏ । ଏମିତି ଦିନ ଗଡ଼ି ଚାଲିଥାଏ ।

ଦେଖୁ ଦେଖୁ ୩ ବର୍ଷ ବିତି ଗଲା । ରମେଶ ବାବୁ କେତେବେଳେ ସୋମେଶର ୟୁନିଟ୍ ରେ ତ କେତେବେଳେ ଗାଁରେ ରହୁଥାନ୍ତି । ରମେଶ ବାବୁଙ୍କ ଚାକିରୀ ସରିଗଲା । ସେ ସଦା ସର୍ବଦା ଘରେ ବସି ରହୁଥିଲେ । ସୋମେଶ ନିଜ ମା' ଉପରେ ଏବେ ରାଗ କରେ ନାହିଁ । ଏପଟେ ରାଧା ବାବୁ ଏବଂ ଶାନ୍ତି ଦେବୀ ମଧ ବେଳେବେଳେ ସୋମେଶ ପାଖକୁ ଯାଇ କିଛି ମାସ ରହି ଆସୁଥିଲେ । ସୋମେଶ ରାଧା ବାବୁ ଏବଂ ରମେଶ ବାବୁ ଦୁହିଁଙ୍କୁ ନିଜ ବାପା ଭଳି ସ୍ନେହ ଦିଏ ଏବଂ ସେବା ମଧ କରେ । ହଁ ଘଟଣା ଯୋଗୁଁ କିଛି ମନ କଷ୍ଟ ହୋଇଥିଲା କିନ୍ତୁ ପରେ ସୋମେଶ ସବୁ ଭୁଲି ଯାଇଥିଲା ।

ଦୁନିଆର ରୀତି ନୀତି ବହୁତ୍ ଅଜବ । ଯେବେ ନିଜ ଉପରେ ପରିବାରର ଭାର ଆସେ ସେତେବେଳେ ଜଣା ପଡେ କି ପ୍ରକୃତରେ ଘରର ମୂରବୀ କେତେ ମହାନ୍ ଏବଂ କେତେ ଧର୍ଯ୍ୟବାନ । ବାପା ସବୁବେଳେ ଘରକୁ ସମାନ ଭାବେ ତୋଳିବାକୁ ଚେଷ୍ଟା କରନ୍ତି ଏବଂ ସମାନ ନିକିତିରେ ସମସ୍ତଙ୍କୁ ଗୋଟିଏ ମାପ ଦଣ୍ଡର ଭାଗିଦାରୀ କରି ସମସ୍ତଙ୍କୁ ଉଚିତ୍ ନ୍ୟାୟ ଦେବା ପାଇଁ ଚେଷ୍ଟା କରନ୍ତି । ଠିକ୍ ସେହିପରି ସୋମେଶ ମଧ ନିଜେ ବାପା ସାଜି ଏବଂ ନିଜ ବାପାଙ୍କ ସ୍ନେହ ଆଦରକୁ ବୁଝି ପାରି ସେ ତାଙ୍କୁ ସ୍ନେହ ଏବଂ ସେବା ଆକାରରେ ଫେରାଇ ବାକୁ ଚେଷ୍ଟା କରୁଥାଏ । ସୋମେଶ ବଦଳି ଯାଇଛି ଏବଂ ନିଜ ବାପା ମା'ଙ୍କୁ ଏବେ ସ୍ନେହ ଦେବାରେ ଲାଗିଛି ।

ବେଳେବେଳେ ଅଜଣା ପବନ ବୋହିବା ସ୍ରୋତରେ ଘରକୁ ଦୃଢ଼ ରଖିବା ଆଶାରେ କିଛି କ୍ଷଣ ପାଇଁ ଏପଟ ସେପଟ ହୋଇ ଯାଇଥାଏ । ସେଥିପାଇଁ ଘରର ମୂରବୀ ହୋଇ ଘର ଚଳେଇବା ସବୁଠୁ ବଡ ଚିନ୍ତା ଜନକ କାର୍ଯ୍ୟ ଅଟୋ ମୂରବୀ ପଦରେ ରହି ପରିବାରକୁ ନିୟୋଜିତ କରିବା ତଥା ପ୍ରତ୍ୟେକ ସଦସ୍ୟଙ୍କ ମନ କଥା ବୁଝିବା ବେଳେବେଳେ ବହୁତ୍ କାଠିକର ପାଠ ହୋଇ ଯାଏ । ହଁ ବେଳେବେଳେ ଅନ୍ୟର କଥା କୁ ଶୁଣି ପରିବାର ର ସଦସ୍ୟ କୁ ବିନା କାରଣରେ ଭୁଲ ବୋଲି ଦୋଷ ଦେଇ ଥାଉ ଏବଂ ଭୁଲ ନିଷ୍ପତି ମଧ ନେଉ ତାହା ପ୍ରକୃତରେ ଅନୁଚିତ୍ କିନ୍ତୁ ସୋମେଶ ନେଇଥିବା ନିଷ୍ପତି ବଦଳେଇବାକୁ ବାଧ ହେଲା । ସେ

ବୁଝିପାରିଛି ଯେ ମୁଁ ଛୋଟ ଥିବା ସମୟରେ ସେମାନେ ବହୁତ୍ ଦୁଃଖ ଏବଂ କଷ୍ଟରେ ପାଳି ପୋଷି ଆମକୁ ବଡ କରି ଆଜି ମଣିଷ କରିଛନ୍ତି। ଆମକୁ ମଣିଷ କରିବା ପଛରେ କେତେ ଯେ କଷ୍ଟ ସହିଛନ୍ତି ତାହା ଅନନ୍ୟ ଭାବେ ଗୋପନୀୟ ହୋଇ ଯାଇଛି।

ଭ୍ରମଣ

ଆଲୋକ ଜନ୍ମ ହେବାର ୨ ବର୍ଷ କିଛି ମାସ ହୋଇଥିବ ମୋତିର ପରିବାରରେ ଗୋଟିଏ ସୁନ୍ଦର ପରିଟିଏ ପାଦ ଦେଲା। ଝିଅଟି ଦେଖିବାକୁ ଠିକ୍ ମୋତି ଭଳି ସମସ୍ତେ ତାକୁ ରଶ୍ମି ବୋଲି ଡାକନ୍ତି।

ଯେବେ ସୋମେଶ ଛୁଟିରେ ଆସେ ଦୁହିଁଙ୍କ ପରିବାର ବୁଲିବାକୁ ଯାଆନ୍ତି। ଖୁବ୍ ମଜା ମସ୍ତି ଚାଲିଥିଲା। ସୋମେଶ ମଧ୍ୟ ବିଭିନ୍ନ ଯାଗାକୁ ପୋଷ୍ଟିଙ୍ଗ ହେଉଥାଏ। ସୁରଭି ତା' ସାଙ୍ଗରେ ରହୁଥାଏ। ଆଲୋକକୁ ୪ ବର୍ଷ ହୋଇଥିବ ତା'ର ଆଉ ଗୋଟିଏ ଭଉଣୀ ଜନ୍ମ ହେଲା। ନାଁଟି ତା'ର ସ୍ମିତା। ଦୁହେଁ ଭଲ ପାଠ ପଢ଼ିବାକୁ ଲାଗିଲେ। ଦିନ ପରେ ଦିନ ଗଡ଼ି ଚାଲିଥିଲା। ସମୟ ଗଡ଼ିବା ସଙ୍ଗେ ସଙ୍ଗେ ସୋମେଶ ଏବଂ ବସନ୍ତ ଦୁହେଁ କଥା ହୋଇ ନିଜ ନିଜ ପାଇଁ ଗୋଟିଏ ଲାଲ୍ ରଙ୍ଗର କାର ଆଣିଲେ। ଗୋଟିଏ କମ୍ପାନୀର ଗାଡ଼ି ଏବଂ ସମାନ କାର ଆଣିଲେ। ସେ ଦୁହେଁ ଯାହା କରନ୍ତି ସବୁ ମିଶି କଥା ହୋଇ କରନ୍ତି। ଦୁହିଁଙ୍କ ପରିବାରରେ ନୂଆ ଅତିଥି ଭାବେ ନୂଆ କାର୍ ଆସିଥିଲା। ଘରେ ସମସ୍ତେ ଖୁସି ଥିଲେ। ସମସ୍ତଙ୍କ ଇଚ୍ଛା ଯେ କୁଆଡେ ଦୂର ଜାଗା ଭ୍ରମଣ ପାଇଁ ଯିବେ। ନୂଆ କାର୍ ରେ ସେ ବହୁତ୍ ସ୍ଥାନ ବୁଲିବାକୁ ଯାଉଥାନ୍ତି।

ସୋମେଶର ରିଟାଇର ସମୟ ଆସି ପହଞ୍ଚିଲା। ଚାକିରୀର ୨୦ ବର୍ଷ ପରେ ସୋମେଶ ଚାକିରୀରୁ ବିଦାୟ ନେଇ ସେ ନିଜ ପରିବାର ସହିତ ସମୟ ବିତେଇବା ପାଇଁ ସ୍ଥିର କରିଲା। ପିଲାମାନଙ୍କ ପଢ଼ା ପଢ଼ି ଚାଲିଥିଲା। ସବୁ ଠିକ୍ ଠାକ୍ ଚାଲିଥିଲା। ସୋମେଶ ପ୍ରତିଦିନ ସକାଳେ ବ୍ୟାୟାମ ଏବଂ ଯୋଗ କରୁଥାଏ। ଦେଖୁ ଦେଖୁ କିଛି ମାସ ବିତିଗଲା।

ଏମିତି ଏକ ଦିନ ଆସିବ ବୋଲି କେହି ମଧ୍ୟ ସ୍ୱପ୍ନରେ ଭାବି ନଥିଲେ।

ଏକ ଜ୍ଵଳନ୍ତ ଉଲ୍‌କା ପିଣ୍ଡର ଆଘାତରେ ସୋମେଶର ପରିବାରରେ ଲୁହ ଦେଇ ଚାଲିଯିବ ବୋଲି କେହି ଭାବି ନଥିଲେ। ସେତେବେଳେ ଆଲୋକ ୧୬ ବର୍ଷର ହୋଇଥାଏ ଏବଂ ସ୍ନିତାକୁ ୧୨ ବର୍ଷ। ଶୀତ ଛୁଟି ହେଲା। ଦୁହେଁ ଜିଦ୍ କରିଲେ ବାପା ଆମେ ଗୋଟିଏ ଦୂର ଯାଗାକୁ ବୁଲିବାକୁ ଯିବା ଏବଂ ରଶ୍ମି ସହିତ ତାଙ୍କ ଅଙ୍କଲଙ୍କୁ କୁହ ସେମାନେ ମଧ୍ୟ ଆମ ସାଙ୍ଗରେ ଯିବେ। ସ୍ନିତା ମଜା କରି କହେ। ତୁ ଜାଣିନୁ କି ବାପା ଯିବେ ମାନେ ବସନ୍ତ ଅଙ୍କଲ ମଧ୍ୟ ଯିବେ ଏବଂ ବସନ୍ତ ଅଙ୍କଲ ଯଦି କୁଆଡେ ଯିବେ ତେବେ ଆମ ବାପା ମଧ୍ୟ ଯିବେ। ଏଥିରେ ସନ୍ଦେହ କୋଉଠି ରହିଲା। ସୋମେଶ ହସି ହସି କହିଲା, ଠିକ୍ କହିଲୁ ସ୍ନିତା ଯିବା ତ ବସନ୍ତ ଅଙ୍କଲର ପରିବାର ସହିତ ଯିବା। ପିଲାଙ୍କ ଜିଦ୍ ଏବଂ ଖୁସିକୁ ଦେଖ୍ ଦୁଇ ପରିବାର ଗୋଟିଏ ଦୂର ଜାଗା ବୁଲିବା ପାଇଁ ବାହାରିଲେ। ଦୁହିଁଙ୍କ ପରିବାର ନିଜ ନିଜ କାର୍ ରେ ଭ୍ରମଣ ପାଇଁ ବାହାରିଲେ। ସକାଳ ୫ ଟାରେ ଦୁହେଁ ବୁଲିବା ପାଇଁ ବାହାରିଲେ। ଦିନ ୧୦ ଘଣ୍ଟା ସମୟରେ ଗନ୍ତବ୍ୟ ସ୍ଥଳରେ ପହଞ୍ଚିଲେ। ସେଠି ବୁଲାବୁଲି କରି ସନ୍ଧ୍ୟାରେ ସମୁଦ୍ର କୂଳକୁ ଗଲେ। ସମୁଦ୍ର କୂଳରେ ବୁଲାବୁଲି ସାରି ରାତିରେ ହୋଟେଲରେ ଭୋଜନ କରିଲେ। ସ୍ଥିର ହେଲା ଯେ ପର ଦିନ ସକାଳେ ଭଗବାନଙ୍କ ଦର୍ଶନ ସାରି ଦୁହେଁ ନିଜ ଘର ଅଭିମୁଖେ ଯାତ୍ରା ଆରମ୍ଭ କରିବେ। ରାତିରେ ସମସ୍ତେ ମିଶି ହୋଟେଲରେ ଖୁବ୍ ମସ୍ତି କରିଲେ। ବହୁତ କଥା ହେଲେ ସମସ୍ତେ ଶୋଇଲା ବେଳକୁ ରାତି ୨ଟା ହେଲାଣି। ପୁଣି ସକାଳ ୫ଟାରେ ଉଠି ମନ୍ଦିର ଦର୍ଶନ କରି ଆସିଲେ। ମନ୍ଦିରର କିଛି ଦୂରରେ ଗୋଟିଏ ସ୍ଥଳ୍ ରେ ଜଳଖିଆ ସାରି ସମସ୍ତେ ବାହାରିଲେ ନିଜ ଘର ଅଭିମୁଖେ।

ସକାଳ ୬ଟାରେ ଯାତ୍ରା ଆରମ୍ଭ ହେଲା। ଧୀରେ ଧୀରେ ଗାଡି ଚାଲିଥାଏ। ସତେ ଯେମିତି ମେଘୁଆ ପାଗ ସମସ୍ତଙ୍କୁ ଥଣ୍ଡା ମହକ ଦେଇ କିଛି ଛେଡେଇ ନେବା ପାଇଁ ପ୍ରୟାସ କରୁ ଥିଲା। ପ୍ରାୟ ୧୦୦ କିମି ଦୂର ଆସିଲା ପରେ ରାସ୍ତା ପାର୍ଶ୍ୱରେ କେନାଲ ଯାଇ ଥାଏ। ପାଣି ଦେଖ୍ ରଶ୍ମି କହିଲା ବାପା ଆମେ ଏଠି କିଛି ସମୟ ରହିବା କି? ବସନ୍ତ ଏବଂ ସୋମେଶ କଥା ହୋଇ ଗାଡିକୁ ରୋଡ ସାଇଡରେ ରଖ୍ କିଛି ସମୟ କଥା ବାର୍ତ୍ତା ହେଲେ। ପାଖରେ ଥିବା କେନାଲରେ ସ୍ନିତା, ରଶ୍ମି ଏବଂ ଆଲୋକ ଯାଇ ପାଣିରେ କିଛି ସମୟ ଖେଲିଲେ। ଏପଟେ ସୁରଭି ଓ ମୋଟି ଗୋଟିଏ ଜାଗାରେ, ଅନ୍ୟ ଜାଗାରେ ସୋମେଶ ଓ ବସନ୍ତ ବସି କଥା ହେଉଥା'ନ୍ତି। କିଛି ସମୟ ମଜା ମସ୍ତି ପରେ ସାଙ୍ଗରେ ଆଣିଥିବା ଚଣା ତଥା

ଆଳୁ ଚିପ୍ସକୁ ଏବଂ ସେଓ ଖାଇ କିଛି ସମୟ କାର୍ ରେ ବାଜୁଥିବା ଗୀତରେ ସ୍ନିତା ଏବଂ ରଶ୍ମି ନାଚିବାକୁ ଲାଗିଲେ। ପିଲାମାନଙ୍କ ଅନୁରୋଧରେ ସୁରଭି ସହିତ ସୋମେଶ ଏବଂ ମୋତି ସହିତ ବସନ୍ତ ଡାନ୍ସ କରିଲେ।

ସେଦିନ ସମସ୍ତେ ବହୁତ୍ ଖୁସିରେ ଥିଲେ। ମାତ୍ର ସମସ୍ତେ ଆଶ୍ଚର୍ଯ୍ୟ ଥିଲେ ଯେ ଆଜି କ'ଣ ଆକାଶରେ ସୂର୍ଯ୍ୟ କିରଣର ଦେଖା ନାହିଁ। ସୁରଭି କହି ଉଠିଲା ବୋଧ ହୁଏ ଆମେ ଆଜି ଘରକୁ ଯାଉଛୁ ନା ସେଥିପାଇଁ ମେଘୁଆ କରି ରଖିଛି। ସୋମେଶ କହିଲା ନା..ନା... ଆଜି ବୋଧେ ଅଦିନିଆ ବର୍ଷା ହେବ ଏବଂ ଯଦି ବର୍ଷା ହୁଏ ତେବେ ମୁଁ ତ ପଛା ଭିଜିବି।

ସୁରଭି : ଏକା ତୁମେ ଭିଜିବ ନା କ'ଣ? ମୁଁ ମଧ ଭିଯିବି।

ଆଲୋକ : ବାପା ବାପା ମୁଁ ମଧ ବର୍ଷା ରେ ଭିଜିବି।

ସୋମେଶ : ତେବେ ଶୁଣ ଯେଉଁଠି ବର୍ଷା ହୁଏ ସେଠି ଗାଡି ରଖା ଯିବ ଏବଂ ସମସ୍ତେ ଭିଯିବା। ସୋମେଶର କଥାରେ ବସନ୍ତ ଏବଂ ମୋତି ହଁ କରିଲେ। ଏତିକି କହି ଗାଡି ବାହାରିଲା ଘର ଅଭିମୁଖେ।

କାଳ ଚକ୍ର

ସକାଳ ୯ଟା, ସୋମେଶ ଗାଡ଼ି ଚଳାଉଥିବା ସମୟରେ ପାଖରେ ସୁରଭି ବସି ମଜା ମଜା କଥା କହୁଥାଏ। ପଛରେ ଆଲୋକ ଏବଂ ସ୍ନିତା ବସି ଗପ କରୁଥାନ୍ତି। ଏବଂ ଅଟକଳ ମଟକଳ... ଖେଳି ବାରେ ଲାଗିଛନ୍ତି। ହଠାତ୍ କିଛି ଅଘଟଣ ଘଟିଯିବ ବୋଲି କାହାକୁ ଜଣା ନଥିଲା। କିଛି ସମୟ ପାଇଁ ବହୁତ୍ ମାତ୍ରାରେ ବର୍ଷା ହେବାକୁ ଲାଗିଲା। ୨ ମିନିଟ୍ ଭିତରେ ଏତେ ବର୍ଷା ହେଲା ଯେ ଆଗକୁ କିଛି ଦେଖା ଯାଉନଥାଏ। ସମସ୍ତେ ଯୋଜନା ମୁତାବକ ବର୍ଷାରେ ଭିଜିବା ପାଇଁ ଗାଡ଼ି ରଖିଲେ ସିନା କିନ୍ତୁ ଭୀଷଣ ବର୍ଷା ଯୋଗୁଁ ସେମାନେ ବାହାରକୁ ବାହାରିଲେ ନାହିଁ। ବର୍ଷା ହେବା ସହିତ ଅନ୍ଧ ଅନ୍ଧାର ହେଲା ଭଳି ଅନୁଭବ ହେଉଥାଏ। ସୋମେଶର ଗାଡ଼ି ଆଗରେ ଥାଏ ଏବଂ ବସନ୍ତ ପଛରେ ଥାଏ। ଗାଡ଼ିକୁ ଅନ୍ଧ ସାଇଡ କରି ଦୁହେଁ ସେଠି ଅପେକ୍ଷା କରିଲେ ଏବଂ ବର୍ଷା କମ୍ ହେଲେ ସମସ୍ତେ ବର୍ଷାରେ ଭିଯିବେ କିନ୍ତୁ ଏ କ'ଣ କିଛି କ୍ଷଣ ଭିତରେ ସବୁ ଓଲଟ ପାଲଟ ହୋଇଗଲା।

କଥାରେ ଅଛି ପରା ସମୟର କାଳ ଚକ୍ରୁ କେହି ବାଦ ପଡ଼ି ନାହାଁନ୍ତି। ସାମ୍ନାରୁ ଗୋଟିଏ ବୋଝେଇ ଟ୍ରକ ଆସି ସୋମେଶର ଗାଡ଼ି ଉପରେ ଚଢ଼ିଗଲା। ଟ୍ରକ୍ ର ବେଗ ଏତେ ଅଧିକ ନଥିଲେ ମଧ ଟ୍ରକ୍ ଟି ସୋମେଶ ର କାର୍ ଉପରେ ମାଡ଼ି ପ୍ରାୟ ୧୦ ମିଟର ହେବ ଆଗକୁ ଠେଲି ନେଇଗଲା ଏବଂ ସବୁଆଡେ ନିଶବ୍ଦ ହୋଇଗଲା।

ସତେ ଯେମିତି ପରିବେଶ କିଛି କ୍ଷଣ ପାଇଁ ଶାନ୍ତମୟ ହୋଇଗଲା। ପରିବେଶ ଶାନ୍ତ ହୋଇ କିଛି କହିବାକୁ ଚାହୁଁଥିଲା କିନ୍ତୁ ତା'ର ଏମିତି ଉତ୍ତର ଥିବ ବୋଲି କେହି ଜାଣି ନଥିଲା। ହଠାତ୍ ବର୍ଷା କୁଆଡେ ଉଭେଇ ଗଲା ଏବଂ ସଙ୍ଗେ ସଙ୍ଗେ ସୂର୍ଯ୍ୟର କିରଣ ପଡ଼ିବାକୁ ଲାଗିଲା। ବସନ୍ତର କାର୍ ସୋମେଶର କାର୍

ପଛରେ ଥିଲା। ଏମିତି ଘଟଣା ଦେଖି ବସନ୍ତ ନିଜ ଗାଡିକୁ ପଛକୁ ନେଇ ଗଲା। ଯଦି ସେ ପଛକୁ ନେଇ ନଥାନ୍ତା ତେବେ ସେ ଟ୍ରକ୍ ତାର କାର୍ କୁ ମଧ ଧକ୍କା ଲାଗିଥା'ନ୍ତା। ବସନ୍ତ ଗାଡିରୁ ବାହାରି ଆସି ଦେଖିଲା ବେଳକୁ ତାକୁ ଯେମିତି ଶ୍ମଶାନ ଭଳି ମନେ ହେଉଥିଲା।

 କାର୍ ଭିତରୁ କେବଳ ସ୍ନିତାର କାନ୍ଦ ଶବ୍ଦ ଅଳ୍ପ ଶୁଣା ଯାଉଥାଏ। ଆଲୋକ, ସୁରଭି ଏବଂ ସୋମେଶ ଅଚେତ୍ ଥିଲେ। ବସନ୍ତର ମୁଣ୍ଡ କିଛି କାମ କରୁ ନଥାଏ। ସେ ରାଗରେ ଟ୍ରକ୍ ଡ୍ରାଇଭରକୁ ଓହ୍ଲାଇ ଆଣି ମାରିବାକୁ ଲାଗିଲା କିନ୍ତୁ ସେ ହାତକୁ ଛଡେଇ କ୍ଷେତରେ ଦଉଡି ଚାଲିଗଲା। ବସନ୍ତ ଏବଂ ମୋତି କ'ଣ କରିବେ କିଛି ଭାବି ପାରୁନଥିଲେ। ପାଖରେ ଥିବା କିଛି ଲୋକ ଦଉଡି ଆସିଲେ ସମସ୍ତେ କାର ଭିତରୁ ସମସ୍ତଙ୍କୁ ବାହାର କରିବାକୁ ଲାଗିଲେ। ସ୍ନିତାକୁ ବାହାର କରିବାକୁ ଲାଗିଲେ। ସେ କାନ୍ଦି କାନ୍ଦି ଗୋଟିଏ କଥା ବାରମ୍ବାର କହୁଥାଏ।

"ମୋ ବାବା, ମା'କୁ ବାହାର କର ପ୍ଲିଜ…।

ମୋ ବାବା ମା'କୁ ବାହାର କର…।

ପାଖରେ ଥିବା ଲୋକମାନେ ସ୍ନିତାକୁ ବୁଝେଇ କହିଲେ, ସମସ୍ତଙ୍କୁ ବାହାର କରାଯିବ ତୁମେ ଧର୍ଯ୍ୟ ରଖ, କହି ତାକୁ ବାହାର କରିଲେ। ବସନ୍ତର ହାତ ଥରୁ ଥାଏ। ମୋତି ରଶ୍ମିକୁ ଗାଡିରେ ବସିବାକୁ କହି ସେ ସେଠି ପହଞ୍ଚି ପ୍ରଥମେ ସ୍ନିତାକୁ ଆଣି ଗାଡିରେ ବସେଇଲା ଏବଂ ରଶ୍ମିକୁ କହିଲା ସ୍ନିତାର ଧ୍ୟାନ ରଖ, ଆମେ ବାକି ସମସ୍ତଙ୍କୁ ବାହାର କରୁଛୁ। ବସନ୍ତ ସତେ ଯେମିତି ପାଗଳ ହୋଇଯାଇଥିଲା। ମୋତି ଏବଂ ବସନ୍ତ ଦୁହେଁ ସୋମେଶ ଆଉ ସୁରଭି ପାଇଁ ଭଗବାନ ପାଖେ ମଙ୍ଗଳ କାମନା କରୁଥାନ୍ତି। ବସନ୍ତକୁ ସବୁ ଅନ୍ଧାର ଅନ୍ଧାର ଦେଖାଯାଉଥାଏ। ବାରମ୍ବାର ମୋତି ପାଖକୁ ଯାଇ ନିଜକୁ ଦୋଷୀ ବୋଲି କହିଲା ଏବଂ 'ଏ ସବୁ ମୋ ଯୋଗୁଁ ହେଲା' ବୋଲି କହୁଥାଏ। "ମୁଁ ଯଦି ହଁ କରିଥାନ୍ତି ତେବେ ଏ ଘଟଣା ଘଟି ନଥାନ୍ତା।"

(ସୋମେଶ ବସନ୍ତକୁ କହିଥିଲା ଯେ, "ବସନ୍ତ ତୋ ଗାଡିକୁ ଆଗରେ ନେଇ ଚାଲ୍ ମୁଁ ପଛରେ ପଛରେ ଆସିବି କାରଣ ମୋତେ ଆଜି କିଛି ଠିକ୍ ଲାଗୁନି।" କିନ୍ତୁ ବସନ୍ତ ସୋମେଶର କଥାକୁ ମଜାରେ ଉଡେଇ କହେ ତୁ ଆଗରେ ଚାଲ୍

ମୁଁ ତୋତେ ଦେଖୁ ଦେଖୁ ଗାଡ଼ି ଚଲେଇବି। ସେଥିରେ ସୋମେଶ ହଁ ଭରିଥିଲା ଏବଂ ଯାତ୍ରା ପୁଣି ଥରେ ଆରମ୍ଭ ହୋଇଥିଲା ।) ଏତିକି କହି ବସନ୍ତ କାନ୍ଦିବାକୁ ଲାଗିଲା। ମୋତି ବସନ୍ତକୁ କୁଣ୍ଢେଇ ଆଶ୍ୱାସନା ଦେଇ ବୁଝେଇ ଥାଏ। ଆଲୋକକୁ ବାହାର କରାଗଲା କିନ୍ତୁ ସୋମେଶ ଏବଂ ସୁରଭିକୁ ବାହାର କରିବା ଅସମ୍ଭବ ଥିଲା। ପାଖରେ ଥିବା ଲୋକମାନେ ପୋଲିସ ସହିତ ଆମ୍ବୁଲାନ୍ସକୁ ଖବର ଦେଲେ।

ଆଲୋକକୁ ପାଣି ଛିଟା ଦେବା ପରେ ତା'ର ଚେତା ଫେରିଲା। ସ୍ନିତାର ମୁଣ୍ଡରେ ବହୁତ୍ ଆଘାତ ଲାଗି ରକ୍ତ ବହି ଯାଉଥାଏ ଏବଂ ଆଲୋକର ହାତ ଭାଙ୍ଗି ଯାଇଥାଏ। ତା'ର ମଧ୍ୟ ଦେହ ସାରା ରକ୍ତ ପଡ଼ିଥାଏ। ଆଲୋକର ଚେତା ଫେରିଲା ପରେ ସେ ବାବା ମା'ର ଏମିତି ଅବସ୍ଥା ଶୁଣି ପୁଣି ଅଚେତ୍ ହୋଇଗଲା। ଭାଗ୍ୟ ବଶତଃ କିଛି ସମୟ ମଧ୍ୟରେ ସେଠି ଆମ୍ବୁଲାନ୍ସ ଆସି ପହଞ୍ଚିଲା। ଆଲୋକ ଏବଂ ସ୍ନିତାକୁ ପ୍ରଥମେ ମେଡିକାଲ୍ ନେବାକୁ ବାହାରିଲେ କିନ୍ତୁ ସ୍ନିତା ସେଠୁ ଯାଉନଥାଏ। ସେ କହୁଥାଏ ପ୍ରଥମେ ବାପା ମା'ଙ୍କୁ ବାହାର କର ତା'ପରେ ଆମେ ଯିବୁ। ବସନ୍ତ ତାଙ୍କୁ ବୁଝେଇ କହିଲା ତୁମେ ଯାଅ ତମ ପଛେ ପଛେ ବାବା ଏବଂ ମା'ଙ୍କୁ ଆମେ ମେଡିକାଲ୍ ପଠେଇବୁ। ଏତିକି କହି ସେ ଦୁଇ ଜଣଙ୍କୁ ମେଡିକାଲ୍ କୁ ପଠେଇଲେ। ସମୟ କେମିତି ଚାଲି ଯାଉଥାଏ ଜଣା ପଡ଼ିଲାନି।

ସମୟ ପାଖାପାଖି ୧୦.୪୦, ୫୦ରୁ ଉର୍ଦ୍ଧ୍ୱ ଲୋକ ଏବଂ ପୋଲିସ ଅଫିସର ସହିତ ଅଗ୍ନିଶମ ବିଭାଗର ଗାଡ଼ି ଆସି ସେଠି ପହଁଚିଲା। ଟ୍ରକ୍ କୁ ରଶିରେ ବାନ୍ଧି କାର୍ ଉପରୁ ଟ୍ରକ୍ କୁ ବାହାର କରାଗଲା। ଟ୍ରକ୍ ବାହାରିଲା ପରେ ସୋମେଶ ଏବଂ ସୁରଭିକୁ ଦୃଶ୍ୟ ଦେଖୁ ଯେତିକି ହୃଦୟ ବିଦାରକ ଥାଏ। ସେ ସମୟରେ ସୁରଭି ସୋମେଶ ଛାତିରେ ମୁଣ୍ଡ ରଖୁ ଯେମିତି ଶୋଇଛି। ଧୈର୍ଯ୍ୟକୁ ଦୃଢ଼ତାରେ ପରିଣତ କରି ବସନ୍ତ ଏବଂ ପୋଲିସ ସୋମେଶ ସହିତ ସୁରଭିକୁ ବାହାର କରିଲେ। ଦୁହେଁ ଅଚେତ୍ ଥିଲେ ମୁଣ୍ଡରୁ ରକ୍ତ ବୋହି ମୁହଁ ଯେମିତି ରକ୍ତର ମୁଖା ବନେଇ ସାରିଥିଲା। ଦୁହିଁଙ୍କୁ ଆମ୍ବୁଲାନ୍ସରେ ବସେଇ ମେଡିକାଲ୍ ନିଆଗଲା କିନ୍ତୁ ସେଠି ଦେଖୁବାକୁ ମିଲିଲା ଦୁହେଁ ଦୁହିଙ୍କ ହାତକୁ ଛାଡ଼ି ନଥିଲେ। ଡାକ୍ତରଙ୍କ କଥା ଶୁଣି ମନରେ ଅଳ୍ପ ଆଶ୍ୱାସନା ମିଲିଲା। ଡାକ୍ତର କହିଲେ, ଦୁହେଁ

ଜୀବିତ ଅଛନ୍ତି ଦୁହିଁଙ୍କ ନିଃଶ୍ୱାସ ଚାଲିଛି କିନ୍ତୁ ମୁଣ୍ଡ ମାଡ ଯୋଗୁଁ ସେମାନେ ଅଚେତ୍ ହୋଇ ଯାଇଛନ୍ତି। ଦୁହିଁଙ୍କର ମୁଣ୍ଡ ତଥା ଛାତି, ପେଟରେ ବହୁତ୍ ଆଘାତ ଲାଗିଛି। କାନ ସହିତ ନାକରୁ ରକ୍ତ ସହିତ ଅଳ୍ପ ପେଜୁଆ ରଙ୍ଗର ତରଳ ଅଂଶ ବାହାରି ଥାଏ। ଡାକ୍ତରଙ୍କ କହିବା ଅନୁସାରେ ଏ ଦୁଇ ଜଣଙ୍କୁ ଯଥା ଶୀଘ୍ର ବଡ ମେଡିକାଲ୍ କୁ ପଠାଯିବ ତେବେ ବଞ୍ଚିବାର କିଛି ଆଶା ଅଛି ଅଥବା ଏମାନଙ୍କ ଜୀବନ ଯାଇପାରେ। ଦୁଃଖ ଲାଗୁଥାଏ, ସେତିକି କଷ୍ଟ ମଧ ହେଉଥାଏ। ଦୁହିଁଙ୍କୁ ଆମ୍ବୁଲାନ୍ସରେ ନେଇ କିଛି ଦୂର ଗଲା ପରେ ହଠାତ୍ ସୁରଭିର ଚେତା ଫେରିଲା। ରକ୍ତାକ୍ତ ପାଟିରେ କିଛି କହିବାକୁ ଆରମ୍ଭ କରିଲା କିନ୍ତୁ ମୁଖରୁ ଶବ୍ଦ ବାହାରୁ ନଥିଲା। ପାଖରେ ଡ଼ାକ୍ତର ସହିତ ବସନ୍ତ ବସିଥାଏ। ହଠାତ୍ ବସନ୍ତ ସୁରଭିର ଶବ୍ଦ ଶୁଣି ସେ ସୁରଭିକୁ କହିଲା।

ବସନ୍ତ : ଭାଉଜ ମୁଁ ବସନ୍ତ ସବୁ ଠିକ୍ ହୋଇଯିବ ଆମେ ଯଥା ଶୀଘ୍ର ମେଡିକାଲ୍ ରେ ପହଞ୍ଚି ଯିବା। ସୁରଭିର ଅଳ୍ପ ଚେତା ଫେରିବା ପରେ ବସନ୍ତ ମୁଖରେ ଅଳ୍ପ ଖୁସିର ଝଲକ ଆସିଥିଲା କିନ୍ତୁ ସୋମେଶ ଅଚେତ ଥିଲା।

ସୁରଭି : (ଅଳ୍ପ ଶବ୍ଦରେ) ବସନ୍ତ ମୋ ପିଲା ମାନେ କେମିତି ଅଛନ୍ତି?

ବସନ୍ତ : ସେମାନେ ଠିକ୍ ଅଛନ୍ତି !

ସୁରଭି : ବସନ୍ତ ଗୋଟିଏ ଅନୁରୋଧ ରଖିବ? ଆମ ଦୁହିଁଙ୍କର ଯଦି କିଛି ହୋଇଯାଏ ତେବେ ମୋ ପିଲାମାନଙ୍କୁ ଅନାଥର ଦର୍ଜା ଦେବ ନାହିଁ, ତାଙ୍କୁ ଠିକ୍ ଆମ ଭଳି ଭଲ ପାଇବା ଦେବ ନା?

ବସନ୍ତ : ଭାଉଜ ତମର କିଛି ହେବନି ଏବଂ ତୁମେ ଚିନ୍ତା କରନି ସେମାନଙ୍କ ପ୍ରତି ମୋ ଭଲ ପାଇବା କେବେ କମ୍ ହୋଇନି ନା କେବେ କମ୍ ହେବ ଏବଂ ତୁମେ ଦୁଇ ଜଣ ମଧ ଶୀଘ୍ର ଠିକ୍ ହୋଇଯିବ।

ସୁରଭି : (ପୁଣି ଧୀର ସ୍ୱରରେ) ସୋମେଶ କୁଆଡେ ଗଲେ?

ବସନ୍ତ : ଭାଉଜ ସେ ଏଠି ଅଛନ୍ତି, ସେ ଏବେ ବେହୋସ୍ ଅଛି। ତୁମେ ଚିନ୍ତା

କରନି ସବୁ ଠିକ୍ ହୋଇଯିବ।

ଏ ଦୁର୍ଦ୍ଦଶା ଦେଖି ବସନ୍ତ ଆଖିରୁ ଲୁହ ସୁଖିବାକୁ ଇଚ୍ଛା କରୁ ନଥାଏ।

ସୁରଭି : ବସନ୍ତ ମୋତେ ସୋମେଶର ଛାତିରେ ଶୁଆଇ ଦେବ କି?

ଏକଥା ଶୁଣି ବସନ୍ତ ନିଜ କାନ୍ଦକୁ ରୋକି ପାରିଲା ନାହିଁ, ସେ ହଁ ହଁ କହି ସୁରଭିକୁ ଆଶ୍ୱାସନା ଦେଲା। ବସନ୍ତ ଡାକ୍ତର ବାବୁଙ୍କୁ ଅନୁରୋଧ କରିଲା କିନ୍ତୁ ଡାକ୍ତର ବାବୁ ମନା କରିଲେ। ବସନ୍ତ ପୁଣି ଅନୁରୋଧ ପରେ ସେ 'ହଁ' କରିଲେ। ଦୁହେଁ ଡାକ୍ତର ବାବୁ ଏବଂ ବସନ୍ତ ମିଶି ସୁରଭିକୁ ସୋମେଶର ଛାତିରେ ମୁଣ୍ଡ ରଖି ଶୁଆଇଲେ। ସୁରଭିର ମୁଖରେ ଅଳ୍ପ ହସ ଆସି ପୁଣି ଆଖି ବନ୍ଦ କରିଦେଲା। ଏମିତି ଲାଗୁଥିଲା ଦୁହେଁ ସତେ ଯେମିତି ଅନନ୍ତ ଶୟନରେ ଶୋଇ ଯାଇଛନ୍ତି। ମେଡିକାଲ୍ କୁ ପହଞ୍ଚିବାର ୧୦ କିମି ପୂର୍ବରୁ ସୋମେଶର ନିଃଶ୍ୱାସ ବନ୍ଦ ହୋଇଗଲା ଏବଂ ତା'ର କିଛି ମିନିଟ୍ ପରେ ସୁରଭିର ନିଃଶ୍ୱାସ ବନ୍ଦ ହୋଇଗଲା

ସ୍ୱର୍ଗ ଯାତ୍ରା

ମନେ ହେଉଥିଲା ଦୁହେଁ ପରସ୍ପରର ଭଲ ପାଇବାକୁ ବଜାୟ ରଖିବା ପାଇଁ, ଦୁହେଁ ପ୍ରଥମ ଦ୍ୱିତୀୟ ହୋଇ ଦୁନିଆରୁ ବିଦାୟ ନେଲେ ଏବଂ ଦୁହେଁ ମୃତ୍ୟୁକୁ ଖୁସିରେ ଗ୍ରହଣ କରିଛନ୍ତି ବୋଲି ମନେ ହେଉଥିଲା। ଭଲ ପାଇବାର ଏକ ସ୍ୱତଃ ପ୍ରତୀକ ଭାବେ ଦୁହେଁ ଖୁସି ଖୁସିରେ ସ୍ୱର୍ଗ ଯାତ୍ରା କରିଛନ୍ତି।

ସେଦିନ ସୋମେଶ ଗୋଟିଏ କଥାକୁ ସତ କରି ଦେଇ ଚାଲିଗଲା। ଦିନେ ସେ ବସନ୍ତକୁ କହିଥିଲା ଯେ "ସୁରଭି ଭଲି ଝିଅକୁ ମୁଁ ସ୍ତ୍ରୀ ରୂପରେ ପାଇ ବହୁତ୍ ଖୁସିରେ ବସନ୍ତ ! ଭଗବାନ ଯଦି ମୋତେ କିଛି ଇଚ୍ଛା ପୂରଣ କରିବା ପାଇଁ ସୁଯୋଗ ଦେବେ ତେବେ ମୁଁ ତାଙ୍କୁ ଗୋଟିଏ ଇଚ୍ଛା ମାଗିଥାନ୍ତି କି ମୋ ସୁରଭିକୁ ମୋ ଠାରୁ ଅଲଗା କରିବ ନାହିଁ ଆଉ ଯଦି ସମ୍ଭବ ହେବ ତେବେ ଏକା ସାଙ୍ଗରେ ଏ ଦୁନିଆରୁ ବିଦାୟ ନେବାକୁ ଚାହୁଁଛି, "ସେଦିନ ଘଟଣା ପରେ ପ୍ରକୃତରେ ସୋମେଶର କଥା ଭଗବାନ ଶୁଣିଥିଲେ। ଦୁହିଁଙ୍କ ପବିତ୍ର ଶରୀରକୁ ଗାଡିରୁ ବାହାର କରିବା ସମୟରେ ଦେଖିବାକୁ ମିଳିଥିଲା ଯେ ଦୁହେଁ ଦୁହିଁଙ୍କ ହାତକୁ ଏମିତି ଜାବୁଡି ଧରି ଥିଲେ ଯେମିତି ତାଙ୍କୁ କେହି ଅଲଗା ନ କରନ୍ତୁ। ମେଡିକାଲ୍ ରେ ପହଞ୍ଚିଲା ପରେ ଡାକ୍ତର ବାବୁ କେବଳ ସେମାନଙ୍କ ମୃତ୍ୟୁ ଘୋଷଣା କରିବା ବାକି ଥିଲା ।

ଖବର ପାଇ ସମସ୍ତେ ମେଡିକାଲ୍ ରେ ପହଞ୍ଚିଲେ। ରାଧା ବାବୁ ଏବଂ ରମେଶ ବାବୁ ସମେତ ସାଙ୍ଗ ମାନଙ୍କୁ ଖବର ଦେଲା ପରେ ସମସ୍ତେ ମେଡିକାଲ୍ ରେ ପହଞ୍ଚିଲେ। ଡାକ୍ତର ବାବୁ ମୃତ୍ୟୁ ଘୋଷଣା କରିଲା ପରେ ରାଧା ବାବୁ ଧର୍ଯ୍ୟହରା ହୋଇଗଲେ। ମେଡିକାଲରେ ଶବ ବ୍ୟବଚ୍ଛେଦ ପାଇଁ ମନା କରି ଦୁହିଁଙ୍କ ମର ଶରୀରକୁ ଗ୍ରାମକୁ ଅଣାଗଲା। ଆଲୋକର ଯେବେ ହୋସ୍ ଆସିଲା ତା' ହାତରେ ପଟି ଲଗା ସରିଥିଲା। ଆଲୋକ ଏବଂ ସ୍ମିତା ବାପା ମା'ଙ୍କ ମୃତ୍ୟୁ

ଖବର ଶୁଣି ଦୁହେଁ ଘରେ ଥିବା ବିଷାକ୍ତ ଔଷଧ ପିଇବା ପାଇଁ ଉଦ୍ୟମ କରିଥିଲେ କିନ୍ତୁ ଶାନ୍ତି ଦେବୀ ତାଙ୍କ ଠାରୁ ସେ ବିଷାକ୍ତ ବୋତଲ ଛଡେଇ ତାଙ୍କୁ କୋଳେଇ ନେଲେ। ଆଲୋକ, ସ୍ମିତା ଏବଂ ବସନ୍ତର ଅନୁରୋଧ କ୍ରମେ ଦୁହିଁଙ୍କ ଶବକୁ ଏକା ସାଙ୍ଗରେ ଦାହ କରାଗଲା।

ପୁରୁଣା ସମୟ

ଆଜକୁ ପ୍ରାୟ ୧୫ ବର୍ଷ ତଳର ଏହି ଘଟଣା ଲାଗୁଛି କାଲି ଭଳି। ଏହି କାହାଣୀକୁ ମୁଁ ଯେତେବେଳେ ଲେଖେ ସେ ସମୟରେ ମୋ ଆଖିରେ କେବଳ ଲୁହ ହିଁ ଲୁହ ଥାଏ। ବହୁତ୍ ସଂଯମ କରି ରଖିବାକୁ ଚାହିଁଲେ ମଧ୍ୟ ଅଶ୍ରୁର ଧାରା ବନ୍ଦ ହୁଏ ନାହିଁ। ସୋମେଶ କେବଳ ବସନ୍ତର ସାଙ୍ଗ ନଥିଲା ସେ ଦୁହେଁ ଥିଲେ ଦୁଇଟି ଆମ୍ବ' ସେ ପ୍ରତ୍ୟେକ କ୍ଷଣ ତା' ସାଙ୍ଗରେ ଘଟିଥିବା ପ୍ରତ୍ୟେକଟି କଥା ବସନ୍ତକୁ କେବେ ଲୁଚେଇ ନଥିଲା। ବେଲେବେଳେ ବସନ୍ତ ପଚାରେ, ଆରେ ତୁ ମୋତେ ସବୁ କଥା କାହିଁକି କହୁଛୁ। ସୋମେଶ ସେତେବେଳେ ବସନ୍ତକୁ କୁଣ୍ଢେଇ ନେଇ କୁହେ, ଆରେ ବସନ୍ତ ତୁ ତ ମୋ ଆମ୍ବ ରେ ! ତୋତେ କହିବିନି ତ କାହାକୁ କହିବି କହ। ଅସୁବିଧା ସ୍ଥଳେ ତୁ ମୋର ପ୍ରଥମ ପ୍ରହରୀ ! ଭାଇ ରୂପରେ ତୁ ମୋ ଲକ୍ଷ୍ମଣ ! ଆଉ ତୋତେ କିଛି ହେଲେ ମୋତେ କଷ୍ଟ ହୁଏ। ସବୁ ଦୁଃଖର ଏବଂ ସମସ୍ୟାର ସମାଧାନ ତୁ ! ତେବେ କାହାକୁ କହିବି? ଏବଂ ତୋତେ ମୋ ଆମ୍ବାର ପରିଚୟ ଦେବା ଭୁଲ ନୁହେଁ ରେ! କାଲି ଯଦି ମୋର କିଛି ହୋଇଯିବ ତେବେ ମୋ ଘରକୁ କିଏ ଦେଖା ଶୁଣା କରିବ? ଏହି ସେନାନି ଜୀବନ ରେ କେତେବେଳେ କ'ଣ ହେବ ମୁଁ ଜାଣିନି? ତୁ ମୋ ବିଷୟରେ ସବୁ ଜାଣିବା ଦରକାର ନା?

ସୋମେଶର ଏ କଥା ଗୁଡ଼ିକ ଆଜି ମଧ୍ୟ ଭାରି ମନେପଡେ। ସୋମେଶ ବସନ୍ତକୁ ସବୁବେଳେ ସୁରଭି କଥା କୁହେ, କେବେ ତା' ମୁହଁରୁ ସୁରଭି ବିଷୟରେ ଖରାପ କଥା ଶୁଣି ନଥିଲା। ସେ ପ୍ରତ୍ୟେକଟି କଥାରେ ସୁରଭିକୁ ତାରିଫ୍ କରି କୁହେ। ସୁରଭିକୁ ସେ ଶୁଭ ଲକ୍ଷ୍ମୀ ଭାବେ ପାଇଛି ବୋଲି ସବୁବେଳେ କୁହେ। ତା'ର ପ୍ରତ୍ୟେକଟି କଥାରେ କେବଳ ସୁରଭିର ଚର୍ଚ୍ଚା ଥାଏ। ସୋମେଶ ଏବଂ

ସୁରଭି ସାଙ୍ଗରେ ପ୍ରତ୍ୟେକଟି କ୍ଷଣ ଯେମିତି ବାରମ୍ବାର ସେ ସ୍ଥାନକୁ ନେଇଯାଉଛି। ସେହି ପାହାଡ, ଜଙ୍ଗଲ ପାଖ ପଡିଆ, ରାସ୍ତା କଡର ବିଶ୍ରାମ ଗାର ଏବଂ କଲେଜ୍ ରାସ୍ତାର ବରଗଛ। ଖୋଲା ଆକାଶ ତଳର ପ୍ରପୋଜ୍, ସେ ପାହାଡି ବର୍ଷା ଆଉ ସେ ସନ୍ଧ୍ୟାର ଉପହାର ଆଜି ପୁଣି ଥରେ ମନେ ପକେଇ ଦିଏ।

ସୋମେଶ ଆଉ ସୁରଭି ନିଜର ପ୍ରେମ କାହାଣୀକୁ ଜୀବନ୍ତ କରି ଦେଇ ଚାଲିଗଲେ। ଜୀବନର ଶେଷ ମୁହୂର୍ତ୍ତରେ ସେ ଝିଅ, ସେ ବୋହୂ ଏବଂ ସେ ମା'ର ପ୍ରତ୍ୟେକଟି ରୂପରେ ସୁରଭି ଏକ ଜୀବନ୍ତ ଉଦାହରଣ। ଶେଷ ସମୟରେ ମଧ ନିଜ ସନ୍ତାନ ପ୍ରତି ରକ୍ଷଣା ବେକ୍ଷଣ ତଥା ସ୍ୱାମୀ ପ୍ରତି ଭଲ ପାଇବା କମ୍ ହୋଇ ନଥିଲା। ଦୁହେଁ ଏକ ପ୍ରେମର ପ୍ରତୀକ ସାଜି ନିଜ ଜୀବନ ଯାତ୍ରାର ଅନ୍ତ ପର୍ଯ୍ୟନ୍ତ ଯାତ୍ରା କରିଲେ। ଗଲା ବେଳେ ମଧ ସେ ଖୁସିରେ ମୃତ୍ୟୁକୁ ଗ୍ରହଣ କରିବାର ଏକ ଅନନ୍ୟ ଦର୍ଶନ ଏବଂ ସୌଭାଗ୍ୟ ପୂର୍ଣ୍ଣମୟ ଥିଲା।

ସେ ଦୁନିଆକୁ ବିଦାୟ ନେବା ସମୟରେ ମଧ ଏକ ଉତ୍ତମ ସନ୍ଦେଶ ଦେଲେ ଯେ, ପ୍ରକୃତ ଭଲ ପାଇବା ସବୁବେଳେ ଅମର ହୋଇ ରହିଯାଏ। ତାହା ସୋମେଶ ଏବଂ ସୁରଭି ସତ କରି ଦେଖେଇଲେ। ସୋମେଶର ଭଲ ପାଇବା ଏବଂ ସୁରଭିର ନିଜ କାର୍ଯ୍ୟ ପ୍ରତି ସୁଚିନ୍ତନ ସମାଜକୁ ପ୍ରେରଣା ତ ନିଶ୍ଚୟ ଦେବ କିନ୍ତୁ ସମାଜରେ ସ୍ତ୍ରୀମାନଙ୍କ ସହ୍ୟ ଶକ୍ତିକୁ ପୁନଃଜାଗ୍ରତ କରିବ ଏବଂ ନୂତନ ପଥରେ ଆଗେଇ ଯିବା ପାଇଁ ନୂତନ ପରିଚୟ ମଧ ଦେବ। ମୁଖ୍ୟ ରୂପରେ ସୁରଭିର ଜୀବନରେ ଆସିଥିବା ଝଡ ବତାସକୁ କେମିତି ଚଳନୀୟ କରି ଆଗେଇ ଚାଲିଛି ତାହା ମଧ ଏକ ପ୍ରେରଣାର ଉସ। ସୁରଭିର କୀର୍ତ୍ତି ସବୁ ଦିନ ପାଇଁ ଅମର ଏବଂ ଜୀବନ୍ତ ହୋଇ ରହିଗଲା।

ଆଜି ଆଲୋକ ଡାକ୍ତର ହୋଇ ନିଜ ପରିବାର ସହିତ ସହରରେ ରହୁଛି ଏବଂ ସ୍ମିତା ନିଜ ଅଜାଙ୍କ ଗ୍ରାମରେ ଶିକ୍ଷୟତ୍ରୀ ଭାବେ ସ୍କୁଲ୍ ରେ ପାଠ ପଢ଼ାଉଛି। ଅଜାଙ୍କ ଘରେ ରହେ ଅଜାଙ୍କ ସେବା କରେ। ରମେଶ ବାବୁଙ୍କ ଶେଷ ସମୟ ଆସିଗଲାଣି। ସ୍ମିତାର ସ୍ୱାମୀ ଜଣେ ଇଞ୍ଜିନିୟର ସେ ବାହାରେ ରୁହନ୍ତି। ସୋମେଶର ମୃତ୍ୟୁ ପରେ ରାଧା ବାବୁଙ୍କ ପରିବାରରେ ଚିନ୍ତାରେ ପାହାଡ ଲଦି ହୋଇ ଗଲା। ସୋମେଶ ଏବଂ ସୁରଭିର ମୃତ୍ୟୁର ଦେଢ଼ ବର୍ଷ ପରେ ଦିନେ ସେ

ଦୁଃଖ ତାଙ୍କୁ ହୃଦୟାଘାତର କଷ୍ଟ ଦେଇ ପ୍ରାଣ ନେଇ ଚାଲିଗଲା । ଶାନ୍ତି ଦେବୀ ପାଖକୁ ସ୍ନିତା ବେଳେ ବେଳେ ଯାଇ ବୁଲି ଆସେ ଏବଂ ବସନ୍ତର ଝିଅ ଅର୍ଥାତ୍ ମୋ ଝିଅ ରଶ୍ମି ସହରରେ ନିଜ ସ୍ୱାମୀଙ୍କ ସହ ରହେ ଏବଂ ବ୍ୟାଙ୍କ୍ ରେ ଚାକିରୀ କରେ ।

ଜୀବନ୍ତ କାହାଣୀ

ଅପରାହ୍ନ ଡେଇଁ ସନ୍ଧ୍ୟା ଛୁଇଁବାକୁ ଲାଗିଲାଣି। ହଠାତ୍ ମୋତି ଡାକି ବାର ଶବ୍ଦ ଶୁଣା ଗଲା।

"ହେଇଟି ଶୁଣୁଚ, ସନ୍ଧ୍ୟା ଆସି ୫ଟା ବାଜିଲାଣି ତୁମେ ସେ ପଢ଼ା ଘରୁ ବାହାରକୁ ଆସ ?" ମୁଁ କିଛି ଉତ୍ତର ନ ଦେଇ ଚୁପ୍ ରହିଲି। କିଛି ସମୟ ପରେ ମୋତି ଗୋଟିଏ ଚା' କପ୍ ନେଇ ମୋ ପାଖରେ ପହଞ୍ଚିଲା।

ମୋତି : ମୁଁ ଜାଣିଥିଲି ପରା ତୁମେ ସେ କାହାଣୀ ଲେଖୁଥିବ ଏବଂ ମୁଁ ଜାଣି ପାରୁନି ତୁମେ କ'ଣ ଏମିତି ଲେଖୁଛ ଯେ ତୁମ ଆଖିରେ ଲୁହ ଆସିଯାଉଛି? ମୁଁ କହି ଉଠିଲି ତମକୁ ଦେଇଥିବା ରାଣ ଆଜି ମୁଁ ଫେରେଇ ନେଉଛି। ଆଜି ତୁମେ ଏ କାହାଣୀଟିକୁ ସ୍ୱାଧୀନ ଭାବେ ପଢ଼ି ପାରିବ।

ମୋତି : ମୁଁ ତମର ସବୁ କାହାଣୀ ପଢ଼ିଛି। ସବୁ ତ ପ୍ରେମ କାହାଣୀ। ଥିବ ଆଉ ସବୁଠୁ ଭଲ ଥିଲା ତୁମେ ଦେଇଥିବା ପ୍ରଥମ ଡାଏରୀରେ ମୋ ପାଇଁ ଲେଖା ଥିବା କବିତା ଗୁଡ଼ିକ ଆଜି ମଧ ମନେ ପଡ଼ୁଛି ଏବଂ ବହୁତ୍ ଭଲ ଥିଲା। ଆଉ ଏହି କାହାଣୀରେ ଆଉ କ'ଣ ନୂଆ ଥିବ ଯେ? କିନ୍ତୁ ହଁ ତମ କଥା ରଖ୍ ଆଜି ପର୍ଯ୍ୟନ୍ତ ତୁମର ଏହି କାହାଣୀର ଗୋଟିଏ ମଧ ପୃଷ୍ଠା ପଢ଼ିନି ଆଜି ପଢ଼ିବାକୁ ଅନୁମତି ମିଲିଲା ତେବେ ନିଶ୍ଚୟ ପଢ଼ିବି।

ବସନ୍ତ : ହଁ, ଏହି କାହାଣୀ ରେ କେବଳ ପ୍ରେମ ନୁହେଁ। ପ୍ରେମର ପ୍ରକୃତ

ଅର୍ଥ, ଭଲପାଇବା, ବଳିଦାନ, ଦୁଃଖ, କଷ୍ଟ, ସେବା ଏବଂ ସ୍ବର୍ଗ ଯାତ୍ରାର ଏକ ଜୀବନ୍ତ କାହାଣୀ ଯାହା ସମାଜରେ ସ୍ତ୍ରୀକୁ ଏକ ନୂଆ ଶିକ୍ଷା ଦେବ ଏବଂ ସ୍ତ୍ରୀର ପ୍ରକୃତ ଧର୍ମ କ'ଣ ତାହା ବର୍ଣ୍ଣନା କରା ଯାଇଛି।

ମୋତି : ତେବେ ତ ମୁଁ ନିଶ୍ଚୟ ପଢ଼ିବି।

ଏବେ ଯାଆ ବାହାରୁ ଟିକେ ବୁଲି ଆସିବ, ସକାଳ ଠାରୁ ବସିଛ ଯେ ବସିଛ। ଶୁଣ ଆଜି ମା'ଙ୍କ କଥା ବହୁତ୍ ମନେ ପଡ଼ୁଥିଲା। ମୁଁ ପଚାରିଲି କାହିଁକି? ମୋତି କହେ ବାହାଘର ପରେ ମା' ଦେଇଥିବା ଯୋଉ ତମ୍ବା ମୁଦ୍ରା ସେଗୁଡ଼ାକ ଆଜି ଦେଖୁଥିଲି ଏବଂ ଆଗାମୀ ମଙ୍ଗଳବାର ଦିନ ମା'ଙ୍କ ଚତୁର୍ଥ ଶ୍ରାଦ୍ଧ ହେବ। ମନେ ଅଛି ତ ! ମୋତି କଥାରେ ମୁଁ ମୁଣ୍ଡ ହଲେଇ ବାହାରକୁ ସନ୍ଧ୍ୟା ଭ୍ରମଣ କରିବାକୁ ବାହାରିଲି। ଦୁହେଁ ରାତ୍ରି ଭୋଜନ ପରେ ଶୋଇବାକୁ ଗଲୁ କିନ୍ତୁ କିଛି କ୍ଷଣ ଭିତରେ ମୋର ଆଖି ଲାଗି ଯାଇଛି ଏବଂ ନିଦ ଭାଙ୍ଗିଲା ତା'ପର ଦିନ ସକାଳେ।

ତା'ପର ଦିନ ସକାଳୁ ସକାଳୁ କେହି ଜଣେ ଧୀର ସ୍ବରରେ କାନ୍ଦିବାର ଶବ୍ଦ ଶୁଣିବାକୁ ପାଇଲି। ମୁଁ ଉଠି ମୋ ଚଷମା ଖୋଜି ପିନ୍ଧି ଦେଖିଲା ବେଳକୁ ସମୟ ୬.୨୦। ମୋର ପଢ଼ା ଲାଇଟ୍ ଚାଲୁ ଅଛି। ଚେୟାର ଉପରେ ବସିଥାଏ ମୋତି ମୁଁ ଆଶ୍ଚର୍ଯ୍ୟରେ ଚାହିଁ ରହିଲି। ମୋତିର ଆଖିରୁ ଲୁହ ବହିଯାଉଥାଏ। ଲୁଗା ପଣତରେ ଆଖି ଲୁହ ବାରମ୍ବାର ପୋଛିବାରେ ଲାଗିଥାଏ। ହାତରେ ଥାଏ ମୋ ଲେଖା ଥିବା ଜୀବନ୍ତ କାହାଣୀ। ମୁଁ ବେଡ଼୍ ରୁ ଉଠି ମୋତି ପାଖରେ ପହଞ୍ଚିଲି। ସେ ମୋତେ କୋଳେଇ ନେଇ କାନ୍ଦିବାରେ ଲାଗିଲା। ତା ମୁଣ୍ଡରେ ହାତ ରଖି ଆଶ୍ବାସନା ଦେଲି। ସେ କିଛି ଶବ୍ଦ ନ କହି ବାଥରୁମ୍ କୁ ଚାଲିଗଲା। ସେଠି ମଧ୍ୟ ଅଳ୍ପ କାନ୍ଦ କାନ୍ଦ ହୋଇ ଗାଧୋଇ ଆସିଲା। ମୁଁ ବସି ଥାଏ ଅଗଣାରେ, ମୋତି ଚା' କପେ ନେଇ ମୋ ପାଖରେ ପହଞ୍ଚିଲା।

ମୁଁ ପଚାରିଲି ତୁମେ ଗତ ରାତିରେ କେତେବେଳେ ଶୋଇବାକୁ ଗଲ? ମୋତିର ଉତ୍ତର ଥିଲା। ଗୋଟିଏ କ୍ଷଣ ମଧ୍ୟ ମୋତେ ଶୁଆଇ ଦେଇନି ତୁମର ଏ ଜୀବନ୍ତ କାହାଣୀ। ତୁମେ ମୋତେ ଏଥିପାଇଁ ରାଣ ଦେଇଥିଲ ନା? ପୁରା କାହାଣୀ ହେଲା ପରେ ପଢ଼ିବ ବୋଲି ଏବଂ ଆଜି ଏହି କାହାଣୀ ପଢ଼ିଲା ପରେ। ନିଜକୁ ମୁଁ ନିଜେ ଚିହ୍ନିବାରେ ଲାଗିଲି। ସୁରଭି ପ୍ରତି ମୋର ଭଲପାଇବା

ବଢ଼ିଗଲା। ସତରେ ସେ ବହୁତ୍ ମହାନ୍। ମୁଁ ଅଳ୍ପ ମୁରୁକି ହସ ଦେଇ ବାହାରି ଗଲି ପ୍ରାତ ଭ୍ରମଣରେ।

ଆଜି ମୁଁ ଅନୁଭବ କରିଲି ଯେ ମୋ ଜୀବନ ରେ ଘଟିଥିବା ପ୍ରକୃତ ଛବିକୁ ମୁଁ ସାଉଁଟି ପାରିଛି...।

...

ସମାପ୍ତ

ଧନ୍ୟବାଦ ପାଠକ ବନ୍ଧୁ

ଏହି ଉପନ୍ୟାସର ସୁଦୃଢ଼ ପାଠକ ରୂପରେ ଆପଣଙ୍କୁ ମୋ ତରଫରୁ ଅନ୍ତରରୁ ଅଶେଷ ଅଶେଷ ଧନ୍ୟବାଦ। ଏହି ଉପନ୍ୟାସ ପ୍ରତି ଆପଣଙ୍କ ଭଲ ପାଇବା ମୋତେ ପୁଣି ଥରେ ଅନ୍ୟ ଏକ ଉପନ୍ୟାସ ଲେଖିବା ପାଇଁ ପ୍ରେରଣା ଦେଇଛି। ଆଶା କରୁଛି ଏହି ଉପନ୍ୟାସ ପଢ଼ିବା ପରେ ଆପଣ ଅନ୍ୟମାନଙ୍କୁ ପଢ଼ିବା ପାଇଁ ପ୍ରେରିତ କରିବେ। ଏଠି ଉପନ୍ୟାସଟି ସମାପ୍ତ ହୋଇ ଯାଇଛି। ଆଶା କରୁଛି ଏହି ଭାଗରେ ଯେଉଁ ବିଷୟ ବସ୍ତୁ ବର୍ଣ୍ଣନା କରାଯାଇଛି ଆପଣଙ୍କ ମନକୁ ନିଶ୍ଚୟ ଛୁଇଁଥିବ। ଏହି ଭାଗଟି ପଢ଼ିବା ପାଇଁ ଆପଣ ଯେଉଁ ମୂଲ୍ୟବାନ ସମୟ ଦେଇଛନ୍ତି ଆପଣଙ୍କୁ ପୁନଃ ଧନ୍ୟବାଦ।

ନୀଳମାଧବ ଭୂୟାଁ
ସୋଲଣ୍ଠି, ଗଞ୍ଜାମ, ଓଡ଼ିଶା
ମୋ - ୮୧୭୮୧୬୧୩୪୬
ଇମେଲ : nbcisf@gmail.com